Sarah Ann Juckes

AN MEINER WAND EIN LEUCHTEND BLAUER OZEAN

Sarah Ann Juckes

AN MEINER WAND EIN LEUCHTEND BLAUER OZEAN

Aus dem Englischen
von Anja Galić

cbj

Bei diesem Buch wurden die durch das verwendete Material und die Produktion entstandenen CO_2-Emissionen ausgeglichen, indem der cbj-Verlag ein Projekt zur Aufforstung in Brasilien unterstützt.
Weitere Informationen zu dem Projekt unter:
www.ClimatePartner.com/14044-1912-1001

FSC
www.fsc.org
MIX
Papier | Fördert gute Waldnutzung
FSC® C083411

Penguin Random House Verlagsgruppe FSC® N001967

Wir produzieren
Klimaneutral
ClimatePartner.com/14044-1912-1001
Druckprodukt

1. Auflage 2022

Die Originalausgabe erschien unter dem Titel
»The World Between Us« bei Penguin Random House Children's, London, in der Verlagsgruppe global.penguinrandomhouse.com

Aus dem Englischen von Anja Galić
Umschlaggestaltung: Carolin Liepins, München
Umschlagmotive: Shutterstock.com (Babkina Svetlana, Alenka Karabanova, BrSav, maritime_m, Laura Reyero, STOP_WAR, Olga_C, aarrows)
kk · Herstellung: AW
Satz: Buch-Werkstatt GmbH, Bad Aibling
Druck: CPI books GmbH, Leck
ISBN: 978-3-570-16647-5
Printed in the Czech Republic

www.cbj-verlag.de

Für Ryan

Willkommen zurück bei Stream Cast, Alice

User online:

WesleyCycles67	**tokyo--drifter**
Online seit 3 Min.	Online seit 4 Std.

User offline:

destroy_roy	**_1mp0ssibledream_**	**daddycool-007**
Zuletzt online vor 14 Std.	Zuletzt online vor 1 Tag	Zuletzt online vor 50 Tagen

Verbinde dich mit einem Kanal, um den Livestream zu starten.

Verbindung zu WesleyCycles67 wird hergestellt …

1
WesleyCycles67

Und jetzt bin ich am Oberkörper von einem mittelalten Mann festgeschnallt, der gerade einen Fuß in die Pedalriemen seines Fahrrads schiebt.

Es ist noch dunkel, trotzdem kann ich seine Hand erkennen, als er den Timer seiner Uhr auf null setzt, bevor er losfährt.

Die kleine Straße mit den Monopoly-Häusern, in der er wohnt, geht nach einer Kurve in eine Hauptstraße über, und heute müssen wir nicht anhalten und auf eine Lücke im Verkehr warten – wir fahren mitten hinein und rollen schneller und schneller, während die Straßenlaternen hinter uns allmählich verlöschen und die Welt von Dunkelheit verschluckt wird. Autos überholen uns und im Licht ihrer Scheinwerfer sehe ich Vogelscheuchen auf den Feldern. Augen, die aus Büschen hervorleuchten.

Er wirft einen Blick auf seine Uhr und beschleunigt. Wir könnten heute seinen Pendler-Rekord brechen. Dieser Morgen könnte in die Geschichte eingehen.

Die Straße wird abschüssig und die Umgebung unscharf, aber wir treten weiter in die Pedale. Seine Beine bewegen sich so schnell, dass ich nicht sicher bin, ob er mit ihnen mithalten kann, aber er kann. Und als die Straße wieder eben wird, zischen wir an den im Stau steckenden

Autos vorbei, die uns vorhin überholt haben. Wir werfen einen Blick durch ihre Fenster und sehen für den Bruchteil einer Sekunde ihren überraschten Gesichtsausdruck, bevor wir sie abhängen.

Die Sonne hebt eine Braue über den Horizont und die Lichter der Autos bilden grell leuchtende Zickzacklinien auf der Fahrbahn, eine Stampede aus Metall, und wir sind mittendrin, kurven um Stoßdämpfer herum, schießen über bernsteinfarbene Ampeln, wechseln auf Gehwege und springen von Bordsteinen, um reflektierenden Pollern und parkenden Autos auszuweichen.

Die Ziellinie kommt in Sicht – der sich den Wolken entgegenreckende Glockenturm der Schule, in der Wesley arbeitet. Wir haben nur noch sechzig Sekunden und eine Ampel vor uns. Die Ampel steht auf Rot, aber da die Straße frei ist, werden wir nicht langsamer.

Und dann.

Wie aus dem Nichts.

Ein Wagen.

Wir bremsen und wir bremsen und wir bremsen.

Und ich schreie, weil wir viel zu schnell sind und der Wagen vor einer Sekunde noch nicht da war und jetzt da ist.

Ich höre, wie Wesley das Herz aus dem Brustkorb springt und der Rest von ihm still wird.

Karbonfasern zersplittern.

Die Kamera, die er sich an die Brust geschnallt hatte. Zerspringt.

WesleyCycles67 hat den Stream beendet.

Wechsle zu einem anderen Kanal.

2
Alice

Ich bin vor zwei Wochen gestorben.

Aber ich versuche nicht daran zu denken, weil heute ein funkelnagelneuer Tag ist. Die Sonne, die unter meinen geschlossenen Vorhängen hindurchscheint, verwandelt Mantas Aquarium in lauter Regenbögen. Unten singt Mum einen ihrer alten Songs vor sich hin, während sie mein Frühstück vorbereitet und meine Medikamente zusammenstellt.

Ich lächle sie an, als sie in mein Zimmer kommt, und der Gesang bricht ab. »Oh, entschuldige, Liebes, hoffentlich hab ich dich nicht geweckt.«

»Alles gut«, sage ich. »Sing ruhig weiter.«

Aber sie tut es nicht. Stattdessen bewegt sie sich wie auf Zehenspitzen und achtet darauf, so wenig Geräusche wie möglich zu machen, als sie meine Vorhänge aufzieht und auf einen Schalter an meinem Bett drückt, der dafür sorgt, dass sich das Kopfteil im Schneckentempo aufrichtet. Es ist viel zu still für das wütende Surren des elektrischen Matratzenrosts, deshalb ziehe ich meine Kopfhörer auf und verschwinde in Geigen- und Flötenklängen. Ich lehne mich zurück und lausche der Musik, versuche mich zu erinnern, wie es sich angefühlt hat, am Wochenende mit Wesley durch Felder zu radeln, Schafen nachzujagen und dabei auf einen grünen Ozean hinauszuschauen, der am Horizont auf eine nahezu perfekte Linie blauen Himmels trifft.

Und dann dieser Wagen. Der Wagen, der aus dem Nichts kommt und alles wieder zum Stillstand bringt.

Ich bin schon außer Atem, als mein Oberkörper jetzt eine aufrechte Position erreicht.

Mum nimmt mir die Kopfhörer ab. »Mit wie vielen Spoons fangen wir heute an?«

»Ich glaube, zehn«, sage ich, obwohl ich das gestern auch gesagt habe und bereits nach acht am Ende meiner Kräfte war.

Sich im Bett aufsetzen = 1 Spoon

Spoons, also Löffel, stehen für Kraft- und Energieeinheiten. Wenn man wie ich wegen einer chronischen KRANKHEIT im Bett liegen muss, dann sind die Einheiten, die man zur Verfügung hat, sehr begrenzt. Ihr habt vermutlich endlos viele Löffel in der Besteckschublade, aber ich habe zurzeit nur einen wackligen Keramikbecher voll.

Eine Energieeinheit = 1 Spoon

Wir fingen an, von Spoons zu sprechen, nachdem wir einen Blogbeitrag von Christine Miserandino gelesen hatten, in dem sie Löffel als Metapher für Energie- und Kraftverlust verwendet. Mittlerweile sind sie zu einem festen Bestandteil unseres Alltags geworden.

Wenn man wie ich mit nur zehn Spoons aufwacht, muss man gut mit ihnen haushalten.

Mum stellt mir mein Frühstück hin, und ich versuche ein begeistertes Gesicht aufzusetzen, als ich sehe, dass es den fünften Tag in Folge geräucherten Lachs gibt.

»Ich weiß«, seufzt sie, als sie mein angestrengtes Lächeln bemerkt. »Das haben wir deinem Dad zu verdanken. Der Lachs war im Angebot und er hat den ganzen Kühlschrank mit dem verfluchten Zeug vollgepackt. Wir werden uns bis nächstes Jahr davon ernähren können.«

Dad steckt den Kopf durch die Tür. »Die haben zwei Packungen zum Preis von einer verkauft. Das gibt es bei Lachs sonst nie.«

Mum verdreht die Augen und murmelt: »Dieser Mann denkt wohl, wir würden in Geld schwimmen.«

Der Lachs ist gut. Genau wie die Eier. Aber ich schaffe es nicht, das Bild von dem Wagen abzuschütteln, der auf uns zurast, und das Schlucken scheint mehr Spoons aufzubrauchen, als es sollte.

Frühstücken = 2 Spoons

Dad stiehlt sich in mein Zimmer, als Mum verschwindet, und setzt sich auf den Rand meines Betts.

»Na, wie geht's dir, Kleines?«

Ich lächle, schaue dabei aber auf die Fußbodenleiste. »Oh, alles bestens.«

Er sieht mich immer noch an, und ich spüre, dass Lächeln und Scherze heute nichts bringen. Also zwinge ich mich, seinen Blick zu erwidern und ihm fest in die Augen zu schauen. »Wie war es auf der Beerdigung?«

»Ach, du weißt schon … wie Beerdigungen so sind. Die reinste Spaßveranstaltung.«

Ich weiß es nicht. Ich bin noch nie auf einer Beerdigung gewesen. Aber die dunklen Ringe unter seinen Augen legen den Schluss nahe, dass es dort nicht viel zu lachen gibt.

»Ich hab ein Video gedreht.«

Er nimmt meinen Teller und macht sich über die Reste her, als wäre nichts.

Ich schlucke. »Oh?«

»Yep. Hab die Kamera mitgenommen und mich ganz hinten hingesetzt. Aber die Leute haben mich angeschaut, als hätte ich einen gottverdammten Clown mitgebracht. Gern geschehen, übrigens.«

Ich schabe mit dem Nagel meines Zeigefingers über den Nagel meines Daumens. »Okay, danke. Aber ich muss es mir nicht anschauen.«

Auf einer Beerdigung fällt es viel schwerer, zu vergessen.

Er lässt den Teller sinken. »Alice. Wir reden hier über Wesley. Ich weiß, dass du ihm nie persönlich begegnet bist, aber du hast jeden Morgen mit diesem Mann auf dem Fahrrad gesessen. Du bist bei ihm gewesen, als er gestorben ist, Himmelherrgott noch …«

»Ja, okay!« Panik springt meine Kehle hoch.

Dad sieht mich an. Unnachgiebig. Ich hole Luft.

»Okay«, sage ich. »Ich werde es mir anschauen. Danke.«

Dad tätschelt meine Hand. »Dann wollen wir dich mal fertig machen.«

Mich fertig machen. Auf wackligen Beinen ins Bad gehen. Mir die Haare bürsten. Die Zähne putzen. Mich waschen. Mich lange im Spiegel anstarren und mich fragen, ob ich weniger wie mein Black-Moor-Goldfisch aussehen würde, wenn ich mir die Haare blond färben oder den Pony rauswachsen lassen würde.

Mich fertig machen = 5 Spoons

Es ist noch nicht mal zehn und ich bin schon bei acht Spoons, also hilft Dad mir in mein Zimmer zurück und in das schwarze Kleid, das ich letzten Monat an meinem sechzehnten Geburtstag getragen habe. Dann klettere ich wieder ins Bett und keuche, als wäre ich mit dem Fahrrad einen Berg hochgefahren.

Das Video, das Dad von der Beerdigung gemacht hat, wartet abspielbereit auf dem Laptop.

Ich will meinen Frust rauslassen. Mir eine Entschuldigung ausdenken. Ihm sagen, dass ich es mir doch nicht anschauen will, danke. Dass ich vollkommen glücklich damit bin, in meinem Zimmer zu sein und mit meinen Gedanken bei Wiesen, Musik und Goldfischen zu bleiben.

Aber es sind nicht genügend Spoons übrig, um zu widersprechen.

Dad beugt sich zum Laptop und klickt auf Play.

3

daddycool-007

Und jetzt bin ich mit meinem Dad auf einer Beerdigung.

Wir sitzen ganz hinten, aber er hält mich so hoch, dass ich über die Köpfe hinwegschauen kann. Vor uns sind ungefähr hundert Leute, die wie Krähen auf Stromkabeln in den Bankreihen hocken.

Und da ist er. Wesley. Derjenige, der in dem Sarg liegt und in dessen Brust noch immer die Splitter der Kamera stecken.

Genau so eine habe ich letztes Jahr zu Weihnachten bekommen. Dad hat sie mir besorgt, weil ich anfing, die Wände zu sehen, und er mir ein Fenster schenken wollte. Am Anfang hat er sie, vor die Brust geschnallt, auf Streifzüge mitgenommen und mir die Aufnahmen später gezeigt. Aber dann hat er Stream Cast entdeckt – eine private Streaming-Seite, in die ich mich zu jeder Tages- und Nachtzeit mit einem eigenen Zugang einloggen und das LEBEN da draußen in der Welt live mitverfolgen konnte. Und das hatte etwas absolut Magisches.

Wesley war mein erster Streamer. Er arbeitete mit Mum in der Schule, die am anderen Ende unserer Straße liegt, und sie überredete ihn, die Strecke, die er jeden Morgen mit dem Fahrrad zur Schule zurücklegte, live zu streamen. Dann hat Dad noch meinen Cousin Roy rekrutiert, der einen Tag nach mir geboren wurde und leidenschaftlicher Gamer ist. Und ein Freund von Dad aus seiner Taekwondo-Schule nimmt mich zum Training mit und meine frühere Babysitterin Hana streamt Tausende von Kilometern weit weg von Tokio aus, wo sie mittlerweile lebt.

Aber am liebsten war ich mit Wesley unterwegs. Wenn ich mit ihm auf dem Fahrrad saß, war es, als gäbe es keine Krankheit und ich könnte im Zeitraffer leben. Ich sah Fasane, die wie gefiederte Regenbögen aus Büschen hervorbrachen, und Kaninchenschwänze, die wie auf und ab springende Pingpongbälle in Erdhöhlen verschwanden. Ich sah hoch aufragende, hell lodernde Getreideähren, die das ganze Feld in ein wogendes Flammenmeer verwandelten. Ich sah Pfützen, die sich in Flüsse verwandelten, die sich in Seen verwandelten, in denen sich der Himmel spiegelte.

Mit Wesley habe ich am allerbesten gelebt, deswegen fühlt es sich so an, als wäre das irgendwie auch meine Beerdigung.

Aber wenn es meine Beerdigung wäre, würde Dad wohl nicht ganz hinten sitzen und sich so viele verärgerte Blicke einfangen wegen der Kamera, die er hochhält.

Ein Mann, von dem ich annehme, dass es der Pfarrer ist, stellt sich vorne hin und beginnt zu sprechen. Ich verstehe nicht, was er sagt, weil wir zu weit weg sind, aber wahrscheinlich ist es so etwas wie, dass Wesley sein Leben nach der Uhr gelebt hat und es nun, da er nicht mehr lebt, scheint, als sei die Zeit stehen geblieben.

Wäre ich gestorben, würde er wahrscheinlich darüber sprechen, wie ich war, bevor mich die Krankheit erwischt hat, weil es den Leuten anscheinend leichter fällt, sich daran zu erinnern. Er würde über mich reden, als wäre ich mit zehn gestorben, zu einer Zeit, als ich Dad auf seinen Streifzügen begleitete, die Medaille im Brustschwimmen gewann, Anisbonbons tütenweise verschlang, in voller Lautstärke Musik hörte und mir nichts mehr wünschte, als eines Tages Meeresbiologin zu werden.

Er würde nicht darüber sprechen, wie ich war, als ich KRANK wurde. Als ich mir einen blöden Virus einfing, der an der Schule rumging und den ich einfach nicht loswurde, obwohl alle anderen schon wieder gesund waren. Er würde nicht über das Mädchen sprechen, das irgendwann nicht mehr in der Lage war, zur Schule zu gehen. Dann nicht mehr nach draußen gehen konnte. Dann ihr Bett nicht mehr verlassen konnte. Er würde kein Wort über die KRANKHEIT verlieren und dass niemand wirklich wusste, was das eigentlich für eine KRANKHEIT war, selbst nach all den Jahren nicht, nach all den Tests, nach all den Recherchen zu Symptomen auf Google. Ich würde es ihm ehrlich gesagt nicht übel nehmen. Wer will schon etwas über ein Mädchen hören, das schon völlig erschöpft ist, wenn es sich bloß gewaschen hat?

Nur verstehen die meisten Leute nicht, dass ich mein Leben nicht innerhalb dieser vier Wände verbringen muss. Ich muss nicht in meinen Körper eingeschlossen sein. Ich kann an die Brust toller Menschen geschnallt werden und ihnen dabei zusehen, wie sie ein LEBEN haben, das vielleicht mein eigenes sein könnte, und das ist ein reines Wunder.

Das heißt, bis einer von ihnen stirbt.

Der Pfarrer tritt zur Seite, und eine Frau, von der ich denke, dass sie Wesleys Frau war, steht auf, und ich brauche meinen allerletzten Spoon auf, um mich vorzubeugen und den Laptop zuzuklappen.

Willkommen zurück bei Stream Cast, Alice

User online:

destroy_roy
Online seit 57 Min.

User offline:

1mp0ssible-dream	tokyo--drifter	WesleyCycles67	daddycool-007
Zuletzt online vor 4 Std.	Zuletzt online vor 3 Tagen	Zuletzt online vor 18 Tagen	Zuletzt online vor 68 Tagen

Verbinde dich mit einem Kanal, um den Livestream zu starten.
Verbindung zu **destroy_roy** wird hergestellt …

4
destroy_roy

Und jetzt balanciere ich auf dem Schreibtisch von meinem sechzehnjährigen Cousin Roy, der gerade auf seine Tastatur einhämmert, als würde er ein wütendes Stück auf einem Klavier spielen.

Aber ich höre keine Musik. Stattdessen betrachte ich seinen Bildschirm, auf dem ich sehen kann, wie er mit einem Maschinengewehr durch eine apokalyptische Landschaft auf ein verfallenes Gebäude zuläuft.

Dieses Spiel kenne ich nicht. Normalerweise streamt Roy sich bei Videospielen, in denen er aus dem Nichts ganze Welten erschafft. Er nimmt die Kamera nie mit nach draußen, aber es ist irgendwie großartig, ihm dabei zuzuschauen, wie er Bauklötzchen Leben einhaucht.

Dieses Spiel ist völlig anders. Die Knöchel seiner Finger, die auf der Tastatur herumhacken, sind weiß. Er öffnet die Tür des Gebäudes, duckt sich unter ein leeres Fenster und wickelt sich einen Verband um seine computergenerierten Hände.

Im nächsten Moment höre ich Schüsse. Zuerst aus weiter Ferne, dann immer lauter. Ich will ihn warnen, aber er kann mich nicht hören und weiß wahrscheinlich noch nicht mal, dass ich bei ihm bin. So funktioniert Stream Cast nicht. Es ist keine Zweiwege-Kommunikation. Ich kann bloß zuschauen; meine Schreie verhallen ungehört.

Er reagiert zu spät. Als sein Soldat sich etwas aufrichtet und aus dem Fenster späht, sehen wir den Geländewagen auf ihn zurasen, in dem sich blechhelmtragende Killer aus den Fenstern lehnen und ihre Waffen auf ihn abfeuern.

Pam-pam-pam-pam.

Und die Kugeln durchsieben ihn und auf dem Bildschirm explodiert eine blutrote Wolke und der Lebensbalken sinkt auf null und Roy schreit und flucht, wie ich ihn noch nie schreien und fluchen gehört habe, und …

Du hast den Stream verlassen.

5
Alice

Ich schiebe den Laptop von mir weg und klammere mich an den Betträndern fest, was Mum natürlich nicht entgeht.

Sie kommt zu mir gelaufen. Ich versuche zu lächeln, als wäre alles in Ordnung, aber meine Atmung verrät mich.

»Schön ruhig und gleichmäßig atmen«, sagt sie und umfasst meine Handgelenke mit Zeigefingern und Daumen.

Ich schließe die Augen. Bringe mich für einen Moment an einen anderen Ort, wo ich in einem farbenprächtigen Ozean schwebe.

Ich bin in Sicherheit. Ich bin glücklich. Ich lebe.

Ich sage es mir so lange, bis ich allmählich spüre, dass es wahr ist. Die dunklen Gedanken ordnen sich zu hübschen kleinen Schleifen, die ich fein säuberlich in die hinterste Schublade meines Kopfs stecke.

Ich öffne die Augen und lächle sie an, während sie in meinem Gesicht nach irgendwelchen Überbleibseln dieser Gedanken sucht.

»Vielleicht solltest du mal eine Pause von Stream Cast machen. Nur eine Zeit lang.«

Ich greife nach ihren Händen. »Nein! Mir geht es gut, wirklich. Ich hab mich bloß angestellt.«

Mum seufzt. »Du kannst mit mir reden. Über Wesley. Über alles.«

»Ich weiß.« Ich lächle und versuche Wesleys Namen abzuschütteln, bevor er kleben bleibt. »Ich wollte tatsächlich mit dir reden. Darüber, ob wir vielleicht einen neuen Streamer für mich suchen können. Jemand, der keine Shooter Games spielt, keinen Kampfsport macht oder in einer hektischen Metropole unterwegs ist. Jemand, der einfach ganz normale alltägliche Dinge tut, die ich auch tun könnte.«

Mum löst ihre Hände aus meinem Griff und hebt die Decke auf, die vom Bett gerutscht ist, als ich panisch vor den Kugeln geflohen bin. »Ich denk darüber nach. Aber denk du auch darüber nach, was ich gesagt habe, Alice. Ich bin da, wenn du reden willst.«

Sie legt die Decke aufs Bett zurück und bügelt mit dem Unterarm die Falten heraus. Es fühlt sich an, als würde sie dasselbe bei mir machen und sämtliche Gedanken an in Fahrräder rasende Autos und an Soldaten, die niedergeschossen werden, aus meinem Gehirn herausstreichen.

Ich nicke und hoffe, dass sie nicht merkt, wie schnell mein Herz schlägt. Auch wenn ich weiß, dass sie alles für mich tun würde, will ich ihr nicht ständig das ganze Ausmaß zumuten. Zum Beispiel, dass mir heute der Brustkorb wehtut oder die Schmerzen in den Knien wieder da sind. Ich sehe ihr an, wie sehr sie die Sorge um mich belastet, sehe Falten in ihrem Gesicht, die sie noch nicht haben sollte.

Also lenke ich mich damit ab, mich auf all die herrlichen Dinge zu konzentrieren, die es auf der Welt gibt, unter anderem, dass ich heute wieder bei zwölf Spoons bin. Und das bedeutet, dass ich, als sie aus dem Zimmer geht und mein Handy anfängt, wie eine hinter einem Fenster gefangene Biene zu brummen, langsam aus dem Bett aufstehen kann, um dranzugehen.

Aus dem Bett aufstehen = 2 Spoons

Ich blinzle die schwarzen Punkte weg, die vor meinen Augen tanzen, und erinnere mich daran, zu atmen, während ich langsam um mein Bett herumgehe und mich dabei mit einer Hand am Gestell festhalte, nur für alle Fälle. Mein Handy liegt neben Mantas Aquarium, und er schwimmt nach unten, um zu schauen, wer es ist.

Es ist Cecelia. Das Display zeigt ein Bild von ihr, auf dem sie aus voller Kehle lacht.

Ich greife nach dem Handy. »Hallo, du.«

»Oh mein Gott, rennst du auch? Du klingst, als wärst du gerannt. Ich renne hier gerade mit einer Horde Menschen durch den Park. Total verrückt, Al. Hier sind ungefähr hundert Leute, die alle rennen, und als ich sie gesehen hab, dachte ich, hey, warum mach ich nicht einfach mit? Ich hab Sandalen an und schwitze mich in meiner Jeans halb tot.«

Sie lacht keuchend und ich lache keuchend und ich setze mich auf den Rand meines Betts und erinnere mich daran, zu atmen.

Stehen = 1 Spoon

»Ich hab … ein bisschen am Computer gespielt. Und gerade besuche ich Manta.«

»Du und dieser Fisch«, sagt sie, und ich höre ihre stampfenden Schritte und wie das Handy dazu im Takt gegen ihre Wange schlägt und ihre Lungen die Luft draußen einatmen, und es ist herrlich.

Manta stößt eine Luftblase aus, und ich öffne seine Futterdose, die neben dem Aquarium steht, und streue ein paar Flocken hinein. Er macht sich zuerst über die her, die an der Oberfläche schwimmen, bevor er herumwirbelt und den anderen hinterherjagt, die wie Schnee durch das Wasser nach unten rieseln.

Manta füttern = 1 Spoon

»Wie alt ist dieser Fisch jetzt eigentlich schon? Können Fische überhaupt alt werden?«

»Ja!«, sage ich. »Er ist erst sechs und kann noch viel älter werden.«

»Krass«, sagt sie und klingt langsam ein bisschen aus der Puste. »Du hast ihn bekommen, als du nicht mehr in die Schule gehen konntest, oder? Unglaublich, dass das jetzt schon sechs Jahre her ist. Wir sind echt alt geworden.«

Ich schlucke und schiebe mich auf dem Bett ein Stück weiter nach hinten. »Erzähl mir, was du siehst.«

Cecelia lacht. »Schwitzende Leute. Und Laufschuhe, die ich definitiv auch tragen sollte.«

Während sie weiter Dinge aufzählt, die sie sieht, schließe ich die Augen und versuche mir vorzustellen, wie ich neben ihr herlaufe, was nicht ganz einfach ist, weil ich nie viel gelaufen bin, als ich es noch konnte. Stattdessen bin ich geschwommen – jeden Tag nach der Schule. Wenn ich im Wasser war, hat es sich immer angefühlt, als würde ich nach Hause kommen – als wäre ich mit Kiemen geboren worden und würde in den Momenten, in denen ich an Land lebte, den Atem anhalten. Ich habe so getan, als würde ich frei durch Mangroven tauchen und Fische dabei beobachten, wie sie zwischen Baumwurzeln hindurchflitzen. Und ich träumte davon, eines Tages an einen fernen Ort zu verschwinden, wo das Wasser eine Fensterscheibe ist, durch die man seine Hände hindurchgleiten lassen kann.

»Lauf mit, Al«, sagt Cecelia, als könnte sie durch das Handy meine Gedanken lesen.

Ich schüttle den Kopf, zwinge mich aber, aufzustehen. Meine Beine zittern ein bisschen und meine Hand tastet haltsuchend nach der Wand. Trotzdem laufe ich auf meine Zimmertür zu und raus auf den Flur, von wo aus ich in mein altes kleines Zimmer sehen kann, das jetzt das Schlafzimmer von Mum und Dad ist, und das Bad, das ich nicht mehr benutze. Und ich kann die Stufen sehen, die steil zum unteren Stockwerk abfallen.

»Lauf mit«, wiederholt sie.

Und ich stelle mir vor, wie es wäre, nach unten zu gehen, in ein Paar Sandalen zu schlüpfen und mit wildfremden Menschen zu rennen, einfach, weil ich es kann.

Ich verpasse einen Atemzug.

Mir rutscht das Handy aus der Hand, und ich betrachte Cecelias Gesicht auf dem Display, als es klonk

klonk

klonk

von einer Stufe zur nächsten fällt.

Am Treppenabsatz stehen = 2 Spoons

Mum kommt aus ihrem Zimmer und fängt mich in letzter Sekunde auf. »Alice! Bleib von der Treppe weg.«

Ich sauge in schnellem Takt Luft in meine Lungen und sie hilft mir zurück ins Bett.

Richtig. Von der Treppe wegbleiben. Ich habe immer noch blaue Flecken von dem Sturz letzte Woche, als ich auf dem Weg zum Badezimmer ohnmächtig wurde, und es wäre so viel schlimmer, die ganzen Stufen runterzufallen, selbst wenn ich dann dort unten die anderen Zimmer sehen könnte, und sei es nur für einen Moment.

Mein Atem beruhigt sich wieder, und ich beobachte Manta in seinem Aquarium, dunkel wie ein Schatten, bis das Licht in genau dem richtigen Winkel auf ihn trifft und er golden schimmert. Und während Mum das Kopfteil des Betts wieder nach unten fährt, sage ich zu ihr, dass es mir genauso geht wie Manta. Dass mein Körper vielleicht in diesem Schlafzimmer-Aquarium festsitzt, ich aber die Freiheit habe, zu leuchten, wo immer es mir gefällt. Die Welt ist vollgepackt mit wunderschönen Dingen, deren verborgenes Gold sichtbar wird, wenn man sie nur im

richtigen

Licht

betrachtet

und

Was wollte ich sagen?

Tut mir leid, ich glaube, ich habe den Faden …

Nein, nein, ich bin nicht müde.

Das ist mein Körper.

Er ist

Er ist

ausgeschaltet.

6
Alice

Und jetzt träume ich.

Ich treibe in einem unendlichen Ozean umgeben von sattem Königsblau. Und ich fühle mich schwerelos. Ruhig. Als würde ich mich auf etwas zubewegen, eingefangen von einer unsichtbaren Strömung, die unter den Wellen einen Tunnel gräbt und mich irgendwohin mitnimmt.

Aber dann drehe ich mich. Und unter mir ragen Felsen aus dem Meeresboden. Felsen, in denen Glasscherben und Karbonsplitter glitzern.

Ich strample. Ich schlucke Wasser und die Strömung wirbelt mich herum, und ich weiß nicht mehr, wo oben und wo unten ist. Und plötzlich ist der Meeresboden der Himmel und über mir ist meine Mutter. Dad. Cecelia. Die alle an der Wasseroberfläche paddeln, mit Beinen wie Sonnenstrahlen, die mich in der Dunkelheit hier unten nicht erreichen.

Ich strecke die Arme nach ihnen aus. Ich trete so kräftig aus, wie ich nur kann.

Aber es nützt nichts. Ich sinke trotzdem.

7
Alice

Manchmal verbraucht die KRANKHEIT schneller Spoons, als ich zählen kann, und dann nimmt sie mir nicht nur meinen Körper, sondern auch MICH.

Das ist der schlimmste Teil. Ich kann mittlerweile ganz gut damit umgehen, wenn meine Glieder aufhören zu funktionieren, als würden sie von einer billigen Batterie betrieben, die nur eine Stunde hält. Aber wenn mir die KRANKHEIT den Verstand raubt, weiß ich nicht mehr, wer ich bin. Ich verliere mein ICH. Dann brauche ich eine volle Stunde, nur um eine kurze Nachricht zu schreiben oder mich an den Namen von meinem Goldfisch zu erinnern. Brainfog. Das fühlt sich an, als würde ich auf einem Floß inmitten eines Ozeans aus undurchdringlichem Nebel ins Nichts treiben.

»Ich komm schon wieder zu spät.« Mum macht sich hektisch für die Arbeit fertig. »Meinst du, du kommst heute allein klar, Alice?«

»Kein Problem«, sage ich und greife nach meinem Laptop. »Ich hab wieder meinen vollen Satz Spoons am Start.«

Aber als sie mich zum Abschied küsst, auf ihre Uhr schaut und leise flucht, frage ich mich, ob das wirklich stimmt.

Willkommen zurück bei Stream Cast, Alice

User online:

tokyo--drifter
Online seit 16 Min.

User offline:

1mp0ssible-dream	**destroy_roy**	**WesleyCycles67**	**daddycool-007**
Zuletzt online vor 4 Std.	Zuletzt online vor 4 Tagen	Zuletzt online vor 22 Tagen	Zuletzt online vor 72 Tagen

Verbinde dich mit einem Kanal, um den Livestream zu starten.

Hana ist online. Und obwohl ich einen leichten pochenden Schmerz über meinem Auge spüre, klicke ich auf Verbinden und verschwinde.

Verbindung zu **tokyo--drifter** wird hergestellt …

8
tokyo--drifter

Und jetzt stecke ich an einem Selfie-Stick und schaue meiner früheren Babysitterin Hana dabei zu, wie sie breite Fußgängerwege entlanggeht, die durch einen dichten Gebäudewald führen.

Sie hat die Kamera so gedreht, dass ich sie sehen kann. Das macht sie immer so, und ich weiß nicht, warum. Dadurch ist es unmöglich, zu glauben, ich würde gemeinsam mit ihr durch Tokio streifen. Warum sollte ich rückwärtsgehen?

Sie hat die Haare zu Pigtails hochgebunden und lächelt jeden an, der ihr entgegenkommt, aber ich versuche an ihrem Gesicht vorbeizuschauen und mir die Stadt hinter ihr anzusehen.

Tokio besteht aus Häuserschluchten und verglasten Passagen und Lichtern, die wie Weihnachtsbäume blinken. Überall sind Menschen, die Hände und Kameras halten und auf Dinge zeigen, die so hoch sind, dass ich sie nicht sehen kann.

Sie schwingt den Selfie-Stick im Kreis und ich komme mir wie auf einem Helikopter-Rundflug vor. Irgendwann setzt sie sich auf etwas, von dem ich denke, dass es eine Bank ist, und schaut sich etwas an, von dem ich nicht weiß, was es ist, weil es sich hinter der Kamera befindet. Musik ertönt und jemand fängt an zu singen, und ich warte die ganze Zeit darauf, dass sie die Kamera in Richtung des Geschehens dreht. Stattdessen schaue ich ihr dabei zu, wie sie mit offenem Mund beobachtet, was auch immer dort gerade passiert.

»Dreh die Kamera um«, sage ich laut, obwohl ich weiß, dass sie mich nicht hören kann. Das können die Streamer nie.

Ich überlege, die Verbindung zu trennen, als mein Blick auf den riesigen Flatscreen im Schaufenster eines Geschäfts hinter ihr fällt. Vorhin ist dort noch Werbung für ein Erfrischungsgetränk gelaufen, aber jetzt hat er sich in ein gigantisches Aquarium verwandelt – als wäre er gar kein Bildschirm, sondern ein Portal in eine Welt innerhalb einer anderen Welt.

Ich sitze nicht mehr auf meinem Bett, noch nicht mal auf einer Bank im Zentrum von Tokio, sondern auf dem Grund des Meeres auf dem Bildschirm. Tausende Fische verschiedenster Farben schnellen in alle Richtungen, huschen zwischen langfingrigen Korallen und kurzfingrigen Tauchern hindurch. Schildkröten gleiten über meinen Kopf hinweg und an der Oberfläche stoßen Wale Fontänen aus.

Und ich werde daran erinnert, dass das Meer voller LEBEN ist. Von winzigen grünen Partikeln bis zu riesigen Ungetümen. Es ist ein Ort, an dem man schwebt. An dem man alles und nichts ist, jeder und niemand. An dem es keine Spoons gibt, die eingeteilt werden müssen – nur Stille. Nur Licht.

Ich atme es ein und die Welt scheint einen Moment lang stillzustehen.

Und dann ist die Band, die Hana sich angeschaut hat, fertig, und der Stream löst sich in schäumende Bläschen auf, als sie zum Klatschen beide Hände benutzt.

Du hast den Stream verlassen.

9
Alice

Ich klappe meinen Laptop zu. Es ist still im Haus ohne Mum und Dad, die bei der Arbeit sind. Die einzigen Geräusche sind mein Atem, das Summen des Lichts von Mantas Aquarium und die Brise, die durch das offene Fenster mit den Vorhängen spielt.

Und draußen sehe ich in der Ferne den Glockenturm. Wesleys persönliche Ziellinie und das Letzte, was er gesehen hat, bevor –

Ich schüttle den Kopf. Früher fand ich es schön, wenn das Fenster auf war und ich nur eine Straße weiter die Schule sehen konnte, auf die Cecelia geht und in der meine Mum als Berufsberaterin orientierungslosen Schülern dabei hilft, den richtigen Kurs für ihr Leben nach dem Abschluss zu finden.

Bevor die KRANKHEIT mich erwischt hat, war Mum Sängerin. Sie ist mit einer Spice-Girls-Coverband als Posh Spice auf Tour gewesen – dass sie, die sich privat gern mal Krümel vom BH pickt und in den Mund steckt, die *Vornehme* war, fanden Dad und ich immer ziemlich lustig. Aber auf der Bühne war sie ein Star. Und ich habe es geliebt, mir ihre Auftritte anzuschauen und mitzuerleben, wie sie der Menge ihr Mikro entgegenreckt und einen ganzen Saal zum Tanzen bringt.

Mittlerweile singt sie nur noch leise und nur noch unten, wo die Musik mich nicht erreichen und Spoons verbrauchen kann. Und statt ein Mikro zu halten, hält sie Meetings über die Träume anderer Leute ab.

Ich schaue Mum zu, wie sie ihr Leben aufschiebt, um sich um mich zu kümmern, und meine Schuldgefühle lasten wie tausend Tonnen Wasser auf meinen Knochen. Es macht, dass ich mich schwer fühle und die Wände in meinem Zimmer ein bisschen näher rücken und die Stille im Haus fast –

Ich atme tief durch und klappe meinen Laptop wieder auf. Der Pfeil meiner Maus schwebt über dem Stream-Cast-Icon auf meinem Desktop.

Willkommen zurück bei Stream Cast, Alice

User online:

Rowan Online seit 2 Min.	tokyo--drifter Online seit 4 Std.

User offline:

1mpOssible-dream Zuletzt online vor 4 Tagen	destroy_roy Zuletzt online vor 7 Std.	WesleyCycles67 Zuletzt online vor 22 Tagen	daddycool-007 Zuletzt online vor 72 Tagen

Verbinde dich mit einem Kanal, um den Livestream zu starten.

Mein Herz scheint ruckartig zum Stehen zu kommen.

Rowan. Online seit zwei Minuten.

Ein neuer Streamer. Sein Thumbnail ist dunkel, als würde er genauso gut auf dem Grund eines schwarzen Ozeans existieren können.

Mein Herz schlägt weiter, und jetzt zittere ich, weil ich ein neues Fenster habe. Ein Fenster, das vielleicht eine Welt weit weg von schlimmen Dingen oder einem Leben ist, das jeden Moment enden könnte. Ein Fenster, das offen steht und darauf wartet, dass ich hindurchklettere und meinen Körper und all seine defekten Bestandteile zurücklasse.

Ich reibe über den stärker werden Schmerz direkt über meinem Auge. Ich tippe auf das Mousepad.

Und klettere hindurch.

Verbindung zu **Rowan** wird hergestellt …

10
Rowan

Und jetzt bin ich an die Brust einer Person geschnallt, die ich nicht kenne und die gerade durch etwas hindurchläuft, was vermutlich eine lange Unterführung ist.

Weiter vorne ist Licht und die Sicht schaukelt im Rhythmus ihres wiegenden Gangs hin und her. Ich höre widerhallende Schritte und halte die Luft an wie früher, wenn ich mit Dad vor der KRANKHEIT durch einen Tunnel gefahren bin. Und ich kann fast hören, wie das Geräusch bumerangartig zurückkommt und mich antreibt – mir das Gefühl gibt, dass ich vielleicht nie wieder Luft holen werde –, während über uns gelbes Neonlicht im Takt meines Herzschlags flackert. Und wir rasen – rasen auf die Ziellinie zu, wo ein völlig neues Leben und klare frische Luft warten. Aber wir sind nicht schnell genug, und der Nervenkitzel, es vielleicht nicht zu schaffen, vibriert bis in meine Knochen hinein.

Aber das Licht kommt jetzt näher und blitzt hell in der Kamera auf, bevor das Objektiv sich angepasst hat. Und ich will, dass wir weiter in dieses Licht laufen. In dieses neue Leben, in dem es so etwas wie Schatten nicht gibt.

Stattdessen bleibt der neue Streamer stehen. Dreht sich halb um. Und schaut auf die Wand der Unterführung.

Ich stoße die angehaltene Luft aus.

Warum schauen wir auf die Wand in einer Unterführung, wenn in dem Licht eine völlig neue Welt wartet? Es ist bloß eine Wand. Eine rissige Betonwand, auf die auch noch jemand ein Graffiti aus kreuz und quer verlaufenden Zeichen und Symbolen gesprüht hat, das wie ein riesiges Tic-Tac-Toe-Spiel aussieht. Ich will, dass wir uns wieder nach vorn drehen und weiter auf das Licht zugehen, dorthin, wo das LEBEN passiert. Aber wir rühren uns nicht von der Stelle. Wir starren weiter die Wand an.

Enttäuschung macht sich in mir breit. Das hier sollte ein neues Fenster sein, und jetzt bin ich bei jemandem gelandet, der sich gern Wände anschaut, statt irgendetwas von den Dingen zu tun, die ich tun würde, wenn mein Körper noch wie früher funktionieren würde. Zum Beispiel an unfassbare Orte zu schwimmen und wie aus dem Nichts explodierende Farben zu sehen.

Aber dann schaue ich genauer hin. Und nun erkenne ich, dass die kreuz und quer verlaufenden Linien an der Wand in etwas übergehen, das größer ist. Größer als ich und sogar größer als die Wand selbst. Die kleinen Farbstriche schlängeln sich ineinander, bilden einen Umriss. Ein Auge. Acht Arme mit winzigen Saugnäpfen.

Der neue Streamer tritt ein Stück zurück und plötzlich sehe ich einen gigantischen Regenbogenkalmar aus der Tunnelwand hervorbrechen, als hätte er seine Fangarme in Tausende Farbeimer getaucht und sich mit einer einzigen zuckenden Bewegung selbst erschaffen. Im flackernden Licht der Neonröhren scheint er zu atmen, sich auf dem Beton zu krümmen und zu winden, sich darauf vorzubereiten, seine Arme um das Herz der Erde zu schlingen und zuzudrücken.

Während wir dort stehen, schiebt sich ein anzugtragender Mann vorbei. Er hat den Blick auf sein Handy gesenkt. Sieht nichts davon. Aber wir sehen es.

Und ich frage mich, was ein Mensch, der ein LEBEN hat, noch alles verpassen wird, weil er damit beschäftigt ist, zu seinem nächsten Meeting zu hetzen, obwohl sich am Wegrand Wunder aller Art verbergen, Wunder wie dieses hier.

Einen Augenblick später wenden wir uns ab und laufen aus der Unterführung, und ich bin beinahe traurig, mich von dem Kalmar zu verabschieden, der es mit dem Beton aufnimmt, als das Tageslicht mir für einen Moment die Sicht nimmt. Aber dann klärt sich das Bild, und ich sehe einen Fußweg, der sich um einen Spielplatz windet.

Der neue Streamer hat die Hände in die Taschen geschoben, das denke ich zumindest, weil die Welt sich nach links und rechts neigt, während er einen Fuß vor den anderen setzt. Wir folgen dem Weg, bis er uns auf einer schwammartigen Asphaltfläche ausspuckt, die sich in meiner Vorstellung anfühlt, als würde man mitten in einem schwarzen Geburtstagskuchen stehen.

Es ist ein grauer Tag, aber aus allen Richtungen kommen Kinder in blauen Pullovern auf den Spielplatz gerast, springen kreischend auf Schaukeln und klammern sich an den Haltestangen eines Sitzkarussells fest, das sie in Bubblegum-Eiscreme-Wirbel verwandeln.

Ich hätte gedacht, dass die ganzen Kinder den neuen Streamer in die Flucht schlagen würden, aber wer auch immer diese Person ist, es scheint sie nicht zu stören.

Stattdessen steigt sie, immer zwei Stufen auf einmal nehmend, die Treppe zu einem Klettergerüst hoch, das einer Burg nachempfunden ist, und ich sehe Hände, die nach rostigen Streben greifen und uns hochziehen – die Finger lang und kräftig wie Riesenkrabben.

Oben angekommen, schiebt sie sich auf Knien und mit eingezogenem Kopf in das Turmhäuschen, von dem durch die eine Fensteröffnung eine Rutsche nach unten führt und durch die andere eine Kletterstange.

Ich frage mich, wofür die Person sich entscheiden wird. Zuerst hoffe ich, dass sie die Rutsche nimmt, und dann wünsche ich mir die Stange, weil mir wieder eingefallen ist, wie es sich im Bauch anfühlt, wenn man seinen Körper der Schwerelosigkeit überlässt und einfach fällt. Stattdessen setzt sie sich hin, und ich sehe schwarze Sneaker, die Risse an der Naht haben, und eine Jeans, die an den Fußknöcheln endet und Beine bedeckt, denen es nichts ausmacht, benutzt zu werden.

Ich glaube nicht, dass der neue Streamer wieder ein Lehrer von der Schule ist wie Wes…

Ich schüttle den Kopf.

Ich glaube, dass dieser Streamer jung ist. Aber weil er die Beine anwinkeln und die Füße gegen die Wand stemmen muss, um in den Turm dieser Spielplatzburg zu passen, kann er kein Kind mehr sein.

Und dann sehe ich es. Seine Füße sind ein bisschen im Weg, aber dahinter entdecke ich ein Bild – vom selben Künstler wie der Kalmar, da bin ich mir sicher. Es ist derselbe Stil: unzählige kleine Farblinien, die sich ineinanderflechten, um Schuppen zu formen, die einen Fischschwanz bedecken, der zu einer eher rastlos aussehenden Meerjungfrau gehört. Ihr Schwanz windet sich um die Öffnung zur Rutsche und ihre Arme umklammern die zur Stange, als könnte auch sie sich nicht entscheiden, durch welche sie zuerst rausschlüpfen soll.

Ihr Haar ist ganz anders als das der Meerjungfrau aus dem Disneyfilm – es schimmert in allen Blautönen des Meers und um manche Strähnen winden sich grüner Seetang und violette Muscheln. Ihr Oberkörper ist nackt, aber der Ausdruck auf ihrem Gesicht scheint zu sagen, dass es dringlichere Dinge auf der Welt gibt, als sich den Kopf darüber zu zerbrechen, ob jemand ihre Brüste sieht.

Ich folge dem Blick ihrer nach unten gerichteten Augen aus der Fensteröffnung, die sie umklammert. Von hier oben kann man kilometerweit schauen – über ein Feld, wo ein paar Jungen Fußball spielen und ihre T-Shirts als Torpfosten benutzen – über eine Straße mit einer Bäckerei und einem Laden, der Brauselimonade verkauft – über Häuserreihen und Straßenlaternen – bis zu einer riesigen blauen Fläche.

»Das Meer!«, stoße ich hervor.

Ich bin schon dabei, mir vorzustellen, wie ich mich in seine Fluten stürze, und als der neue Streamer etwas sagt, klingt es fast so, als würde die Stimme von irgendwo an der Wasseroberfläche kommen.

»Oh …

Ist mir noch gar nicht aufgefallen, dass man von hier oben das Meer sieht.

Schräg.«

Ich erstarre.

Und dann schnappe ich keuchend nach Luft, und sie drängt wie Eiswasser in meine Lungen und ich gerate in Panik, weil er –

Er hat mich gehört. Und er hat gerade etwas *gesagt*. Zu *mir*.

Du hast den Stream verlassen.

11
Alice

Ich klappe den Laptop zu und stoße ihn vom Bett. Er landet mit einem harten, dumpfen Schlag auf dem Boden. Mein Herzschlag ist genauso hart und dumpf.

Ich sinke ins Kissen zurück und hebe die Decke an, unter der die Luft so warm ist, dass sie langsamer in meine Lungen strömt und ich atmen kann. Atmen.

Und nachdenken.

Der neue Streamer. Er hat mich gehört. Er muss mich gehört haben, weil er mir geantwortet hat, auch wenn es eine komische Antwort war. Wer lebt am Meer und sieht es nicht?

Aber was durch meinen Kopf schwirrt und dafür sorgt, dass der ach so vertraute Schmerz sich wie ein Messer in den Knochen über meinem rechten Auge bohrt, ist die Tatsache, dass ich mit den Streamern nicht spreche. Weder mit Wes…, noch mit irgendeinem von ihnen. Ich schaue ihnen zu, wie sie ihr LEBEN LEBEN, und tue so, als hätte ich noch nicht mal einen Mund, den ich zum Sprechen benutzen kann. Als hätte ich die KRANKHEIT hinter mir gelassen. Die Notwendigkeit, Spoons zu zählen. Dieses Bett.

Ich drücke die Finger gegen die Stirn, um die Migräne zu vertreiben. Wenn ich nur noch einen Moment länger nachdenken könnte, wäre ich vielleicht in der Lage, es zu verstehen.

Der Brainfog senkt sich herab und alle meine Gedanken wabern davon. Ich strecke die Finger aus und versuche nach den Buchstaben zu greifen, während meine Worte

verschwind e n .

Dann – wie der Lichtkegel eines Leuchtturms im Nebel –

»In Ordnung, Kleines, du musst nur das hier schlucken und danach kannst du dich ausruhen, okay?«

Tablette. Sie wird den Schmerz auslöschen, aber sie wird auch MICH auslöschen.

Wasser.

Schlucken.

»Der Eimer ist hier, wenn du ihn brauchst, gleich neben dem Bett.«

Bärtiger Kuss. Genau auf die Stelle, wo der Schmerz pulsiert.

»Danke, Dad«, flüstere ich.

Und ich bin nicht Alice. Ich bin nicht der Streamer. Ich bin noch nicht einmal ICH.

Ich bin eine Migräne.

12
Alice

Migräne haben = 12 Spoons

Ich hasse Migräneanfälle. Sie kommen wie Messer in der Nacht, um einen niederzustrecken, und hinterlassen ölige Dunkelheit und einen vollen Eimer neben dem Bett.

Auch wenn die Tablette die scharfen Ränder abstumpft, verbraucht eine Migräne zwei, drei Tage lang sämtliche Spoons. Man kann also nicht mehr tun, als einfach wach zu bleiben und zu versuchen, nicht zu vergessen, dass man essen und trinken muss.

Aber heute fange ich langsam an, mich wieder ein bisschen mehr wie ICH zu fühlen, und als Mum von unten ruft, dass Cecelia vor der Schule zum Frühstücken vorbeigekommen ist, antworte ich nicht, dass sie nicht hochkommen kann.

»Was soll der ganze Lachs in eurem Kühlschrank?«, fragt Cecelia, als sie mit einem Pop-Tart in mein Zimmer stürzt.

Sie drückt mich fest an sich und ich tätschle ihren Arm. »Oh, na ja … du kennst ja meinen Dad.«

Sie hält mir das Pop-Tart hin, um mich davon abbeißen zu lassen, und ich verziehe das Gesicht, bis sie es wieder wegnimmt.

»Das Klettern ist heute Morgen ausgefallen, ist das zu fassen? Sie haben uns noch nicht mal eine Nachricht geschickt und wir sind alle für nichts und wieder nichts um sechs aufgestanden. Um sechs! Ich sag's dir, Al, wenn du nicht auf der anderen Straßenseite wohnen würdest, würde ich jetzt genau wie die anderen Loser blöd vor der Schule rumstehen und darauf warten, dass sie die Türen aufschließen. Was schauen wir gerade?«

Ich will den Laptop zuklappen, aber sie hält den Bildschirm fest. Ich habe gerade _1mp0ssibledream_ gestreamt – Dads alten Taekwondo-Freund. Ich habe zugeschaut, wie er mit den Fäusten einen knallbunten Sack bearbeitete, *box-box-box*, und der Raum sich drehte, als er mit dem Bein zu einem Tritt ausholte.

»Ist das wieder einer von deinen komischen Streamern? Im Ernst, Al. Eines Tages holt einer von denen seinen schrumpeligen Altmänner-Pimmel raus und der Anblick wird dich dein Leben lang verfolgen. Denk mal drüber nach.«

Ich schiebe lachend den Laptop ans Fußende. »So sind die nicht drauf.«

Sie beißt von ihrem Pop-Tart ab. »Komische alte Männer mit Kameras machen so was ständig.«

»Sie sind nicht alle alt«, sage ich und setze mich etwas aufrechter hin. »Roy streamt auch und der ist so alt wie wir.«

Sie verdreht die Augen. »Dein Cousin? Das beweist gar nichts. Ich weiß noch, wie er sich an deinem neunten Geburtstag den ganzen Nachmittag im Wandschrank unter eurer Treppe versteckt und so getan hat, als wäre er

Harry Potter, obwohl vor der Tür eine verflixte Hüpfburg stand.« Sie schüttelt so energisch den Kopf, dass mir ihre dicken Braids ins Gesicht schnipsen. »Was diesen einsiedlerischen Kram angeht, ist er genauso schlimm wie du.«

Ich spüre, wie ich rot werde, und nehme plötzlich die Tapete wahr, die sich in einer Ecke meines Zimmers von der Wand löst, und die leeren Tablettenschachteln, die sich auf dem Schreibtisch türmen.

»Es bringt mir trotzdem was, das Taekwondo-Training zu streamen«, sage ich schnell. »Das hilft mir … das hilft mir dabei, meine Kicks zu perfektionieren.«

Ich fake einen Taekwondo-Tritt gegen ihr Schienbein.

Einen Taekwondo-Tritt faken = 2 Spoons

»Okay, alles klar«, sagt sie und stupst mich in die Seite, »du hast das Training dringend nötig.«

Sie isst ihr Pop-Tart auf und erzählt von ihren Freunden an der Schule – dass sie einen Boulder-Verein mit ihr als Präsidentin gründen wollen.

Und das sind Leute, die auch mal meine Freunde waren. Bis sie die Geduld verloren, weil mein Zustand sich einfach nicht besserte, und sie ihre Besuche einstellten. Und auch wenn Cecelia vielleicht manchmal blöde Sachen von sich gibt, ist sie für mich da. Sie vergisst nicht, dass ich hier bin, und wirbelt das Draußen zu mir rein wie ein stürmischer Wind, der mich in ein anderes Leben fegt, wenn auch nur für einen Moment.

»Ich hab das Bouldern aber auch wirklich drauf. Schau«, sagt sie.

Sie schiebt die Füße unter den Rand meiner Matratze und hängt einen Moment wie ein Äffchen an meinem Bettgestell, bevor sie erfolglos versucht, zu meinem Schreibtisch zu springen. Sie knallt auf den Boden und die Erschütterung lässt das Wasser in Mantas Aquarium hin und her schwappen.

Ich muss so lachen, dass ich Seitenstechen bekomme. Und sie rollt sich über den Boden, hält sich auch die Seiten und ist ein Wirbelwind aus lila Braids und abgeplatztem Glitzernagellack und Armreifen in allen Regenbogenfarben.

»Oh mein Gott, ich glaube, ich hab mir was gebrochen. Warum müssen Böden auch so hart sein?«, stöhnt sie.

Sie streckt eine Hand zu mir hoch und ich nehme sie.

»Wirklich schade«, sage ich. »Jetzt musst du für immer hier auf meinem Teppich bleiben.«

Und ich hoffe, sich merkt nicht, wie fest ich ihre Hand umklammere.

Mum kommt rein und zieht eine Braue hoch. »Nicht dass ich dich davon abhalten will, ein Loch in die Decke zu schlagen, aber bist du heute nicht als Schülerlotsin eingeteilt, Cecelia?«

Cecelia springt auf, kramt ihr Handy aus der Tasche und schaut auf die Uhr. »Oh Shit, das hab ich total vergessen!« Sie tätschelt zum Abschied meinen Fuß, als sie aus der Tür stürzt und dabei alle Luft mitnimmt. Ich höre, wie sie die Treppe runterpoltert, in ihre Schuhe schlüpft und aus dem Haus jagt. Ohne stehen zu bleiben und sich die Zimmer dort unten anzuschauen. Ohne stehen zu bleiben und all die Dinge wahrzunehmen, von denen man nicht weiß, ob man sie jemals wieder sehen wird. Ohne innezuhalten. Und hinzuschauen.

Mum schüttelt den Kopf und klatscht dann in die Hände. »Okay, ab ins Bad mit dir, bevor ich auch losmuss.«

Und mein stürmisches Leben ist einfach so davongeweht und ich bin zurück in meinem Bett und kann nicht aufstehen.

Ein Bad nehmen = 5 Spoons

Nach Cecelias Besuch bleiben mir für den restlichen Tag nur noch ein paar Spoons, also hilft Mum mir in die Wanne und lässt Wasser einlaufen.

Früher ist es mir peinlich gewesen, wenn sie mich nackt gesehen hat, aber vielleicht ist es wie bei der Meerjungfrau auf dem Spielplatz und es gibt dringlichere Dinge, als sich den Kopf darüber zu zerbrechen, ob es okay ist, dass meine Mum meine Brüste sieht.

Sie beginnt, einen alten Spice-Girls-Song zu summen, und ich würde ihr gern zuhören. Aber im Badezimmer ist ihre Stimme ein bisschen zu laut und hallt zu sehr, weshalb ich sie bitten muss, aufzuhören. Stattdessen sitzen wir schweigend da, während sie Shampoo in meinen Haaren verteilt.

Das Schweigen fühlt sich schwer an, als würde es sich mit dem Wasserdampf im Raum verteilen. So fühlt es sich immer an, wenn Cecelia mich besucht hat. Das sind mit die einzigen Momente, in denen ich mir erlaube, für eine Unterhaltung einen Spoon zu verlieren. Klar, ich rede mit Mum und Dad. Und mit Manta, obwohl er bis jetzt noch nie irgendwas erwidert hat. Und dann gibt es da noch Ärztinnen und Pfleger und Physiotherapeutinnen. Aber in diesen Unterhaltungen bin ich nie wirklich ICH.

Und selbst bei Cecelia fange ich ab einem bestimmten Punkt an zu lügen. Nur ein bisschen. Nur was nötig ist, um die schlimmsten Auswirkungen der KRANKHEIT vor ihr zu verbergen. Nur was nötig ist, damit sie nicht wie die anderen aufhört, mich zu besuchen. Nur was nötig ist, damit sie weiterhin kommt.

Vielleicht bin ich deswegen so panisch geworden, als ich versehentlich mit dem neuen Streamer geredet habe. Ich bin aus der Übung. Was schade ist, weil alle anderen mit gesenktem Kopf durch ihren Tag gehetzt sind und sich nur dafür interessiert haben, so schnell – so effektiv – wie möglich an ihr Ziel zu gelangen. Genau wie … andere Leute, die ich kenne. Kannte.

Aber der neue Streamer war nicht so. Er hat zwar nicht die KRANKHEIT, die ich habe, schließlich kann er durch Tunnel laufen und auf Burgen klettern, während ich in diesem Moment noch nicht mal die Arme hochhalten kann, um mich unter den Achseln zu waschen. Aber egal, wohin er unterwegs war – der Ort, an dem er sich zu dem Zeitpunkt aufgehalten hat, schien ihm plötzlich wichtiger zu sein als das Ziel.

Bei mir ist es auch so.

Und er hat Dinge gesehen. Herrliche Dinge. Dinge, über die jemand anderes sich lustig machen würde oder die er übermalen würde oder im Vorbeieilen noch nicht mal sehen würde. Und das bringt mich fast dazu, dass ich nicht mehr nur zuschauen, sondern anfangen will, mit ihm zu LEBEN.

Ich sehe Mum an. »Du hast einen neuen Streamer für mich gefunden.«

Sie zieht den Stöpsel aus der Wanne und die Schaumbläschen verschwinden gluckernd im Abfluss. »Du hast ihn also schon gesehen.«

Ich erwidere nichts. Ich lasse einfach das Wasser um mich herum ablaufen. Sie stützt die Ellbogen auf den Rand der Wanne und sieht mich über ihre verschränkten Hände hinweg an.

»Er war in Wesleys Kunstunterricht.«

Mein Herz flattert, als sie seinen Namen sagt, aber ich versuche mir nichts anmerken zu lassen.

»Einen Tag bevor Wesley gestorben ist, hat er für mich eine Liste mit ›orientierungslosen‹ Schülern erstellt, die er für außergewöhnlich talentiert hielt und die seiner Einschätzung nach einen zusätzlichen Anstoß brauchen. Ich habe sie letzte Woche auf meinem Schreibtisch gefunden und dieser Junge stand an erster Stelle. Wesley war anscheinend der Meinung, dass er etwas Besonderes ist.« Sie zuckt mit den Achseln, als würde sie diese Meinung nicht wirklich teilen.

»Inwiefern besonders?«, frage ich langsam.

»Das stand nicht dabei. Ich nehme mal an, dass es was mit Kunst zu tun hat. Jedenfalls dachte ich, dass du ihm vielleicht dabei helfen könntest, wieder eine Aufgabe zu haben. Und gleichzeitig meine heimliche Informantin sein könntest.« Sie zwinkert mir zu.

Ich weiß nicht, wie ich es finden soll, eine Informantin

zu sein. Die Welt durch die Augen von jemandem zu sehen, der die Augen kannte, die nun für immer geschlossen sind. Aber da ist auch noch ein anderer Teil in mir, der es wissen will. Der nützlich sein will für Mum, die sich die Mühe gemacht hat, das alles für mich in die Wege zu leiten. Der mit dem Jungen LEBEN will, der stehen bleibt und hinschaut und vielleicht etwas Besonderes ist.

»Okay.« Ich nicke. »Ich versuche es.«

Willkommen zurück bei Stream Cast, Alice

User online:

Rowan	**_1mp0ssibledream_**
Online seit 2 Std.	Online seit 3 Std.

User offline:

tokyo--drifter	**destroy_roy**	**WesleyCycles67**	**daddycool-007**
Zuletzt online vor 12 Std.	Zuletzt online vor 2 Tagen	Zuletzt online vor 28 Tagen	Zuletzt online vor 78 Tagen

Verbinde dich mit einem Kanal, um den Livestream zu starten.

Verbindung zu **Rowan** wird hergestellt …

13
Rowan

Und jetzt bin ich am Oberkörper des neuen Streamers festgeschnallt, der gerade gegenüber von meiner alten Grundschule auf einer Bank sitzt. Und ich bin nicht hier, um ICH oder er zu sein, sondern irgendetwas dazwischen und beides zugleich.

Ich komm mir ziemlich bescheuert vor mit diesem Kameragurt.
Die Riemen
SCHNÜREN
in meine Seiten.
Ich wette, ich sehe wie ein Schinkenbraten aus.

Und dann kommen die Erinnerungen. Das grüne Tor, so hoch wie alte Bäume. Die kastenförmigen Klassenzimmer mit Kindern in blauen Pullovern. Der mit Kreide bemalte Schulhof. Das alles liegt im Schatten des Glockenturms, der das Letzte war, was Wesley gesehen hat, bevor er –

Aus meinem Handy kommt ein keuchender Laut.
»Na, wieder da?«

Ich kann nicht atmen. Mein Schweigen hängt in der Luft, als er eine Hand zum Gesicht hebt und sein Ellbogen einen Moment lang alles ist, was ich sehen kann.

Ich drücke mir den Daumen aufs Auge.
»Ich hab's verbockt, oder?
Die verfluchte Berufsberatungstante
wird mich lynchen.«

Diesmal schaffe ich es, ein Krächzen von mir zu geben. Die Vorstellung, Mum würde jemanden lynchen, ist absurd.

»Fuck.
Okay, hör zu.
Erzähl ihr nicht, dass ich das hier verkackt hab,
ja?«
Das neue Handy, das sie mir gegeben hat, damit ich diese
Sache hier machen kann,
ist tausendmal besser als mein altes.
Endlich mal eins, das nicht ständig den Geist aufgibt.

Das F-Wort wirkt wie eine Starthilfe. »Derbe Kraftausdrücke sind nicht nötig.«

Hätte Mum das gehört, würde sie ihn vielleicht wirklich lynchen wollen.

Er lacht.

»Tut mir leid … Omi.«
Heute hängen massenhaft alte Leute vor der Schule ab.

Für die sieht es wahrscheinlich so aus,
als würde ich grundlos vor mich hin lachen. Der Typ, der
neben mir wartet, schaut mich
schon ganz misstrauisch an.

Ein paar Kinder im Fenster des nächstgelegenen Klassenzimmers stehen plötzlich auf und fangen an, Bücher einzupacken.

»Warum kann ich mit dir sprechen?«, frage ich. »Normalerweise führe ich keine … Die Streamer können mich normalerweise nicht hören.«

Ich schaue den Typen genauso misstrauisch an.
»Das ist ein Handy. Dafür gedacht, reinzusprechen.
Und fürs Zocken.«
Ich hab schon Jonahs Lieblingsspiel runtergeladen.
Irgendwas mit Vögeln, die Schweine killen.
Tolle Erziehung, die er da von mir kriegt.

Ich glaube, von den anderen hat noch nie einer mit seinem Handy gestreamt. Dad bekommt in der Regel Prozente auf spezielle Kameras, die man sich umschnallen kann, aber die sind nicht wirklich für eine klassische Kommunikation gedacht. Jedenfalls nicht so wie ein Handy.

»Hör mal …
wenn ich irgendwas gemacht hab, worüber du dich geärgert
hast, auf dem Klettergerüst meine ich,
dann tut's mir leid.
Die Berufsberatungstante hat mir bloß

eine SIM-Karte und eine ganze Liste mit Zeug gegeben,
das ich besser lassen soll.
Aber sie hat nicht gesagt, was ich machen soll.«

»Oh.« Ich spüre, wie meine Handinnenflächen feucht werden. »Nein, das hatte nichts damit zu tun, was du gemacht hast. Das passiert manchmal mit mir. Ich … verschwinde.«

Ein Mädchen, das verschwindet.
Kommt mir bekannt vor.
Ich sehe die Schulleiterin,
die gerade wie ein Feldwebel über den Schulhof marschiert.
Ihr Blick
JAGT
auf der Suche nach Mum hin und her,
aber sie wird sie nicht finden.
Nur mich.
»Was ist los mit dir?
Warum verschwindest du?«

Ich schlucke, schließe die Augen und fluche unterdrückt, weil ich weiß, dass ich vorsichtig sein muss. Wenn er von der Krankheit erfährt, wird er selbst verschwinden, genau wie es meine anderen Freunde getan haben. Wer will sich schon mit jemandem unterhalten, der nicht mit Sicherheit sagen kann, ob er das nächste Mal überhaupt in der Lage sein wird, aufzukreuzen?

»Ich … ich bin hier, um ein Leben zu haben«, sage ich langsam. »Durch dich. Wer auch immer du bist.«

Er lacht und es klingt wie eine Felslawine.

»Ich bin Rowan.
Tut mir leid, wenn ich dich enttäuschen muss,
Phantommädchen,
aber das hier kann man kaum Leben nennen.

Plötzlich öffnet sich die Eingangstür der Schule und Hunderte Kinder in Blau strömen auf den Schulhof hinaus. Rowan steht auf.

Die Schulleiterin hat mich entdeckt.
Ich weiß jetzt schon,
dass ich mich auf was gefasst machen kann.
(Was tust du mir an, Jonah?)
»Hör zu.
Wenn ich dieses Handy behalten will,
muss ich für dich streamen.
Wenn du ein Leben haben willst, von mir aus.
Morgen Vormittag um zehn, okay?
Dann leben wir mal.«

Ich sehe, wie eine elegant gekleidete Frau in einem Meer aus blauen Pullovern Rowan zu sich winkt, bevor der Bildschirm einfriert und schwarz wird.

Rowan hat den Stream beendet.
Wechsle zu einem anderen Kanal.

14
Alice

Als ich wieder ganz und gar Alice bin, wird mir klar, dass Dad im Zimmer steht. Er hat noch seine Arbeitsklamotten an und trägt einen großen Karton.

»Dad!« Ich klappe den Laptop zu. »Schon mal was von Anklopfen gehört?«

Er stellt den Karton vorsichtig auf dem Stuhl ab, läuft ruhig aus dem Zimmer, ohne noch mal einen Blick zurückzuwerfen, und schließt die Tür hinter sich. Sofort bekomme ich ein schlechtes Gewissen und frage mich, ob ich es diesmal geschafft habe, ihn zu kränken, als ich es klopfen höre.

»Oh Mann, Dad«, sage ich, als er den Kopf durch die Tür streckt, aber er hat schon gesehen, dass ich lächle. »Was gibt's denn?«

Er zeigt auf den Karton. »Es ist Mittwochabend.«

Ich schaue zu dem Whiteboard, das an der Wand gegenüber von meinem Bett hängt, und lese unter den bereits ausgestrichenen Listenpunkten: Welpen-Therapie.

Mein Lächeln gefriert. »Du hast doch nicht …«

Aber Dad ist bereits eifrig dabei, vorsichtig den Karton zu öffnen, und gibt Laute von sich, die kein erwachsener Mann je von sich geben sollte, als er einen weißen Labrador-Welpen herausholt, der verwirrt und aufgeregt zugleich wirkt.

»Aber …«, protestiere ich schwach, als er mit dem kleinen Fellknäuel, das sich windet und sein Gesicht abzulecken versucht, zu mir ans Bett kommt. »Meine Spoons …«

Er hält inne, das Lächeln verblasst. »Deine Mum meinte, dass du dich besser fühlst …«

Und als er so dasteht und den Hund an seine Brust schmiegt und die beiden mich geknickt anschauen, kann ich einfach nicht anders. Obwohl ich spüre, dass die Unterhaltung mit Rowan, die Nachwirkungen der Migräne und all das, was ich mir für morgen um zehn erhoffe, an mir zerrt …

»Okay«, sage ich. »Ein paar Minuten sollte ich hinkriegen.«

Dad wirkt immer noch unsicher, aber ich strecke die Hände nach dem Hund aus und er gibt ihn mir, worauf der kleine Labrador aufgeregt mit dem Schwanz wackelnd über meinen Kopf klettert und meine Ohren ableckt.

»Zu viel?«, fragt Dad, und als ich zu ihm schaue, hält er mir einen schokoladenbraunen Labrador hin, der es kaum erwarten kann, zu seinem kleinen Kumpel zu stoßen.

Ich kann nicht anders. Ich gebe jedem von ihnen einen Spoon.

Welpen-Therapie = 2 Spoons

Ich weiß zwar nicht, wie viele Spoons ich noch übrig habe, aber den beiden dabei zuzuschauen, wie sie miteinander balgen und mir dabei ihre wackelnden Schwänze ins Gesicht peitschen, sind jeden Spoon wert. Dad sitzt mit mir auf dem Bett und fängt hinter meinen aufgestellten

Beinen eine Art Versteckspiel an, und ich beobachte, wie die Welpen über mich drüberspringen und mit ihren Pfoten nach ihm haschen, und wie seine Augen leuchten, als wäre es Weihnachten.

»Ihr habt ohne mich angefangen!« Mum kommt ins Zimmer gelaufen und setzt sich schnell neben mich aufs Bett, worauf die beiden kleinen Labradore sofort von Dad ablassen und über sie herfallen.

Ich lache und strecke die Hände aus, damit ich sie spüren kann. Sie fühlen sich an wie Kuscheltiere frisch aus der Mikrowelle. Und ich rieche Hundefutter und habe den Geschmack von Fell auf der Zunge, weil der schokoladenbraune vorhin kurz mit einer Pfote auf meinen Mund getreten ist, und ich kann mit absoluter Sicherheit sagen, dass sie alles andere als nach Schokolade schmeckt.

Aber sie schmeckt nach LEBEN.

Und plötzlich kann ich es nicht erwarten, Cecelia wiederzusehen. Sie kann vielleicht Wände hochklettern, aber ihr Dad hat noch nie Welpen mit nach Hause gebracht oder Papageien oder sogar einmal eine Python …

»Die hast du aber nicht geklaut, oder?«, frage ich.

Dad keucht gespielt entsetzt auf. »Ich? Einer, der Welpen klaut? Meine eigene Tochter hält mich für einen gewöhnlichen Dieb, Sophia.«

»Tja, warum wohl?«, sagt Mum und wirft mir einen lächelnden Blick zu.

Er reckt das Kinn hoch. »Wenn ihr's genau wissen wollt – ich hab sie mir von unseren Nachbarn ausgeliehen. Alles ganz legal. Nicht wie bei der Python … die zugegebenermaßen ein Fehler war …«

Mum schnaubt. »Das kann man wohl sagen. Die Tierhandlung ruft heute noch jedes Mal an, wenn sie dort ein Tier vermissen. Die haben bestimmt ein Fahndungsfoto von dir an der Wand hängen.«

Dad verdreht die Augen. »Ich hatte ihnen *gesagt,* dass ich sie mir ausleihe. Ich bin nämlich kein Dieb.« Er senkt die Stimme, als er den weißen Welpen hochnimmt. »Auch wenn ich den hier vielleicht wirklich klaue. Meint ihr, den Johnsons fällt es auf, wenn wir Manta mit dem Rest Wandfarbe aus der Küche anmalen und stattdessen ihn zurückgeben?«

»Dad!«

Manta lässt wütend seinen Schwanz hin- und herschnellen.

Dad schaut auf die Uhr und setzt die Hunde wieder in den Karton, bevor er zum Whiteboard geht und »Welpen-Therapie« ausstreicht.

Wir schweigen alle, während er das tut.

Er starrt einen Moment auf das Whiteboard, dann schreibt er etwas anderes darunter, so klein, dass ich es von hier aus nicht lesen kann.

Aber das macht nichts. Dieses Whiteboard hieß früher mal »Therapietafel«. Nachdem wir ein paar Jahre lang verschiedene Medikamente ausprobierten und sich nichts geändert hat, fingen wir an, nach anderen Möglichkeiten zu googeln, mit denen wir die KRANKHEIT vielleicht verschwinden lassen könnten. Und das Internet hatte tatsächlich eine Menge Ideen auf Lager. Tausende. Von der Einnahme seltsamer Kräuter bis zum Leben in einem Zelt unter freiem Himmel ist alles dabei gewesen. Und wir haben alles und noch mehr ausprobiert – und wenn es nicht funktionierte, haben wir es auf der Tafel ausgestrichen.

Und irgendwann hat es alles nur noch schlimmer gemacht, weil da diese vielen Leute waren, die sagten, dass ich bloß ein Nahrungsergänzungsmittel zu mir nehmen oder meine Ernährung umstellen oder bestimmte Übungen machen müsste, um gesund zu werden. Und wenn es nicht funktionierte, war es, als würden sie sagen, dass ich irgendetwas falsch mache. Dass ich mich nicht genügend anstrenge. Dass ich gar nicht gesund werden will.

Und das hat mich wütend gemacht. Es hat uns alle wütend gemacht.

Also hat Dad beschlossen, die Spielregeln zu ändern, und sich etwas ausgedacht, was mehr Spaß macht. Zum Beispiel, sich die Welpen der Nachbarn auszuleihen. Oder was auch immer ihm vor ein paar Minuten eingefallen ist und er für nächste Woche aufgeschrieben hat. Jetzt ist es wirklich nur noch ein Spiel, das absolut keinen Einfluss auf meine Gesundheit hat.

Trotzdem ist es immer noch einen Moment still, wenn wir etwas von der Liste streichen. Weil uns in diesem Moment bewusst wird, dass wir vielleicht doch ein winziges bisschen gehofft haben, zufällig auf eine Wunderkur gestoßen zu sein – egal für wie unsinnig wir es vor ein paar Sekunden noch gehalten haben.

Dad dimmt das Licht und Mum reicht mir meine Ohrstöpsel, bevor sie Dad mit dem Karton hilft.

»Fühlst du dich okay?«, fragt sie, bevor sie geht.

Und diesmal muss ich nicht lügen. »Ich fühle mich großartig.«

15
Alice

Ich wache früh auf und verbringe eine Stunde unter Wasser.

Das ist meine Lieblings-Doku. Ich habe mir die Folgen schon hundertmal angeschaut, entdecke aber jedes Mal einen neuen Fisch oder sehe eine Farbe aufblitzen, die mir davor nicht aufgefallen ist.

So ist das mit dem Ozean. Er steckt voller genialer Überraschungen. Und wenn ich darin verschwinde, fühlt es sich an, als würde ich in ein warmes Bad eintauchen und die Gedanken an rasende Autos an der Oberfläche zurücklassen, wo sie weder mich noch irgendjemand anderen verletzen können.

Als ich damals KRANK wurde, habe ich mir die Folgen praktisch in Dauerschleife angeschaut. Mir ging es so schlecht, dass ich noch nicht mal aufrecht im Bett sitzen konnte, also habe ich alle meine Spoons dafür aufgebraucht, meine Augen unter Wasser zu öffnen. Und ich versuchte mir die Namen der verschiedenen Fische und ihre Verhaltensweisen zu merken – überhaupt alles, was mir dabei helfen würde, eines Tages diesem Zimmer zu entkommen und mich in die Meeresbiologie zu stürzen, wo meine wichtigsten Anliegen der Bestand von Walpopulationen und das Paarungsverhalten von Sardinen sein würden.

Ganz egal, wie wenig Spoons ich mittlerweile zur Verfügung habe, ist es gut, sich daran zu erinnern, dass es so viel mehr sind als damals. Jetzt kann ich mich wenigstens ein bisschen bewegen.

Morgenphysio = 4 Spoons

Mum hilft mir, meine Arme und Beine mal in die eine, mal in die andere Richtung zu strecken und zu dehnen. Dann muss ich die Füße gegen ihre Handflächen stemmen und trete solange auf einem imaginären Fahrrad an der Decke in die Pedale, bis meine Muskeln kollabieren.

Als mein Atem sich langsam wieder beruhigt, greift sie nach ihrer Handtasche. »Meinst du, du kommst klar heute, Liebes?«

Die Frage stellt sie mir jeden Tag, als könnte ich in der Zeit zwischen ihrem Start zur Arbeit und ihrer Rückkehr zum Mittagessen einen Zusammenbruch erleiden.

»Auf jeden Fall – und jetzt raus mit dir.«

Sie lächelt, und ich gebe ihr einen Kuss auf ihre pudrige Wange, als sie sich zu mir runterbeugt.

»Einen schönen Tag«, sagen wir gleichzeitig.

Normalerweise schaue ich ihr nach und stelle mir ihren Tag vor. Wie sie im Lehrerzimmer als Erstes mit ihren Kollegen und Kolleginnen über den grauenhaften Kaffee stöhnt und darüber, wie schrecklich Teenager sind. Aber heute wünsche ich mir nicht, ich wäre dort.

Ich klappe meinen Laptop auf. Heute habe ich ein eigenes Leben vor mir.

Verbindung zu Rowan wird hergestellt …

16
Rowan

Und jetzt stecke ich am Brustgurt meines neuen Streamers, der gerade auf die vollkommenste Sache der Welt hinausschaut, und ich zerstöre diesen unglaublichen Moment, in dem ich loskreische.

»Du meine Güte!«

»Du klingst wie eine alte Oma.«

Ich antworte mit einem Schnauben, aber eigentlich kümmert es mich nicht, weil wir nämlich am *Strand* sind. Und vor uns erstreckt sich meilenweit das schönste Meer – so ruhig, dass es die Pfütze im Fußabdruck eines Riesen sein könnte. In der Ferne steuert ein Mann auf einem Stand-up-Paddle-Board gemächlich auf die Seebrücke zu, die im Licht der Morgensonne wie eine Diskokugel im Wasser funkelt.

Fast kann ich die Steine unter meinen Füßen spüren. Ich kann das Salz in der Luft schmecken und die warme Frühlingssonne auf meinem Gesicht spüren. Ich will meine Schuhe und Socken ausziehen, in die Wellen laufen und bis zu der Stelle waten, wo die Farbe des Wassers von Graublau zu Dunkelblau wechselt. Ich möchte Fußabdrücke auf dem Meeresboden hinterlassen. Ich möchte mich in Seetang verheddern. Ich möchte zu dem Mann auf dem SUP-Board schwimmen und ihn fragen, wie sich sein Tag anlässt.

Ziemlich beschissene Art,
mit »leben« anzufangen.
Eine Möwe zerrupft eine Windel,
die jemand in den Mülleimer geworfen hatte.
Und um mich rum heulen Sirenen und
Kinder schreien und
Sue, meine Chefin,
hustet sich die Lunge raus.

Er lehnt sich an einen Holzzaun und stützt die Unterarme darauf.

»Es sieht genauso aus wie in meiner Erinnerung«, flüstere ich.

Und da sind irgendwo verstaubte Bilder, wie Dad und ich an exakt diesem Strand mit einem Schlauchboot rausgepaddelt sind und versucht haben, um die Seebrücke herumzufahren. Aber irgendwann wollte ich dann immer unbedingt schwimmen und Dad hatte genug vom Rudern, und am Ende sprangen wir ins Wasser und schwammen um die Wette oder versuchten uns gegenseitig im Luftanhalten zu schlagen.

»Gehen wir rein?«, frage ich hoffnungsvoll.

»Bist du verrückt? Da friere ich mir ja die Eier ab.
Außerdem
bin ich bei der Arbeit.«

»Oh!«, sage ich und aus dem Bild, das ich von Rowan im Kopf hatte, wird Wesley, was mir einen Stich versetzt. »Aber ich dachte, du gehst noch zur Schule. Wie alt bist du?«

»Ja, geh ich auch – ich bin siebzehn.
Aber ich hab ein paar Freistunden.«
(Und irgendjemand muss die Rechnungen ja bezahlen.)
»Ich jobbe in der Minigolfanlage.
Hier, schau.«

Er dreht sich um und eine ganze Welt aus Kostbarkeiten wird an den Strand geschwemmt. Grüne Pfade werden von weiteren Holzzäunen, riesigen Felsbrocken, Fässern und aufgeklappten Truhen gekreuzt. Und in der Mitte thront ein Elefant mit nach oben gerecktem Rüssel, aus dem Wasser in einen künstlichen Teich sprudelt.

»Normalerweise räume ich den ganzen Tag Tische ab
und gebe die Schläger raus und all so was.
Aber ich dachte, wir sollten eine Runde spielen.
Du weißt schon,
die Hindernisse testen …
schauen, ob sie noch okay sind.«

Ich habe schon seit einer Ewigkeit kein Minigolf mehr gespielt. Das letzte Mal war, glaube ich, mit Cecelia, als ich neun war. Wir haben nur die Hälfte des Parcours geschafft, weil sie ständig auf die Hindernisse geklettert ist und einem Dinosaurier mit dem Fuß die Nase abgebrochen hat. Ich bin nicht sicher, ob ich mich überhaupt daran erinnere, wie man spielt.

»Darfst du das überhaupt?«

Ich zucke mit den Schultern.
»Es ist vormittags um zehn mitten unter der Woche
und es ist arschkalt.
Ist nicht so, als würden die Leute Schlange stehen.«

Er hält zwei Bälle in die Kamera, die wie fluoreszierende Eier aussehen.

»Orange
oder gelb, ähm …?«
Mir wird klar,
dass ich noch nicht mal weiß, wie das Phantommädchen heißt.

»Alice«, sage ich, dann öffne und schließe ich mehrmals hintereinander den Mund, während ich nach Worten suche, die mich nicht verraten. »Und wie soll das gehen? Ich kann ja nicht mitspielen.«

Mein Herz schlägt und schlägt.

»Schon klar,
du bist eine Kamera.
Aber du kannst mir sagen, was ich machen soll,
oder?«

Es klingt so einfach, wie er es sagt, aber das ist es nicht. All die Jahre, in denen ich den anderen Streamern beim

Leben zugesehen habe, habe ich kein einziges Mal eine Entscheidung getroffen. Ich bin nicht dort gewesen, um mein eigenes Leben zu LEBEN – ich bin nur mitgekommen und habe zugeschaut, wie sie ihres LEBTEN.

Und als einer von ihnen sein Leben ebenfalls verloren hat …

Nein, ich schaue nicht nur zu. Ich spiele. Ich habe einen Ball.

»Gelb«, sage ich, vielleicht ein kleines bisschen zu laut. »Bitte.«

Ich platziere zuerst den orangen Ball.
Hoffentlich sieht sie nicht das hässliche Loch,
das irgendein Kind letzte Woche mit seinem Schläger
in den Kunstrasen gegraben hat und das ich schon längst
hätte reparieren sollen.
Ich positioniere den Schläger.
Gehe leicht in die Knie.
HOLE AUS
und ziehe so kraftvoll durch,
dass der Ball aus der Bahn springt.
Ich hab dieses dämliche Loch
schon tausendmal gespielt,
aber die Kamera bringt mich aus dem Konzept.

»Du bist nicht gerade ein Profi, kann das sein?«

Ich höre ihn seufzen, als er meinen gelben Ball auf die Markierung im Kunstrasen setzt. Er thront dort wie eine Sonne, die darauf wartet, aufzugehen.

»Dann zeig mir,
wie's geht,
Phantommädchen.«

Ich bin völlig starr, weil – wie soll ich das schaffen? Wie soll ich einen Ball in ein Loch schlagen, wenn ich ein Mädchen bin, das irgendwo in einem Bett festsitzt? Ein »Phantommädchen«?

Meine Gedanken drehen sich panisch im Kreis, und ich erinnere mich bruchstückhaft an einen Film, den Cecelia und ich uns angeschaut haben, als wir eindeutig noch zu jung dafür waren. Es ging darin um einen Geist, der in Menschen hineinfahren und ihren Körper übernehmen und ihren Herzschlag spüren konnte, als wäre er selbst wieder AM LEBEN.

Und vielleicht ist das hier dasselbe, auch wenn ich weit davon entfernt bin, tot zu sein. Ich kann schließlich noch immer in das Dazwischen wechseln.

»Greif den Schläger tiefer.«

So bin ich zwar fast am Boden unten,
aber von mir aus.

»Hol noch weiter damit aus. Noch weiter.«

Man könnte glatt denken,
sie wäre auf einer Achtzehn-Loch-Golfanlage,
statt in einem Plastikdschungel.

»Okay«, sage ich und kann beinahe den Schläger zwischen meinen Fingern spüren – kalt. Das leichte Brennen in meinen Knien von der gebeugten Position. Den Puls der Welt, der unter meinen Füßen vibriert, als würde ich auf dem Dach eines Hochgeschwindigkeitszugs stehen.

»Und los.«

Ich schlage den Ball ab.
Oder sie schlägt ihn ab.
Jedenfalls
schießt er schlingernd davon
links – rechts – links – rechts
PRALLT
von einem unechten Felsen
ab,
rollt
seitlich um das Loch herum
und
ploppt hinein.

Er jubelt und ich juble und das Meer scheint uns mit seinem Tosen wie ein Publikum Beifall zu klatschen, begleitet von Dutzenden Sonnenlichtkameras, die zwischen den Wellen aufblitzen. Und dann taucht am Eingang der Minigolfanlage echtes Publikum auf, wedelt mit Geldscheinen und deutet auf das Tor, das ihm den Weg versperrt.

Sieh an, sieh an.
Scheint, als hätte das Phantommädchen diesen Ort
wieder ins Leben zurückgebracht.

17
Alice

Heute ist Filmabend, und mir fällt es schwer, mich zu konzentrieren.

Cecelia sitzt neben mir und hat die Beine quer über meine gelegt, als wären wir Blumen, die durch eine Wurzel verbunden sind. Dad schaut immer wieder ungebeten bei uns rein und lacht über Dinge, bei denen ich nicht sicher bin, ob sie wirklich witzig gemeint sind, und Cecelia gibt leise schnaubende Laute von sich, als wäre sie eine Heizung, die dringend entlüftet werden müsste.

»Sollen wir den Typen, der da den Helden gibt, etwa attraktiv finden? Vielleicht ist er das ja vor fünfzig Jahren mal gewesen, aber jetzt ist er so alt, dass man das Gefühl hat, einem weich gekochten Kohlkopf dabei zuzuschauen, wie er einen Drogenring hochnimmt. Echt.«

Ich verziehe kurz das Gesicht. Der Mann läuft mit einer Pistole durch die Gegend und schießt auf Leute. Und wahrscheinlich soll man darüber lachen, so wie Dad es tut, aber ich kann nicht anders, als mich zu fragen, wer diese Leute sind, die er erwischt, und wen sie zurücklassen, jetzt wo sie tot sind.

Das lenkt meine Gedanken zu Wesley. Ich habe mir große Mühe gegeben, ihn in eine staubige Schublade in der hintersten Ecke meines Kopfs zu schieben, damit ich mich auf die auf Hochglanz polierten Bereiche der Welt konzentrieren kann. Aber jetzt habe ich Rowan. Und er lässt mich nicht nur zuschauen – er lässt mich mitspielen.

Wenn Wesley das getan hätte, hätte ich ihn dann aufhalten können? Hätte ich ihm gesagt, dass er bremsen soll … oder dass er schneller fahren soll?

Der abgehalfterte Held in dem Film hebt eine Frau hoch und küsst sie, und Cecelia tut so, als müsste sie sich übergeben.

»Oh Gott, Liebe verwandelt Menschen in eklige Aliens. Das ist, als würde ich meinen Eltern dabei zuschauen, wie sie kommen.«

Dad streckt wieder den Kopf rein, und Cecelia und ich rufen beide »Nein!«, bevor er irgendeinen unangebrachten Kommentar von sich geben kann.

Kaum ist der Kuss vorbei, sind wir wieder mitten in einer Verfolgungsjagd, rasen kreuz und quer durch irgendeine amerikanische Großstadt, während Leute, die sich aus Wagenfenstern hängen und auf alles schießen, nur nicht auf die Person, die sie zu treffen versuchen, ein Blutbad anrichten.

Und als ich beobachte, wie die Welt in dem Film vorbeifliegt, sehe ich Farbtupfer. Einen Blumenladen. Eine Person, die mit einer Gitarre an einer Häuserecke sitzt und singt. Einen Luftballon, der einer Hand entglitten ist und langsam höher steigt.

Wesley hat so etwas nie gesehen. Er hat seine Abenteuer nach der Uhr gelebt. Aber ich glaube, wenn Rowan hier der Held wäre, würden wir das alles ganz anders erleben. Wir würden die Nase in die Blumen stecken. Wir würden der Musik zuhören. Wir würden in den Himmel schauen.

Vielleicht hatte Wesley recht mit dem, was er in seiner Nachricht über Rowan geschrieben hat. Er hat wirklich etwas Besonderes an sich.

»Okay, das war echt schlecht«, sagt Cecelia, als der Abspann läuft. Sie macht den Fernseher aus und dreht sich zu mir, sodass unsere Nasen sich fast berühren. Sie hat diesen wilden Ausdruck in den Augen – als könnte sie jeden Moment abheben –, und ich schließe die Hand um ihren Arm, damit ich mit ihr davonfliegen kann.

»Was hast du heute gemacht?«, fragt sie.

Ich überlege einen Moment. Denke an den langen Mittagsschlaf, den ich zur Erholung gebraucht habe. An das neue Medikament, das ich angefangen habe. An die Zeit, die ich am Laptop verbracht habe. Aber davon will sie nichts hören.

»Ich hab Minigolf gespielt. Auf dieser Anlage unten am Strand.«

Ihre Augen leuchten auf. »Die mit dem Elefanten? Ich wette, ich könnte an ihm hochklettern. Auf den Rücken von Jumbo jumpen.«

Ich stupse sie an. »Und ihm die Nase abbrechen?«

»Hey«, sagt sie und deutet mit dem Zeigefinger auf mich. »Der Dinosaurier hatte es nicht anders verdient. Diese hinterhältige Bahn war unmöglich zu schaffen.«

Ich lache und lehne die Stirn an ihre.

»Wir sollten mal wieder zusammen rausgehen und irgendwas machen«, sagt sie.

Mein Herzschlag dröhnt mir in den Ohren. »Ja, vielleicht.«

Sie legt die Hände an meine Wangen und drückt sie zusammen. »Und du weißt ja, was bald ansteht, oder?«

»Die OP für meine Gesichtsrekonstruktion?«, sage ich und winde mich aus ihrem schraubstockartigen Griff.

»Nein, du Dummi. Mein Geburtstag! Ich werde sweet sixteen, also noch süßer als sowieso schon, und überlege, eine Party zu schmeißen. Eine richtige Party mit Bier und allem Drum und Dran. BIER.«

Mein Herz scheint stehen zu bleiben und gleichzeitig davonzurasen. Ich verpasse einen Atemzug. Als ich mich wegdrehen will, greift sie nach meinem Handgelenk und schließt fest die Finger darum.

»Komm! Es ist bloß eine kleine Party, aber wir werden jede Menge Spaß haben. Mum hat versprochen, an dem Abend nicht zu Hause zu sein, was einem Wunder gleichkommt, wir haben also sturmfreie Bude. Wir können wahrscheinlich sogar in den Whirlpool. Solange sie nichts davon erfährt. Komm schon, Alice. Ich weiß, du stehst nicht so drauf, was in echt mit Leuten zu machen, aber leb doch mal ein bisschen, ja?«

Leb doch mal ein bisschen. Das Atmen fällt mir schwerer.

Sie rollt sich jammernd auf dem Bett hin und her und die Wahrheit steckt mir wie ein Kloß im Hals. Die Wahrheit ist, dass ich meinen eigenen Geburtstag letzten Monat damit verbracht habe, in diesem Bett zu liegen, ein schwarzes Trauerkleid zu tragen und meinen Eltern dabei zuzuschauen, wie sie für mich meinen Geburtstagskuchen gegessen haben, weil ich nichts mit Gluten, Milchprodukten, Zucker oder Kohlehydraten essen kann, ohne Migräne zu bekommen.

Cecelia weiß, dass ich KRANK bin. Sie war da, als ich nicht mehr in die Schule gehen konnte. Sie sieht die leeren Tablettenpackungen und den Motor an meinem Bett. Aber ich muss mich immer wieder daran erinnern, dass sie mich nur deshalb weiter drängt, diese Dinge zu tun – als hätte ich eine Wahl –, weil sie nicht weiß, wie schlimm es wirklich ist. Sie sieht nur die guten Momente, in denen ich in der Lage bin, aufrecht im Bett zu sitzen und mich zu unterhalten. Sie hört meine Lügen, hört, wie ich von Dingen erzähle, von denen ich in Wirklichkeit nur träumen kann.

Sie weiß es nicht. Und ich kann es ihr nicht sagen. Ich brauche sie zu sehr.

Also atme ich tief durch. Schlucke die Worte runter. Tue so, als würden ihre Finger, die mein Handgelenk umklammern, Mum gehören.

Ich bin in Sicherheit. Ich bin glücklich. Ich lebe.

Ich schaue auf die Falte, die sich zwischen ihren Brauen bildet. »Klingt super! Wer kommt alles?«

Sie atmet tief durch, kaschiert das Seufzen mit einem Lächeln und beginnt mit einer Million Meilen pro Minute zu erzählen, wer schon alles zugesagt hat, wen sie von wem fernhalten muss und wer den Whirlpool zweckentfremden könnte.

Und ich hoffe, sie hat bemerkt, dass ich nicht wirklich Ja gesagt habe. Vielleicht fällt es ihr dann leichter, mir die vorprogrammierte Absage in letzter Minute nicht so übel zu nehmen.

18
Alice

Willkommen zurück bei Stream Cast, Alice

User online:

Rowan	destroy_roy	tokyo--drifter
Online seit 20 Min.	Online seit 2 Std.	Online seit 7 Std.

User offline:

1mp0ssibledream	WesleyCycles67	daddycool-007
Zuletzt online vor 1 Tag	Zuletzt online vor 35 Tagen	Zuletzt online vor 85 Tagen

Verbinde dich mit einem Kanal, um den Livestream zu starten.

Ich sitze da und starre eine Weile auf das Log-in-Fenster.

Sonst habe ich immer sofort den Streamer gewählt, der bereits am längsten online war. Das schien mir nur fair zu sein, wenn sie sich schon so viel Zeit dafür genommen hatten, mir die Welt zu zeigen.

Hanas Thumbnail ist von Farbstreifen durchzogen, sie hat also mal wieder keine gute Verbindung. Und ein Leben, das alle paar Sekunden einfriert, kann man nicht wirklich genießen.

Wie es aussieht, zockt Roy immer noch dieses Shooter-Spiel in der apokalyptischen Landschaft. Ich könnte mir von Tante Holly seine Nummer geben lassen und ihn fragen, ob es ihm was ausmachen würde, eine Stunde am Tag etwas anderes zu spielen …

Aber Rowan ist online. Sein Thumbnail zeigt einen breiten Streifen Blau, und es ist gut möglich, dass irgendwo ein Minigolfball auf meinen Abschlag wartet.

Ich zeichne mit dem Zeiger meiner Maus über die Buchstaben seines Namens.

»Sorry«, flüstere ich Hana und Roy zu.

Verbindung zu Rowan wird hergestellt …

19
Rowan

Und jetzt stecke ich am Brustgurt von Rowan, der gerade am Strand sitzt und auf die Wolken hinausblickt, die sich blutergussfarben am Himmel türmen. Das Meer sieht aufgewühlt aus, wälzt sich grau vor und zurück und spuckt Schaum. Ich kann hören, wie es mit heiserer Kehle über die Kieselsteine hinwegbrüllt.

Das Wetter ist
so was von
beschissen.

»Wunderschön.«

Sie ist online.
»Wie kannst du das
wunderschön nennen?«

»Schau mal dort, die Lücke am Horizont. Das sieht aus, als würde das Meer brennen und als wären die ganzen Wolken vielleicht einfach nur Rauch. Und man kann sehen, dass es irgendwo da hinten regnet, obwohl es meilenweit von hier entfernt sein muss. Als würde man in der Zeit reisen oder so, findest du nicht?«

Ich schaue hin.
Und ich würde es echt gern sehen.
Alles, was sie grade beschrieben hat.
»Ehrlich gesagt,
sehe ich bloß,
dass der Regen in unsere Richtung zieht.«

Noch während er spricht, fallen dicke Tropfen vom Himmel und prallen auf dem Strand auf, als wäre die ganze Welt in einem Geschirrspüler gefangen.

»Willst du nicht nach drinnen?«

Sue hat die Minigolfanlage für heute geschlossen,
das einzige »Drinnen« ist also die Schule.
In der ich heute unentschuldigt fehle.
»Weißt du …
du hast das gestern ziemlich gut draufgehabt
mit dem Golfschläger.
Warum versuchst du's nicht noch mal?«

Ich sehe, wie sich die Knie seiner Jeans im Regen immer dunkler färben. Und ich würde ihm gern sagen, er soll nicht albern sein und irgendwo ins Trockene gehen, bevor er sich noch den Tod holt.

Aber …

»Komm schon,
sag mir, was wir machen sollen. Es regnet,
und um ehrlich zu sein, ist es scheißkalt.
Wo gehen wir hin?«

Und …

Es ist, als wäre ich mit ihm am Strand, während der Regen immer stärker wird. Es klingt wie Finger, die in meinem Kopf zur Musik einer Rockband trommeln. Und ich spüre, wie mir die Kälte in die Knochen kriecht und …

»Renn zur Seebrücke!«, rufe ich.

Mir peitscht der Regen ins Gesicht.
Ich rutsche die Kieselsteine runter und versuche,
das Gleichgewicht nicht zu verlieren.
Ich bin ungefähr so anmutig wie eine neugeborene Giraffe –
aber ich renne.

Und er – ich – *wir* – rennen. Geduckt, als könnte uns der Regen so nichts anhaben. Wasser klatscht auf unsere Haare und schiebt sich unter unsere Füße. Es tanzt auf unseren Zungen wie Kleingeld.

Wir keuchen, als wir die Seebrücke erreichen und uns wie Hunde schütteln.

Ich bin so was von nicht in Form.
»Kannst du noch was sehen?«

Rowan wischt mit dem Bund seines Pullis über die Kameralinse.

»Bist du sehr nass geworden?«

Ich frage mich, ob er die Kamera vielleicht umdreht – mir zeigt, wie er vor Nässe trieft. Und bei dem Gedanken, sein Gesicht zu sehen, macht mein Magen einen Salto.

Ich
wringe
meine Haare über der Kamera aus.
»Beantwortet das deine Frage?«

Es fühlt sich fast so an, als ob ich auch klatschnass wäre, als ob mein Herz von dem Spurt rasen und mir der Regen von der Nase tropfen würde. Und eine Meile entfernt von ihm sehe ich, wie vor meinem Fenster derselbe Regen herunterprasselt und den Glockenturm der Schule hinter einem Tropfenvorhang verschwinden lässt.

Wir kauern uns unter der Seebrücke neben einen der massiven Stahlpfeiler, die sie tragen. Der Regen strömt zu beiden Seiten wie flüssiges Glas herunter, durch das wir die anderen Strandgänger sehen, die spitze Schreie ausstoßen, sich eine Zeitung über den Kopf halten und Grimassen schneidend in irgendwelche Läden flüchten.

Meine eine Socke ist total durchweicht,
weil mein Sneaker ein Loch hat.
Ich werde es einfach mit Tape flicken, wenn ich zurück bin.
Schiebe noch eine Zusatzschicht in der Minigolfanlage.
Ich kriege das schon hin.

Plötzlich springt Rowan auf und schüttelt sich wieder.

»Ist dir kalt?«

»Ach was.
Jetzt bin ich dran.
Ich will dir was zeigen.«

Er dreht sich um und läuft auf ein Tor am Ende der Seebrücke zu. Es versperrt den Eingang zu einem dunklen Tunnel, der unter der darüberliegenden Straße entlangläuft, auf der Killerautos durch Pfützen rasen und Ampeln aufleuchten.

Er krallt die Finger in die gekreuzten Streben und rüttelt daran. Das Tor rührt sich nicht von der Stelle.

Von mir aus könnten wir auch wieder umkehren und irgendwas anderes machen, während wir darauf warten, dass der Regen nachlässt, aber Rowan greift um den Rand des Tors herum, bis er einen Riegel gefunden hat.

»Das Tor ist bestimmt abgeschlossen«, sage ich.

Es ist immer abgeschlossen.

Er beugt sich vor, sodass ich nur noch den Reißverschluss seines Hoodies sehen kann, und ich höre ein Geräusch, das klingt, als würden Metallzähne auf Marmor kauen.

»Geschafft.«
Das Tor öffnet sich
QUIETSCHEND
wie in einem Horrorfilm.

»Du kannst doch nicht einfach das Schloss aufbrechen und da reingehen!«

Er fängt tatsächlich an zu lachen.

»Noch sind wir nicht reingegangen.«

Er dreht sich um und ich suche die Umgebung nach Polizisten ab und lausche nach Sirenengeheul.

»Du bist genauso schlimm wie meine Freundin Cecelia. Wenn etwas mit einem Schloss gesichert ist, dann hat das einen Grund. Es könnte gefährlich sein.«

»Es ist nicht gefährlich.«

»Woher willst du das wissen? Du hast gerade selbst gesagt, dass du noch nicht reingegangen bist.«

»Heute vielleicht noch nicht …«

Er nimmt die Kamera von der Brust, und ich höre seine Finger tippen, als wären sie in meinem Kopf. Im nächsten Moment erleuchtet der Strahl einer hellen Taschenlampe einen Tunnel, auf dessen Wänden Farben explodiert sind. Buchstaben, die ich nicht entziffern kann, bilden Worte, die sich über den rissigen Beton schlängeln. Augen, die an die Decke gemalt wurden, schauen auf uns herunter. Kleingeldmünzen, die – ich denke mal, mit Kaugummi – an der Wand kleben, reflektieren das Licht der Taschenlampe wie die Schuppen eines Barrakudas.

Rowan steckt mich wieder an seine Brust, lässt das Licht aber an.

»Also, Alice, wie sieht's aus?
Gehen wir rein?«

»Ich kann das nicht wirklich gutheißen …«

Ich muss lachen, und das Geräusch hallt wie ein
Bumerang
durch den Tunnel und wieder zu uns zurück,
als ich das Tor hinter uns zuziehe.

Wir laufen. Langsamer, als wir es auf der Straße über uns mit den ganzen Autos, dem Regen und den anderen Passanten tun würden. Trotzdem klopft mein Herz wie damals, als Cecelia die Nase von diesem Dinosaurier abgebrochen hat und wir weggerannt sind, bevor es jemand bemerkt hat.

Das hier fühlt sich genauso an. Wir sind so leise, als würden wir uns verstecken. Atmen, als würden wir rennen.

Wir legen den Kopf schräg und lesen die Botschaften, die verschiedene Leute auf den Wänden hinterlassen haben.

»Tanze, als würde niemand zusehen, 2013«, lese ich in Rot. »Meine Mum hat mal ein Schild mit diesem Spruch gekauft, es hängt bei uns im Wohnzimmer.«

Zumindest gehe ich davon aus, dass es noch dort hängt.

»Kimmi mag Pimmel, 2011.«
Sie schnalzt missbilligend mit der Zunge
wie eine alte Dame.

»Bist du schon mal hier gewesen?«

Ich schlucke.
»Yep.
Ich bin früher oft mit meiner Mam hergekommen.«

Und nicht mehr wiedergekommen, oder?
Nicht, seit es passiert ist.

»Mit deiner Mum?«

Seltsam, dass er seine Mum an so einen Ort mitgenommen hat. Würde ich jemals ein Schloss knacken, würde meine Mum sich mit Sicherheit weigern, auch nur einen Schritt weiterzugehen. Dad dagegen …

Das Signal wird schwächer und ich halte die Luft an. Aber dann ist es wieder da, und ich sehe, dass er stehen geblieben und einen Schritt zurückgetreten ist, sodass der Strahl seiner Handytaschenlampe die Tunnelwand vor uns in gleißend helles Licht taucht.

Auf dem Boden erkenne ich Farbeimer, Pinsel, Sprühdosen und Regenbogenschablonen.

Und dann, als die Kameralinse sich den Lichtverhältnissen angepasst hat, sehe ich es.

Keine Ahnung, warum ich so nervös bin.
Sie ist bloß irgendein Mädchen
am anderen Ende einer Webcam.
Aber nach Mam ist sie die erste Person,
der ich das hier zeige.
Und ich frage mich, was sie wohl sehen wird.

Es ist eine Buckelwalfamilie.

Der größte Wal bricht durch die Wellen an der Oberfläche und stößt eine gewaltige farbenprächtige Fontäne aus seinem Blasloch. Von Nahem betrachtet, wirkt seine von Falten und Rissen zerfurchte Haut wie eine Kraterlandschaft, tritt man aber ein Stück zurück, dehnt sie sich zu einem Giganten aus, unter dessen Flossen zwei kleinere Wale Schutz vor dem Wasserfall aus leuchtendem Gelb, Orange und Rot finden.

Fühlt sich komisch an, es wiederzusehen,
nach allem, was passiert ist.
Wie ein märchenhaftes Bild davon, wie die Dinge
sein sollten.
Stattdessen stehe ich hier.
Nass bis auf die Haut.

»Hast du das gemacht? Und den Kalmar und die Meerjungfrau auch?«

»Ja. Ist aber schon eine ganze Weile her.«

»Sie sind wunderschön. Im Ernst – das sind sie wirklich.«

Ich trete gegen einen Pinsel.
»Danke, aber das bin nicht mehr so wirklich ich.
Ich hab sie für …«
Ich klappe den Mund zu.
Was mache ich hier?
Schütte einem Mädchen mein Herz aus,
das ich noch nicht mal kenne.
Ich räuspere mich.
»Was ist eigentlich mit dir?
Wie bist du dazu gekommen,
dich in mein beknacktes Leben einzuloggen?«

Meine Gedanken überschlagen sich. Und mir liegen Lügen über Lügen auf der Zunge.

»Oh, ich helfe meiner Mum aus«, sage ich schnell. »Sie hat dir dieses Handy gegeben – sie arbeitet an der Schule.«

Alice ist also die Tochter der Berufsberatungstante.
»Sie hat dich auf mich angesetzt, oder?
Erzählst du ihr, dass ich heute blaumache?«

»Nein! Überhaupt nicht. Ich bin bloß ...«

Ich schaue mich auf der Suche nach einer Eingebung im Zimmer um. Mein Blick wandert von den cremefarbenen Wänden zu Manta, der aus seinem kleinen Aquarium nach draußen starrt.

»Ich bin bloß zu Hause. Ich werde zu Hause unterrichtet. Das hier ist ... das hier ist so eine Art Projekt. An dem wir wohl beide teilnehmen, also, du und ich, meine ich.«

Ich kratze mich im Nacken.
»Aha. Tja, da gibt es wahrscheinlich
bessere Projektpartner.
Mein Leben ist nicht unbedingt was Besonderes.«

Ich schaue zu den Walen, die er an der Tunnelwand zum Leben erweckt hat.

»Das kann ich nicht beurteilen.«

Wesley hatte recht. Wer so etwas erschaffen kann, muss etwas Besonderes sein. Und Rowan – er hat keine Ahnung, wie besonders er jetzt schon ist.

»Du solltest damit weitermachen.«

Ich schaue wieder zu den Walen.
Zum kleinsten von ihnen, der ganz unten ist.
»Das ist nicht so wichtig«, sage ich.
»Nicht mehr.«
Zurzeit
muss ich mich um dringendere Dinge kümmern.

20
Alice

Ich bin im Nebel versunken.

Nachdem ich mich von Rowan verabschiedet habe, habe ich stundenlang über die Lüge nachgedacht, die ich ihm erzählt habe – dass das hier ein Projekt ist.

Ich bin früher tatsächlich zu Hause unterrichtet worden. Mum und Dad hatten sogar einen Hauslehrer für mich organisiert, der mit mir am Küchentisch saß, während ich darum gekämpft habe, Zahlen unter meinen Stift zu pinnen, um sie daran zu hindern, vom Blatt zu rutschen. Aber irgendwann war der Punkt erreicht, wo mich eine einzige Sitzung noch Tage danach Spoons kostete und ich das Gefühl hatte, jedes Mal bloß atemlos dem Stoff hinterherzuhecheln.

Eigentlich sollte ich diesen Sommer meinen Abschluss machen. Aber der Brainfog sinkt schon herab, wenn ich mir nur die erste Seite der Biologie-Probeklausur anschaue, die auf meinem Nachttisch liegt.

Für die Schule lernen = 5 Spoons

Es ist ziemlich fies, dass ich Spoons verliere, nur weil ich mein Gehirn benutze, aber so ist das mit dieser KRANKHEIT eben.

Es ist keine Migräne, obwohl es sein kann, dass sie sich irgendwo im Nebel versteckt. Es ist, als würde man in einem Wald stehen und könnte die Bäume nicht sehen. Es ist, als würde man über etwas stolpern, von dem man weiß, was es ist, hätte aber das Wort dafür vergessen. Es ist, als wäre man man selbst und gleichzeitig niemand. Und das alles in einem Körper, der mit plötzlich stockendem Herzschlag, brennenden Muskeln und fiebrigen Schweißausbrüchen kämpft.

Ich versuche zu schlafen, aber ich bin nicht müde. Ich bin am Ende meiner Kräfte. Das ist so viel mehr, als nur müde zu sein. Dass diese beiden Dinge tatsächlich so verschieden sein können, weiß ich erst, seit die KRANKHEIT zugeschlagen hat.

Aber ich habe etwas. Ein Fenster. Bevor wir den Tunnel verlassen haben, habe ich Rowan gefragt, ob er mir seine Handynummer schicken kann. Und jetzt ist sie in meinen Kontakten gespeichert – eine Nummer, die dortbleiben wird, egal, ob mein Gehirn sie verarbeiten kann oder nicht.

Ich schicke ihm durch den Nebel hindurch eine Nachricht.

Nimmst du mich in die Schule mit?

Mein Handy tutet wie ein Schiffshorn, das durch den Nebel hallt.

Uah. Okay. Schätze, ich muss mich wenigstens einmal die Woche dort blicken lassen.

Und dieser Gedanke trägt mich wie ein Rettungsfloß, das mich auf der Oberfläche hin und her wiegt, bis ich meinen Weg zurück finden kann.

21
Alice

Der Brainfog hat sich verzogen, aber meine Glieder sind noch bleischwer.

Als Cecelia auf einen Sprung vorbeischaut, versuche ich mich aufzusetzen, habe aber nicht die nötigen Spoons dafür.

Sie bleibt in der Tür stehen. »Oh Mann – ist heute wieder Migräne-Tag?«

Ich nicke, weil das die einfachere Erklärung ist. Sie kommt zu mir und legt sich neben mich.

»Ich kenne niemanden, der so oft Migräne hat wie du. Vielleicht solltest du weniger am Laptop kleben und schrumpeligen Streamern zuschauen? Wenn Mum es mit ihrer Screentime übertreibt, kriegt sie immer eine.«

Ich lächle und vergrabe den Kopf an ihrer Schulter. »Schschsch«, sage ich. »Jetzt ist stille Quality Time.«

Sie senkt die Stimme zu einem Flüstern. »Sorry. Hier, schau, was ich alles für die Party nächsten Freitag geplant hab – das wird dich aufbauen.«

Wir liegen ruhig da, während sie mir Screenshots von Rainbow Cakes und Playlists mit Songs zeigt, die wir früher in unsere Haarbürsten gesungen haben. Ich bette den Kopf neben ihren und atme ihr Körperspray ein. Grüner Tee. Der stand auch mal auf der Therapietafel, hat aber nicht funktioniert. Aber es riecht trotzdem gut. Nach zu Hause.

Cecelia und ich hatten früher die besten Pyjamapartys, die man sich vorstellen kann. Wir sind bis spät in die Nacht aufgeblieben, haben uns Horrorfilme angeschaut und Sprühsahne direkt aus der Dose gegessen. Wir haben uns aus Kissen und Decken, die alle nach ihr dufteten, Burgen gebaut. Und auch wenn wir sie am nächsten Morgen wieder abreißen mussten, haben sich diese Burgen mehr wie zu Hause angefühlt als jeder andere Ort, an dem ich je war.

Sogar mehr als dieses Zimmer hier, von dem ich jeden kleinen Riss und jede Macke in- und auswendig kenne.

Cecelias Handy plingt, und ich sehe eine Nachricht von ihrer Mum auf dem Display aufleuchten, die ihr die Hölle heißmacht, weil sie den Geschirrspüler nicht ausgeräumt hat.

»Kotz. Ich geh besser rüber, bevor Mum komplett ausrastet.« Sie haucht einen Kuss auf meine Stirn. »Dann bis Freitag, ja?«

Moment. Da war etwas, das ich ihr vor der Party noch sagen wollte. Etwas, das wichtig war. Eine Entschuldigung, die ich mir ausdenken musste.

Ich suche in dem Buchstabenchaos in meinem Kopf nach den richtigen Worten. Aber ihre Finger entgleiten meinen so schnell, dass ich sie nicht festhalten kann.

22
Alice

Und jetzt träume ich wieder.

Ich bin zurück unter Wasser, spüre den festen Druck um meine Beine, meine Arme, meine Handgelenke. Aber ich brauche mir nicht zu sagen, dass ich in Sicherheit bin oder glücklich bin oder am Leben bin, weil ich all das bin, wenn ich hier mitten im Ozean schwebe.

Doch dann höre ich Stimmen. Lachen. Von irgendwo aus weiter Ferne. Das Geräusch nimmt mir die Orientierung, als würde es aus allen Richtungen gleichzeitig kommen.

Ich drehe mich und habe ein Stechen in der Brust. Ich fühle, wie ich zu sinken beginne. Und unter mir warten die Felsen.

Ich schau nach oben. Dorthin, wo meine Eltern und Cecelia sich unterhalten. Lachen. LEBEN. Und ich strample. Ich strample mit allen Spoons, die ich habe. Aber statt nach oben zu gelangen, sinke ich immer schneller und schneller, bis vor mir plötzlich ein schartiger Felsblock emporragt, wie eine Tonne Metall in meinen Körper kracht und –

23
Rowan

Und jetzt sitze ich ganz hinten in einem Klassenzimmer, das voller roter Farbkleckse, Kreidestaub und Tonresten ist.

Ich würde gern laut herausplatzen und Rowan Fragen stellen. Zu den Kunstwerken an den Wänden, zu den Keramikblumen, die in Einmachgläsern auf einer Werkbank stehen, zu den Konservendosen, in denen sich Stifte und Pinsel drängen. Aber er schreibt mir mit einem dicken schwarzen Stift eine Nachricht in sein Skizzenbuch.

SCHSCHSCH, schreibe ich.
BIN IM UNTERRICHT.
Wobei davon nicht wirklich die Rede sein kann.
Zu Beginn der Stunde
hat die Vertretungslehrerin bloß
»Freies Zeichnen« verkündet.
Schon wieder.
Im Ernst, hätte Alice mich nicht gefragt,
ob ich sie mitnehmen kann,
wäre ich schon längst wieder weg.

Ich sehe zwei dünne schwarze Kabel über der Kameralinse hängen. Wahrscheinlich trägt er Ohrhörer. Ich will ihn gerade danach fragen, als die Person neben ihm sich bewegt.

»Mir ist langweilig«, sagt ein Mädchen und legt sich halb auf sein Kunstbuch. Sie hat einen Nasenring und silbergrau gefärbte Haarspitzen. »Was soll eigentlich diese Handyhalterung, Alter? Streikst du damit gegen das Handyverbot im Unterricht oder so? Wenn ja, bin ich ganz bei dir.«

Sie starrt in die Kamera, und ich spüre, wie ich rot werde, als könnte sie mich mitten durch die Linse hindurch in meinem Brainfog-Schlafanzug sehen, den ich immer noch anhabe.

»Schwirr ab, Fran«, sage ich und
remple sie mit der Schulter an.

Das Mädchen hebt die Hände hoch. »Okay, okay, sorry, Mr Grumpy. Aber wenn die Vertretungslehrerin dich damit erwischt, bist du's los.«

Sie schaut zur Seite, lässt aber den Ellbogen auf Rowans Buch liegen.

»Ist sie deine Freundin?« Ich lache nervös.

***NEIN!**, kritzle ich schnell*
und schiebe Fran weg.
Dann male ich einen dicken Pfeil,
der nach rechts zeigt,
und drehe mich zur Seite,
damit sie Frans andere Hand sehen kann,
die von Charlies Hand fast
ZERQUETSCHT

wird.
Keine Ahnung, warum es eine Rolle spielt,
aber ich will auf keinen Fall, dass sie denkt …

»Oh«, sage ich.

Fran dreht uns mittlerweile den Rücken zu und liegt mehr oder weniger auf dem Schoß eines großen Jungen mit den gleichen silbernen Haarspitzen – als hätten sie sich eine Packung Haarfärbemittel geteilt. Und dann küssen sie sich. Mitten im Unterricht. Mit fummelnden Händen und geschlossenen Augen.

Ich zucke zusammen. »Machen die beiden das öfter?«

Ich seufze.
ANDAUERND.
Seit sie letztes Jahr zusammengekommen sind,
ist es, als hätten meine beiden besten Freunde
sich in ein einziges ekliges Monster verwandelt.

Der Junge legt einen Fuß quer über den Tisch und von seiner Schuhsohle bröckelt Dreck auf Rowans Skizzenbuch.

»Ist denn kein Lehrer da?«

Ich schiebe Charlies Doc Marten weg.
STELLT SICH TOT.
Die Vertretungslehrerin interessiert sich nicht
für Handys
oder sonst irgendwas.
Sie hockt vorne und korrigiert.
Mit gesenktem Kopf. Ohne uns zu beachten.

Ich umklammere den Laptop mit beiden Händen.

Ich höre ein Keuchen durch meine Ohrhörer.
Es klingt wie eine Dampflokomotive, die Fahrt aufnimmt.
BIST DU OKAY?

Nein. Nein, ich bin nicht okay.

Weil natürlich … das ist Wesleys Klassenzimmer gewesen, oder? Die rote Farbe an den Wänden. Blutgerinnsel.

Meine Mam hat auch solche Geräusche gemacht.
Als es richtig schlimm wurde.
Ich greife nach einem Pinsel.

Ich schaue zu, wie Rowan schwarze Farbe auf der Seite seines Skizzenbuchs verteilt, die sich in den Ecken zu grauen Schlieren und weiß gesprenkelten Flecken verwischt. Durch die Schatten hindurch sehe ich einen Frosch, der auf einem halb von Wasser bedeckten Seerosenblatt balanciert. Seine vorstehenden Augen starren glasig und blind vor sich hin, während er sich mit den Zehen festklammert, um das Gleichgewicht nicht zu verlieren.

Es ist gut. Wirklich gut. Aber Lichtjahre entfernt von dem Kalmar, der Meerjungfrau und den Buckelwalen.

»Keine Farben?«, krächze ich.

Mein Pinsel
schwebt
in der Luft.
JETZT NICHT MEHR.

»Warum?«

Ich könnte es ihr sagen.
Ich könnte mir die Brust aufreißen
und sie in mich reinschauen lassen …
Aber ich glaube nicht, dass ihr das,
was sie zu sehen bekäme,
gefallen würde.
Es gongt.
Fran und Charlie machen sich voneinander los.

»Wie sieht's aus? Hängen wir noch was ab?«, fragt der Junge, während er ein unangerührtes Skizzenbuch in einen Rucksack packt. »Wir können zu mir – ich hab dieses neue Apokalypse-Game, auf das grade alle abfahren. Ich lass dich auch als Erstes zocken.«

Ich schüttle den Kopf.
»Hab zu tun«, sage ich.

Fran wirft die Hände in die Luft. »War ja klar, was sonst.«

Ich zucke mit den Achseln. Winke.
Und verschwinde in der Menge, die sich aus der Tür schiebt.

Rowan hat den Stream beendet.

24
Alice

Ich wache mit weniger Spoons auf als sonst. Ich spüre es, sobald ich die Augen öffne. Meine Knochen fühlen sich an, als wären sie aus Blei.

Mich haben die ganze Nacht Bilder von Wesley verfolgt, wie er in einem blutigen Klassenzimmer gefangen ist, sodass es mir heute Morgen viel schwerer als sonst fällt, mich auf all die wunderbaren Dinge in meinem Zimmer zu konzentrieren.

Ich brauche nur eine Ablenkung. Etwas, das das Sonnenlicht auf meinem Kissen von Grau in Gold verwandelt, und die Geräusche von Dad, der aus der Tür hetzt, in ein Orchester.

»Ach, Mäuschen«, sagt Mum, als sie reinkommt und mich sieht. »Jetzt waschen wir dich erst mal und ziehen dich an, und dann kannst du den Tag damit verbringen, dich auszuruhen.«

Sie lässt das Kopfteil des Betts hochfahren, aber ich lasse die Hand zum Schalter wandern und mache den Motor wieder aus.

»Ich glaube, ich lege heute einfach einen Pyjama-Tag ein.«

Sie runzelt die Stirn. »Das tut deiner Psyche nicht gut, wenn du den ganzen Tag im Schlafanzug bleibst – hat die

Ärztin gesagt.« Sie schaltet den Motor wieder ein, aber ich schalte ihn wieder aus.

Ihr Blick wird düster, also ringe ich mir ein Lächeln ab.

Ein Lächeln vortäuschen = 1 Spoon

Sie setzt sich neben mich. »Was ist los, Alice? Du bist in letzter Zeit immer so weit weg. Es kommt mir vor, als wärst du gar nicht wirklich hier.«

Ich würde ihr gern sagen, dass es genau darum geht. Dass ich außerhalb dieser vier Wände LEBE und dort alles tun kann. Ich kann vergessen, wie es sich angefühlt hat, als der Mann gestorben ist, mit dem ich unterwegs war. Ich kann weiter für uns beide stark sein. Aber sie trägt schon so viel von mir auf den Schultern, dass ich die Anspannung darin sehen kann, also lüge ich stattdessen.

»Weißt du was«, sage ich lächelnd, »du hast recht. Höchste Zeit, dass ich aus diesem Pyjama rauskomme.«

Sie wirkt nicht überzeugt, aber ich lasse das Bett wieder weiter hochfahren und sage dann, dass ich noch einen kleinen Moment brauche, bis der Schwindel weg ist und ich nicht mehr das Gefühl habe, gleich ohnmächtig zu werden. Am Ende sitzen wir so lange da und warten, dass ihre Uhr ihr förmlich entgegenschreit, sie wird zu spät zur Arbeit kommen.

»Vielleicht sollte ich heute besser zu Hause bleiben«, sagt sie und knetet ihre Finger.

Ich schwinge ein Bein unter meiner Decke hervor. »Quatsch«, sage ich. »Jetzt wo ich auf bin, fühle ich mich schon viel besser. Du gehst zur Arbeit und ich mache mich allein fertig.«

Sie steht auf. Dann setzt sie sich wieder. »Bist du sicher, dass du klarkommst?«

Ich verdrehe die Augen. »Mir geht's *gut*.«

Sie wirft wieder einen Blick auf ihre Uhr. »Ich bin schon zu spät dran.«

»Geh schon!«, rufe ich und diesmal steht sie wirklich auf, greift nach ihrer Tasche, die am Bett hängt, und wirft mir ein letztes besorgtes Lächeln zu, bevor sie die Treppe hinuntereilt.

Sobald ich höre, wie die Haustür ins Schloss fällt, schiebe ich mein Bein wieder unter die Decke und ziehe meinen Laptop zu mir heran.

Für Mum ist es vielleicht wichtig, von außen gut auszusehen, um sich von innen gut zu fühlen, aber bei mir ist das anders. Mir ist es egal, wie ich von außen aussehe. Ich fühle mich gut, wenn ich außen *bin*. Und heute könnte ein Tag sein, an dem ich lange dortbleibe.

Willkommen zurück bei Stream Cast, Alice

Verbindung zu **Rowan** wird hergestellt …

25
Rowan

Und jetzt schaue ich Rowan zu, wie er Kaugummi von der Flanke eines Elefanten kratzt.

Ich mache mich nicht sofort bemerkbar. Ich beobachte einfach, wie er ihn mit etwas wegschabt, das wie ein alter, mit lila Farbe verschmierter Pfannenwender aussieht.

Ich schwöre,
ich werde nie
wieder
einen einzigen Streifen Kaugummi kaufen.

»Benutzt du den Pfannenwender zum Malen?«

Er fährt zusammen.

Phantommädchen jagt mir den Schreck des Jahrhunderts ein.
Ich tarne meine Überraschung mit Husten.
»Hab ich früher gemacht, ja.
Ich hab auch anderen Kram benutzt.
Holzlöffel,
Flaschenverschlüsse,
eigentlich alles, was so rumlag.«

Er hört auf zu kratzen, und ich sehe, dass auf seiner Haut kleine getrocknete Farbspritzer sind.

»Bei dir zu Hause muss es aussehen wie nach einer Farbexplosion.«

Ich klatsche mir Staub von den Händen.
»Total chaotisch, meinst du?«

»Nein, ich meine, dass es sich so anfühlen muss, als würde man in einem Gemälde leben und als wäre jeder Gegenstand ein Pinsel.«

Ein brummendes Geräusch ertönt, das wie ein wütender Wespenschwarm klingt.

»Sorry, da ruft grade jemand an.«
Auf dem Display steht INTERNATIONAL.
Dad. Schon wieder.
Ich drücke ihn weg.

Das Brummen verstummt. »Wer war das?«

Ich hole das Schleifpapier raus
und mache mich daran, Kaugummireste abzuschmirgeln.
»Du stellst ziemlich viele Fragen.
Was ist mit dir?
Erzähl mir was.«

Ich balle die Hände zu Fäusten. »Was willst du wissen?«

Ich zucke mit den Achseln und
drücke das Schleifpapier fester auf die Metalloberfläche.
»Keine Ahnung, egal.
Bring mich auf andere Gedanken.«

Ich schaue mich in meinem Zimmer um, wäge vorsichtig ab, was ich preisgeben kann.

»Ich habe einen Goldfisch. Er heißt Manta. Ein Black-Moor-Goldfisch.«

»Okay … ein Fisch.
Das ist doch schon mal was.
Was noch?«

Manta schwimmt panisch im Kreis.

»Ich … ich mag Wasser. Das Meer. Den Ozean, um genau zu sein. Ich schaue mir viele Dokus darüber an.«

Er legt das Schleifpapier und den Spachtel in den Eimer mit den abgelösten Kaugummiklumpen.

»Das Meer lässt sich machen.«

Er richtet sich auf und läuft zum Eingang der Minigolfanlage. Der Himmel hat die Farbe von ausgebleichtem Asphalt und schaukelt im Takt seiner Schritte.

»Hey, Sue –
ist es okay, wenn ich kurz Pause mache?
Ich muss um elf wieder in der Schule sein, aber …«

In dem Kassenhäuschen am Eingang sitzt eine Frau, die Zeitung liest. Sie hat eine Zigarette zwischen den Lippen und schaut auf ihre Uhr.

»Lass gut sein, Herzchen. Kannst für heute genauso gut Feierabend machen.«

Rowan stellt den Eimer auf einen Tisch und tritt von einem Bein aufs andere. Die Frau schaut auf.

»Keine Sorge – ich zieh dir nichts vom Lohn ab. Zisch ab.«

Zieht mir nichts vom Lohn ab?
Normalerweise zählt sie meine Pinkelpausen
und jetzt lässt sie mich eine Stunde früher gehen.
Bezahlt.

Rowan rennt beinahe, lässt das Kassenhäuschen und die Minigolfanlage hinter sich und läuft die Böschung hinunter zum Strand. Seine Schuhe sprengen Kieselsteine zur Seite und überwinden kleine Hügel und Täler aus Sand, als er auf das Wasser zusteuert.

Die braungrauen Wellen erstrecken sich bis zum Himmel.

Der Wind ist stürmisch.
Dröhnt wie Rockmusik in meinen Ohren.
»Also, Alice, hier ist das Meer.
Und jetzt?«

Das Rauschen der Wellen prallt gegen das Mikrofon und ich höre ein Brüllen – als hätte das Wasser sich in ein Tier verwandelt.

»Ich weiß nicht …«

Ich drehe mich im Kreis.
Ich habe eine Stunde. Eine Stunde für mich ganz allein.
Normalerweise gehe ich immer bloß zum Spielplatz
und hocke mich auf das Klettergerüst.
Warte, bis die Stunde um ist.
Aber mit Alice ist die Welt anders.
Neu.
»Komm schon!
Wenn du jetzt hier wärst, um zu leben,
Phantommädchen,
was würdest du dann machen?«

Ich spüre, wie mein Herz rasend Spoons verbraucht, weil ... was würde ich machen? Was würde ich machen, wenn ich nicht mit zehn diesen dummen Virus bekommen hätte? Wenn mich die KRANKHEIT nicht von meinem Körper getrennt hätte und ich einen hätte, der so gut funktioniert wie der, den ich gerade sehe und vor dem sich eine ganze weite Welt ausdehnt?

»Ich würde LEBEN«, sprudle ich heraus. »LEBEN, was das Zeug hält. Ich würde die Welt in einem Stück verschlingen. Ich würde bis ganz nach unten tauchen und bis ganz nach oben klettern. Ich würde die Erde mit beiden Händen packen und mich in sie hineinpflanzen und meine Wurzeln nach allem greifen lassen, egal ob es alltäglich oder außergewöhnlich ist.«

Der Wind versucht
die schrägen Sachen, die sie sagt,
WEGZUPEITSCHEN,

aber ich höre alles.
»Was das Zeug hält, ja?«
Ich schaue aufs Meer,
das den Meeresboden zerkaut,
und renne dann zur Minigolfanlage zurück,
um etwas zu holen.

Ich komme mir blöd vor wegen der ganzen Sachen, die ich gesagt habe, weil das wahrscheinlich nicht sehr normal geklungen hat und er auf einmal losgerannt ist.

Seine Chefin sieht ihn kommen und zieht die Brauen hoch, sagt aber nichts, als er eine Rolle Plastiktüten mit orangefarbenem Zugband aus einem Regal nimmt und eine davon abwickelt.

»Ich werd's ersetzen«,
sage ich, und sie zuckt mit den Achseln.

Er läuft wieder zum Strand hinunter und die Welt wankt hin und her. Und ich bin kurz davor, mich zu entschuldigen und ihm zu sagen, dass er mit seiner freien Zeit machen kann, was er will, Hauptsache, ich darf zuschauen. Aber dann entdecke ich einen Schuh. Und eine Hose. Und ohne es zu wollen, muss ich an Cecelias Warnung in Bezug auf Männer und Kameras denken und rufe: »Was machst du da?«

Ich muss verrückt geworden sein.
»Ins Meer gehen.
Das wäre das, was du machen würdest, hab ich recht?«

Ich verschlucke mich beinahe, weil – ja. Ja. Das würde ich machen. Genau das würde ich machen. Und jetzt schaue ich zu, wie er es für mich macht, und habe das Gefühl, meinen Schwimmanzug zu tragen, auf die Wellen hinauszuschauen, die mich verschlucken wollen, und zu wissen, dass ich stark genug bin, um es mit jeder einzelnen von ihnen aufzunehmen.

»Du kannst doch schwimmen, oder?«

Ich ziehe den Kameragurt
und meinen Hoodie
und mein T-Shirt aus
und stehe dann schlotternd in meinen Shorts da.
»Gleich werden wir's wissen.«

Ich rufe laut, als er die Kamera in das Plastiktütchen steckt und so fest verschließt, dass ihr das Wasser sicher nichts anhaben und er meine Worte nicht hören kann. Aber ich rufe trotzdem, so laut ich kann.

»Sei vorsichtig!«

Ich beobachte, wie er mit weißen Fingern das Zugband der Plastiktüte um sein Handgelenk wickelt, damit es ihm nicht von der Strömung weggerissen werden kann, ohne auch ihn mit sich zu reißen. Selbst wenn also das Schlimmste passiert und er aufs Meer hinausgetrieben wird und ums Leben kommt – wie Millionen andere Menschen, die in genau diesem Wasser ertrunken sind –, darf ich wenigstens dabei zuschauen, wie seine Haut aufschwemmt und keine Luftbläschen mehr aus seiner Nase kommen.

Er zittert im peitschenden Wind und der salzigen Gischt.

Okay, ich mach's.
Ich mach's wirklich.
(Warum mach ich das noch mal?)

Und ich habe Angst. Es fühlt sich an, als würde mein Herz eine Million Mal pro Minute schlagen.

Es fühlt sich wie LEBEN an.

Ich strecke die Hand aus. Stelle mir vor, wie ich die Finger um seine schließe. Stelle mir vor, wie ich ihm ins Gesicht schaue, das ich nicht kenne, und Augen sehe, die mich sehen. Wirklich sehen. Und er wird jemanden sehen, der schwimmen kann. Der weiß, wie man Strömungen aus dem Weg geht, und was zu tun ist, wenn sie uns doch erwischen und abtreiben.

Jemanden, der weiß, wie man am LEBEN bleibt.

Und

wir rennen

zusammen

los.

Kieselsteinchen bohren sich in unsere nackten Fußsohlen, als wir über den Strand laufen, wo das Seegras seine Finger nach unseren Zehen ausstreckt.

Und dann spritzt unter unseren Füßen eiskaltes Wasser auf und wir stoßen einen keuchenden Schrei aus, aber wir laufen trotzdem weiter, bis das Wasser unsere Waden und unsere Beine schluckt und es schwieriger wird, voranzukommen, und …

Wir tauchen kopfüber hinein. In die Welle, die am Strand aufschlägt, und wir ringen nach Luft, als die Kälte uns den Atem raubt, und wollen erneut laut aufschreien, aber unsere Worte sind gefroren. Und wir können nichts sehen, außer trübes Braungrau und um uns herumwirbelnde Partikel, als die nächste Welle anbrandet.

Diesmal richten wir uns auf. Stehen auf dem Meeresboden und atmen. Und wir denken, dass wir jetzt alles im Griff haben, als eine weitere Welle heranrollt und uns wieder in das braune Nichts schleudert. Und wir schmecken das Salz in der Kehle und spüren, wie es tiefer wandert. Unsere Luftröhre hinunter. Um in unserer Lunge Pfützen zu machen.

Aber zusammen sind wir stärker. Wir stemmen uns wieder hoch, und als die Welle diesmal kommt, springen wir. Und plötzlich fliegen wir, wir springen höher, als wir es an Land könnten, steigen zu den grauen Wolken auf und den kreisenden Möwen und –

Wir LEBEN.

Und diesmal holen wir tief Luft und tauchen unter. Schieben uns durch die trübe Dunkelheit zum Meeresboden, wo Algen wie verlorene Haare in einer Badewanne schweben und Blasen unter dem Sand hervorplatzen.

Und es ist anders, als in der Karibik zu tauchen. Oder am Great Barrier Reef. Oder an irgendeinem der Orte, an denen ich so gern schwimmen würde. Aber es ist echt. Wir *tauchen.* Wir *schwimmen,* während die Strömung versucht, uns weg vom Strand und hinein in ihr dunkles Herz zu ziehen.

Wir stehen auf. Schlucken eine weitere anbrandende Welle. Diesmal lassen wir uns von ihr Richtung Ufer tragen, wo wir das eisige Wasser verlassen und wie die allerersten Menschen den Strand betreten. Wir spüren kaum noch die Steine unter unseren Füßen und das Wasser tropft von unserem Körper und wir können nicht aufhören zu zittern.

Dann wird das Band des Plastiktütchens von unseren Handgelenken gewickelt und … ich bin wieder eine Zuschauerin.

Fuck,
fuck,
fuck,
ist das kalt.

Ich falle mit der Kamera auf den Boden und sehe die Wolken am Himmel. Darüber zappelt jemand, der fluchend und zitternd Wasser aus seinen langen Haaren wringt. Ich kneife die Augen etwas zusammen, versuche Rowans Gesicht zu sehen, und mein Herz schlägt schneller, als ich die Umrisse einer Nase ausmache. Ein markantes Kinn. Aber es ist zu dunkel, um mehr zu erkennen.

Er zittert so heftig, dass er es nicht schafft, seine Socken anzuziehen. Schließlich schlüpft er einfach so in seine Schuhe, hebt mich auf und marschiert los.

Ich.
Kann.
Noch nicht mal.

Er läuft. Den Strand hinauf, über eine verlassene Straße und in eine Pommesbude, wo er sich in einer freien Sitznische auf eine Bank schiebt.

Mir schlägt
Frittierfett
entgegen
wie ein heranbretternder Zug
und ich kann wieder atmen.

Er holt mich mit zitternden Fingern aus dem Tütchen und klemmt mich wieder an seine Brust.

Die Bedienung kommt an unseren Tisch, und wir sagen gleichzeitig »Tee«, bevor sie überhaupt Zeit hat, ihren Stift zu zücken.

»Rowan? Bist du okay?«

Das war
VIEL
kälter,
als ich gedacht hätte.
»Ich sollte vielleicht kurz auf Toilette.
Mir die Hände unter heißes Wasser halten.

»Mach das nicht, kein heißes Wasser.«

Mir entwischt ein Laut,
der wie Hundewinseln klingt.
»Was soll ich dann machen, damit mir wärmer wird?«

»Versuch, deine Haare ein bisschen trockener zu kriegen und deine Socken anzuziehen. Der Tee wird auch helfen.«

Während er meinen Rat befolgt, kommt die Bedienung mit dem Tee und Rowan schließt seine blaugefrorenen Finger um den Styroporbecher.

»Besser?«, frage ich.

Er atmet schaudernd aus.

»Das war vielleicht nicht unbedingt
die beste Idee, was?«

Ich versuche, nicht zu lachen, weil er nass ist und friert, während ich immer noch in meinem warmen Bett liege und mich herrlich fühle.

»Aber es war unglaublich süß von dir, dass du das für mich gemacht hast.«

Der Tee schmeckt nach Plastik,
aber in meiner Brust fühlt er sich wie Lava an.
»Ich hab es für dich gemacht, aber ich glaube,
ich hab es auch für mich gemacht …«
Ich kann mich nicht erinnern,
wann ich das zum letzten Mal gesagt habe.

Es wird immer schwerer zu erkennen, wer wer ist. Und ich hoffe, dass sich das für ihn genauso schön anfühlt wie für mich. Als würden die Linien zwischen uns verschwimmen und ich könnte durch die Kamera hindurchgreifen und seine blauen Hände umschließen.

»Es gibt noch so viel mehr, was wir machen könnten«, sage ich.

Er bläst in seinen Tee.

»Wir könnten Gleitschirm fliegen. Oder auf ein Rockkonzert gehen. Wir könnten eine Fähre oder einen Zug oder vielleicht sogar ein Flugzeug nehmen. Wir könnten nach Australien und mit Mantarochen schwimmen und tauchen lernen.«

Ich bin total aufgeregt, denn plötzlich werden all die Dinge wieder in mir wach, von denen ich vergessen hatte, dass ich sie tun möchte – weil sie an den Gedanken gekoppelt waren, dass ich sie nicht tun kann, und im hintersten Winkel meines Kopfs in einer Schublade eingesperrt waren.

Bei ihr klingt es so, als wäre
alles möglich.
Deswegen bin ich ins Wasser gesprungen.
Weil ich genau das fühlen wollte.
Jetzt friere ich einfach wieder nur.
»Dann rauben wir vielleicht besser
zuerst eine Bank aus, was?
Besorgen uns ein paar Millionen.«

»Okay … vielleicht streichen wir Australien. Aber ich bin sicher, dass es hier eine ganze Welt voller Dinge gibt, die wir machen können.«

Ich stelle meinen Tee ab. Es gibt da etwas,
das ich vergessen habe.
Dieses Mädchen –
Alice –
muss sich keine Sorgen darum machen,
was passiert, wenn sie
ihren Job verliert oder
die Heizrechnung nicht bezahlen kann oder

jemand dahinterkommt und ihr alles wegnimmt.
Alice hat eine Mam,
die diesen ganzen Kram für sie erledigt.
»Sorry, aber das echte Leben *sieht anders aus.«*

Ich verliere meinen Gedankenfaden und er dreht sich lose im Kreis.

»Wie meinst du das?«

»Man kann das alles nicht einfach
MACHEN.
Man muss auch dran denken,
was es für Konsequenzen haben könnte.«

Ich denke an die Migräne und das Fieber, die am Ende eines vollen Tags lauern. Und schaue zu, wie er so viel Zucker in seinen Tee schüttet, dass es mich endgültig umbringen könnte.

»Mit Konsequenzen kenne ich mich bestens aus.«

Mir ist kalt.
Ich bin nass.
Und ich will ihr beweisen, dass sie falschliegt.
»Okay.
Logg dich morgen Nachmittag um halb vier wieder ein.
Dann zeige ich dir, wie das echte LEBEN aussieht.«

Rowan hat den Stream beendet.

26
Alice

Es ist Abend. Dad ist unten und spült, was man sofort merkt, weil es klingt, als würde er eine Blaskapelle mit schief gepfiffenen Soloeinlagen dirigieren.

Ich versuche Cecelias Geburtstagsgeschenk einzupacken, aber meine Arme bewegen sich nicht so, wie ich will, und das Klebeband klebt ständig zusammen.

Aber ich glaube, dass ihr das, was ich für sie gemacht habe, gefallen wird. Es hat Wochen gedauert und etliche Spoons aufgebraucht, aber jetzt ist es endlich fertig.

Es ist ein Scrapbook. Mit lauter Fotos von uns beiden – angefangen bei dem Tag, als wir uns auf dem Schulsportfest kennengelernt haben, nachdem wir im Weitsprung beide den ersten Platz belegt und uns geweigert hatten, uns die Medaille zu teilen, bis zum letzten Weihnachten, als Cecelia am zweiten Weihnachtsfeiertag zu unserem traditionellen Brunch gekommen ist. Ich habe auch noch andere Dinge hineingeklebt, zum Beispiel einen Ticketabschnitt von dem Tag in der Minigolfanlage, als sie dem Dinosaurier die Nase abgebrochen hat, und Muscheln, die wir am Strand gesammelt haben, als wir zusammen in Wales waren.

Ein ganzes Leben, das in ein Buch gepackt ist. Und die Arbeit daran hat mich fast umgebracht, aber es musste perfekt werden, wenn sie mir das hier jemals verzeihen soll:

Es tut mir so leid. Ich bin total erkältet –

Ich lösche es wieder. Eine Erkältung wird sie auf keinen Fall gelten lassen, auch wenn das normalerweise schon reicht, mir wochenlang Spoons wegzunehmen.

Ich kann Freitagabend nicht kommen ☹ – Familiennotfall.

Ich frage mich gerade, ob ich Dad dazu bringen kann, für mich zu lügen, als er mit einem Geschirrtuch über der Schulter in meinem Zimmer auftaucht.

»Dad, wie stehst du zu …«

Er marschiert auf mich zu und schiebt sein Gesicht direkt vor meins. »Spoon Counting.«

Da ist dieser Ausdruck in seinen Augen. Ich kenne ihn von früher, wenn wir mit unseren Rädern oben auf einem Berg standen und er mich prüfend ansah, um sicherzugehen, dass ich mir zutraute, den Abhang hinunterzufahren, ohne zu stürzen.

»Fünf«, lüge ich.

Er schiebt die Arme unter mich und hebt mich aus dem Bett. Ich lasse das Handy fallen, bevor ich die Nachricht abschicken kann.

»Schnell!«, flüstert Mum die Treppe hoch.

Er trägt mich aus dem Zimmer, und ich versuche zu lesen, was er für diese Woche auf die Therapietafel geschrieben hat, kann es aber nicht entziffern. Jedenfalls geht es um etwas, für das er mich nach unten bringen muss.

Ich halte die Luft an und klammere mich an ihm fest.

Mich an Dad festklammern = 1 Spoon

Dads Körper arbeitet wie ein Maschinenkolben, während er mich trägt, und ich kann die Küchengerüche vom Abendessen riechen, in die sich der Zitrusduft des Spülmittels gemischt hat. Ich versuche alles in mich aufzusaugen, weil ich seit einer gefühlten Ewigkeit nicht mehr hier unten war, aber in all der Zeit scheint sich nichts von seinem Platz gerührt zu haben. Das Telefon, das auf dem Flurtischchen auf einem Stapel Zeitschriften liegt. Die Wohnzimmercouch mit dem Riss in der Sitzfläche, von dem Dad ständig sagt, er würde ihn reparieren, ohne je dazu zu kommen. Und die Terrassentür, die offen steht, als wäre es ein Sommernachmittag.

Unten sein = 2 Spoons

Mein Herz fängt an, schneller zu schlagen, weil ich sehen kann, dass es draußen dämmert und die Welt ozeanblau ist. Dad festigt seinen Griff um mich und trägt mich durch das Wohnzimmer zur Terrassentür.

»Wir gehen nach draußen?«, keuche ich und schlinge die Arme noch fester um seinen Nacken.

Mum wartet dort mit einer Sonnenliege.

»Ist vielleicht ein bisschen spät für ein Sonnenbad.« Ich lache zittrig, als er mich darauf ablegt.

Sie knien sich beide neben mich, während ich den Blick über die Schatten im Garten wandern lasse – der Schuppen am anderen Ende, der sich wie ein riesiges Schiff aus dem Halbdunkel schält. Die Blumenbeete. Die Wäscheleine. Meine rostige und von Spinnweben bedeckte Schaukel. Alles ist noch da und wartet auf mich.

Und mein ganzer Körper bebt, weil ich *draußen* bin. Ich in meinem eigenen Körper. Und er kommt ganz gut damit klar, bis auf das Zittern, aber ich glaube, das ist pure Freude.

»Schau«, wispert Mum und legt den Kopf in den Nacken.

Ich reiße den Blick von meiner alten Schaukel los und schaue in den Himmel, wo das allerletzte Licht des Tages durch die Wolken sickert. Plötzlich huscht über uns etwas durch die Luft. Als ich den Kopf drehe, um der Bewegung zu folgen, kommt ein zweiter Schatten angejagt und kreist mit einem Flattern über unseren Köpfen, das wie leises Rascheln klingt.

Zuerst denke ich, dass es Vögel sind. Aber als einer von ihnen so dicht an mir vorbeischießt, dass ich danach greifen könnte, wird mir klar, dass es eine Fledermaus ist. Ein schwarzer Pfeil in einem tintenblauen Himmel. Und dann sehe ich noch mehr von ihnen. Drei, vier, fünf. Sie segeln über unseren Garten, als wären sie durch Wasser trudelnde Papierschiffchen.

Ich drücke Mums Hand, aber wir sagen nichts, weil wir ebenfalls unter Wasser sind. Die Welt ist jetzt ganz still und es gibt nur noch uns, in einem Garten, von wo aus wir der Welt über uns dabei zuschauen, wie sie LEBT.

Und ich spüre, wie dieses LEBEN auf meine Zehen atmet. Spüre, wie es hart gegen meinen Rücken drückt. Nehme seinen Duft wahr, der kalt und frisch geschnitten riecht.

Einen Moment lang bin ich wieder zu einem Ganzen zusammengesetzt. Ich und mein Körper. Und ich bin Alice und ich LEBE.

Als der Nachthimmel die Dämmerung endgültig geschluckt hat und ich jedes Gefühl in den Zehen verloren habe, hebt Dad mich wieder aus der Liege.

»Nur noch ein bisschen«, sage ich.

»Ein anderes Mal, Kleines.«

Ich schaue durchs Fenster, während er mich wegträgt. Aber er bringt mich nicht sofort nach oben ins Bett. Stattdessen legt er mich auf die Couch, den Kopf in seinen Schoß, die Beine über Mums Schenkel, und wir schauen mit eingeschalteten Untertiteln fern. Es ist bloß irgendeine Spielshow und Dad schreit die Antworten heraus, die meistens falsch sind. Und Mum macht hart gekochte Eier und wir pellen die Schale ab und tunken sie in Salz und Mayonnaise.

Ich schaue mich um und sehe, dass Mum immer noch dieses Schild an der Wand hängen hat. *Tanze, als würde niemand zusehen.* Und auf dem Fensterbrett sind ganze Leben aufgebahrt und in Fotorahmen gesteckt. Wie die beiden auf ihrer Hochzeit tanzen. Wie sie auf der Chinesischen Mauer stehen und lächeln, als könnte man sie noch vom All aus sehen. Mum auf der Bühne mit den Splice Girls und Dad, wie er seinen roten Taekwondo-Gürtel bekommt.

Und dann bin da ich und teile sie in der Mitte durch. Und die Fotos wandeln sich zu Babybildern – zu Ausflügen zu dem Bauernhof in der Nähe – zu Schulschwimmfesten. Und schließlich zu mir an meinem sechzehnten Geburtstag, im Bett liegend, mit dem Glas Sekt in der Hand, von dem ich Migräne bekommen habe.

Sie haben alles für mich aufgegeben. Meine Eltern. Sie könnten das tollste LEBEN haben und leben stattdessen nur für mich. Und ich fühle mich deswegen gleichzeitig schrecklich und wunderbar, geliebt und todunglücklich.

Aber mit ihnen hier unten zu sein, fühlt sich viel heilsamer an als jede Pille oder jedes Nahrungsergänzungsmittel oder komisches glibberiges Zeug, das ich je eingenommen habe. Vielleicht heilt es nicht die KRANKHEIT, weil die weiter da ist und wie immer Spoons verbraucht. Aber vielleicht gibt es unterschiedliche Arten von Heilmitteln. Heilmittel für Sorgen.

Und für einen Moment bin ich die Erschöpfung und den Schmerz und die immer viel zu schnell aufgebrauchten Spoons los. Und es ist, als würde mein Leben entlang der Fensterbank fortgesetzt werden.

27
Alice

Als ich aufwache, habe ich das Gefühl, überhaupt nicht geschlafen zu haben.

Mum weiß es sofort, obwohl ich lächle. Sie lässt die Vorhänge zu und schneidet den Lachs in mundgerechte Stücke, damit ich nicht mehr Spoons verbrauchen muss, als ich zur Verfügung habe. Und sie fragt mich nicht, wie viele es sind, weil das an Tagen wie heute schwer zu sagen ist.

»Ich glaube, der Laptop bleibt heute besser aus«, sagt sie und wickelt das Netzkabel darum, als wäre es eine Kette, bevor sie ihn auf den Schreibtisch am anderen Ende des Zimmers stellt.

Wo er so weit entfernt ist, dass er genauso gut in Tokio stehen könnte.

Aber ich weiß, dass sie recht hat. Ich weiß, was auf mich wartet, wenn ich mich an einem Tag wie heute nicht zusammenreiße. Noch weniger Spoons am nächsten Tag. Und am übernächsten.

Trotzdem. Gestern durfte ich draußen sein. Nicht als jemand anderes. Als ich. Als Alice.

Und auch wenn ich jetzt dafür bezahle, will ich mehr. Der Nebel wabert heran, kriecht meine Zehen, meine Knie, meine Schenkel hoch. Aber heute Nachmittag um halb vier bin ich mit Rowan verabredet. Er hat versprochen, mir zu zeigen, wie das echte LEBEN aussieht, und ich werde alles in meiner Macht Stehende dafür tun, um da zu sein.

Also bewege ich mich den ganzen Tag nicht von der Stelle. Ich döse, träume davon, auf einem Fahrrad zu sitzen und mit dem Wind im Rücken Berghänge hinunterzurasen, und schrecke aus dem Schlaf, wenn aus dem Nichts plötzlich ein Auto auftaucht und mich von Neuem zerschmettert. Und ich schließe die Finger um meine Handgelenke und konzentriere mich darauf, glücklich zu sein, und darauf, dass alles in bester Ordnung ist, um die Gedanken von Wesley fernzuhalten.

Und um 15:00 Uhr schiebe ich einen Fuß aus dem Bett.

Um 15:10 Uhr fahre ich das Kopfteil hoch.

Um 15:15 blinzle ich die Punkte weg, schlucke den Spannungsschmerz in meinen Schultern und lasse mich so vorsichtig wie möglich auf den Teppich hinunterfallen.

Und dann krabble ich los. Langsam. Versuche, dabei nicht außer Atem zu kommen.

Eine Hand nach vorn.

Bewegen.

Eine Hand nach vorn.

Bewegen.

Als ich es den ganzen Weg bis zum Schreibtisch geschafft habe, bleiben mir noch fünf Minuten. Ich strecke eine Hand nach oben und versuche sie ruhig zu halten. Ich greife nach dem Netzkabel und ziehe den Laptop zu mir herunter.

Den Laptop vom Schreibtisch holen = unfassbar viele Spoons

Es hat geklappt. Und ich bin erleichtert, dass ich es geschafft habe, und gleichzeitig ärgere ich mich über mich selbst, dass ich es überhaupt versucht habe, weil ich weiß, dass das nicht ungestraft bleiben wird.

Ich klappe den Laptop auf und lege die Wange auf den Teppich, sodass das Thumbnail neben Rowans Name zur Seite kippt.

Verbindung zu **Rowan** wird hergestellt …

28
Rowan

Und jetzt bin ich an dem Ort, an dem wir schon mal waren. Auf dem Spielplatz.

Jonah schaukelt,
als gäbe es nichts Wichtigeres auf der Welt.
Ich beobachte ihn aus der Fensteröffnung des Klettergerüsts.
Und in der Ferne sehe ich die graue Meerlinie,
die Alice neulich für mich gesehen hat.
So wie sie oft Dinge sieht, die ich nicht sehe.
Ich checke noch einmal die App und –
»Bist du online?«

Ich will Ja sagen. Ja, ich bin online, ich bin hier.

Aber meine Stimme ist nicht wirklich …

»Alice?«
Sie ist definitiv online.
Neben ihrem Namen leuchtet der grüne Punkt.
Ich stelle den Ton lauter.
»Ich glaube, mit deinem Mikro stimmt irgendwas nicht.«

Aber mit seinem ist alles in Ordnung.
Vögel.
Lachen.
Quietschende Schaukeln.

Nichts.
Vielleicht hat sie Probleme mit der Verbindung.
War sowieso keine gute Idee mit heute.
Ich wollte ihr zeigen, was es bedeutet,
in der echten Welt zu leben,
für jemanden verantwortlich zu sein,
für ihn da zu sein. Egal, was passiert.
Aber auch wenn sie cool zu sein scheint,
müsste ihre Mam bloß
einen Anruf
tätigen
und mein Bruder würde –

Rowan schwingt sich am Schwanz der Meerjungfrau vorbei durch die Fensteröffnung und gleitet an der Stange zu dem Geburtstagskuchenboden hinunter.

Wir sind schwerelos. Wir sind frei. Wir fliegen.

»Jonah!
Wir müssen los.«

Ein kleiner Blondschopf springt von der Schaukel, läuft zu Rowan und hängt sich an seinen Arm.

»Aber du hast gesagt, noch fünf Minuten«, ruft er.

»Das war vor fünfzehn Minuten, oder?«
Er heult los und
lässt sich auf den Boden fallen.
Genau davon hat die Schulleiterin geredet.
»Komm schon, Jonah, tu mir das jetzt nicht an.«
Er weint noch lauter und
ein paar Mütter schauen zu uns rüber
und schütteln die Köpfe.
Ich krieg das hin. Ich krieg das hin. Ich krieg das hin.

Da hängt ein Junge an unserem Arm. Ein Junge, der uns am Fliegen hindert.

»Was hältst du davon, wenn wir auf dem Rückweg
noch in den Supermarkt gehen und dir ein Eis besorgen?«
Er hört auf zu weinen und
ich fackle nicht lange und
HEBE IHN HOCH
und setze ihn auf meine Schultern
und er lacht kreischend.
Er wird langsam zu schwer, um ihn so zu tragen.

Kleine Schuhe treten gegen die Kamera.
»Können wir da rauf?«
»Da rauf« befindet sich außerhalb meines Sichtfelds.

Er zeigt auf den Glockenturm.
Schon wieder. Ständig will er auf diesen Turm.
»Jetzt nicht, Jonah.«

Ich schaue zu ich schaue zu ich schaue zu.

Ich schaue nur zu. Aber ich sollte dabei sein. Ich sollte beides können. »Aber wann dann?«, jammert der Junge für mich.

Nie wieder.
Nie wieder.
Nie, nie wieder.

Ich schaue durch mein Fenster und sehe, wie es in den Supermarkt geht. Wie es sich einen Einkaufswagen nimmt.

Ich setze Jonah auf dem Boden ab und
bin genauso aus der Puste wie neulich,
als ich mit Alice durch den Regen gerannt bin.
Ich checke noch einmal mein Handy,
schaue, ob sie noch online ist.

Ich erinnere mich an Supermärkte. Regale, die mit allen möglichen Dingen vollgepackt sind.

Ich würde Rowan gern sagen, er soll sich aussuchen, was immer er will. Schokolade. Vanillepudding. Ein ganzes Knoblauchbaguette.

Aber stattdessen –

Ich stecke mein Alice-loses Handy in die Tasche.
»Na los, Jonah.
Such dir aus, was du willst.«

Du hast den Stream verlassen.

29
Alice

Mum hat mich gefunden, wie ich mitten im Zimmer auf dem Boden lag, und ich glaube, ich habe sie noch nie so wütend erlebt.

Sie hat mich angebrüllt. Keine leisen Ermahnungen wie sonst, sondern Schreie, die meine Ohren Spoons gekostet haben, die ich eigentlich gar nicht mehr übrig hatte. Dad musste sie aus dem Zimmer schicken, bevor er mich zurück ins Bett heben konnte.

»Was jagst du deiner Mum auch so einen Schreck ein?«, hat er gesagt.

Ich habe ihn bloß angeschaut, weil ich ihn nicht wirklich verstanden habe. Zu dem Zeitpunkt reichte mir der Nebel schon bis über die Brust und war gerade dabei, meine Gedanken einzuhüllen und zu ersticken.

Aber jetzt ist es einen Tag später. Fast Abend. Und ich habe wieder genügend Spoons zusammengekratzt, um »Es tut mir leid« zu sagen.

Mum sieht mich nicht an. Legt bloß weiter ordentlich frische Wäsche für mich zusammen. Räumt sie in den Kleiderschrank. »Ich wollte dich nicht so anschreien. Es war nur so ein Schock, dich da liegen zu sehen. Ich dachte …« Sie hält inne.

»Es tut mir leid«, sage ich noch einmal. Und es tut mir

wirklich leid. Normalerweise bin ich ganz gut darin, die richtig schlimmen Schübe vor ihr zu verbergen, aber gestern hat sie das ganze Ausmaß mitbekommen.

Sie sieht müde aus, als sie sich zu mir aufs Bett setzt und mich mit einem wässrigen Lächeln ansieht, das ihr übers Gesicht rinnt.

»Was wolltest du denn machen? Was ist so wichtig gewesen?«

Sie sieht wie eines von diesen Kaninchen aus, die Zauberkünstler aus ihren Zylindern ziehen. Als könnte sie sich nicht erklären, wie sie hier gelandet ist, und wüsste nicht, wie sie sich jetzt verhalten soll.

»Ich weiß es nicht mehr«, sage ich und meide ihren Blick, um zu verhindern, dass sie Rowans Namen in meinen Augen lesen und ihn mir wieder wegnehmen kann.

Sie seufzt. »Damit ist jetzt Schluss, okay? Wenn du nicht genügend Spoons hast, um aufzustehen, dann versuche es erst gar nicht. Außer jemand von uns ist dabei.«

Ich nicke und gebe ihr einen Kuss auf die Wange, als sie sich über mich beugt, um mir auch einen zu geben.

Dann geht sie aus meinem Zimmer, und ich warte, bis ich höre, wie sie die Tür zu ihrem und Dads Zimmer schließt, bevor ich mein Handy unter dem Kissen hervorhole.

Der Akku hat noch zehn Prozent. Ich fühle mich, als hätte ich genauso viel. Damit sollte ich diesmal zumindest sprechen können.

Ich lade die Stream-Cast-App herunter. Logge mich ein.

Willkommen zurück bei Stream Cast, Alice

User online:

destroy_roy	**Rowan**
Online seit 3 Std.	Online seit 5 Std.

User offline:

tokyo--drifter	**_1mp0ssible-dream_**	**WesleyCycles67**	**daddycool-007**
Zuletzt online vor 18 Std.	Zuletzt online vor 1 Tag	Zuletzt online vor 39 Tagen	Zuletzt online vor 89 Tagen

Verbinde dich mit einem Kanal, um den Livestream zu starten.

Verbindung zu **Rowan** wird hergestellt …

30
Rowan

Und jetzt schaue ich zu, wie Rowan Socken mit Dinomuster zusammenrollt und sie in der Schublade einer zerschrammten Kommode verstaut.

Ich räuspere mich.

Ich schreie leise auf.
Und versuche dann so zu tun,
als ob ich mich nicht erschreckt hätte.
»Al… Alice.«
Ich hole Luft.
»Wieder da?«
»Bist du okay?«

»Ich bin wieder da. Ich bin okay.« Ich lache nervös. »Hallo.«

»Hi.«
Ich bin froh, dass sie nicht sehen kann,
wie oft ich heute schon auf mein Handy geschaut hab.

»Danke, dass du mich gestern noch mal zur Meerjungfrau mitgenommen hast. Tut mir leid, dass … Mit meinem Mikro hat irgendwas nicht funktioniert.«

Sie war also da.
Und jetzt, wo ich mich von meinem Herzinfarkt erholt habe,
wird mir klar, dass sie jetzt auch da ist.
Hier, in Jonahs Zimmer.
Und sieht, wie ich seine Wäsche zusammenlege.

Er lässt ein Paar Socken fallen, und ich beuge mich vor, um sie aufzuheben, bevor mir wieder einfällt, dass ich eine ganze Welt weit weg bin.

»Ähm … warte kurz.« Ich bücke mich.
Tue so, als würde mein Hoodie versehentlich
die Kameralinse verdecken,
während ich weiter den Finger draufdrücke.
Ich laufe in den Flur –
mache die Tür zu dem Zimmer zu, in dem Jonah
in Mams ungemachtem Bett fernsieht –
und gehe ins Wohnzimmer.
Ich bleibe stehen und schaue mich um.
Zerschlissene Sessel.
Nikotingeräucherte Tapete.
Über den ganzen Teppich verstreute Legosteine.
Ich drehe mich zum Fenster.

Ich bin wieder aufgetaucht, um Luft zu holen, nachdem ich in einem grauen Meer geschwommen bin, und jetzt kann ich ein dunkles Fenster sehen, unter dem ein Sideboard mit schwarz-weiß gewürfelter Oberfläche steht, auf der Fotorahmen wie Spielfiguren auf einem Schachbrett angeordnet sind.

»Die Meerjungfrau – genau.
Das ist einer meiner Lieblingsplätze.
Meine Mam ist früher oft nach der Schule mit mir –«

»Sind wir bei dir zu Hause?«

Ich halte nach lila Farbflecken Ausschau, kann aber keine entdecken. Die Tapete sieht aus, als hätte jemand ockerfarbene Tinte darauf verschüttet, aber nicht, wie ich es mir vorgestellt hatte. Ich dachte, Rowans Leben wäre wie ein zum Leben erwachtes Gemälde. Aber das hier? Das könnte auch mein Zimmer sein.

Shit shit shit.
»Ja, hör zu –
du hast wahrscheinlich mitgekriegt, dass ich –
ähm –
öfter
BABYSITTEN
muss.
Jonah, meinen kleinen Bruder.
Gerade muss ich auch wieder auf ihn aufpassen, deswegen …«

Ich versuche, an ihm vorbei aus dem Fenster zu schauen. Die Straßenlichter sehen wie Sterne aus.

»Und wo ist deine Mutter?«

Ich schlucke.
»Sie … ähm …«
Es wäre so leicht, sie einfach anzulügen,
so wie ich alle anderen anlüge.

»Sie ist nicht da.«
Ich schließe die Augen.
(Was mache ich?)
»Genau genommen ist sie nie da.
Sie ist weggegangen. Vor ungefähr einem Jahr.«

Draußen fährt ein Auto vorbei und die Scheinwerfer gleiten über die Bilderrahmen.

Und ich sehe ein Baby, das zwischen einem Mann mit Bart und einer Frau mit rosigen Wangen gehalten wird.

Ein kleines Kind mit dichten dunklen Haaren, das mit Fingerfarben ein knallbuntes Bild gemalt hat.

Eine Kinderzeichnung von einem Jungen und seiner Mum, die sich an den Händen halten und in ein wirbelndes Universum springen.

Nicht da – weggegangen.

»Oh …«, flüstere ich und mir wird schwer ums Herz. »Und dein Dad? Ist er …«

Ich denke an die ganzen verpassten Anrufe.
»Er hat uns vor einer Ewigkeit sitzen lassen.«

Rowan bewegt den Arm etwas zur Seite, sodass ich die restlichen Fotos auf dem Fensterbrett sehen kann. Und plötzlich wird Rowans auf Fotos festgehaltenes Leben von einem anderen ersetzt: einem Jungen mit hellblonden Haaren. Genau wie bei den Fotos im Wohnzimmer meiner Eltern.

Aus meinen Lungen entweicht Luft.

»Du kümmerst dich um ihn, oder?«

Ich kann nicht atmen.
Nur ein Wort.
Nur ein einziges.
Und trotzdem könnte es alles
kaputtmachen.
(Ich sollte es ihr nicht sagen. Ich sollte es nicht tun.)
»Ja.«

Jetzt sehe ich es, ich sehe es. Sein Bruder. Sein Bruder hindert ihn daran, ZU LEBEN.

So wie ich meine Eltern daran hindere.

Ich presse mich mit dem Rücken an die Wand und warte auf
das Klopfen an der Tür,
die mitleidigen Blicke,
das »Ab hier übernehmen wir«.
Aber ich krieg das hin. Ich krieg das hin.

Mein Atem geht komisch.

»Du könntest ein großartiger Künstler sein«, platze ich heraus.

Was?
»Wie kommst du
denn jetzt darauf?«

Ich verliere meinen Gedankenfaden. Mein Brustkorb fühlt sich … falsch an.

»Ich meine nur … dass du etwas Besonderes sein könntest. Dass du –«

»Alice – was …?«
Ich habe es ihr gesagt.
Ich habe mir die Brust aufgerissen.
Ihr die Scherben darin gezeigt.
Und ich glaube nicht, dass sie hinschaut.

Meine Gedanken versinken in Nebel.

»Lass dich nicht davon blockieren, dass du dich um ihn kümmern musst.«

Etwas in mir drin –
etwas, das lange gehalten hat –
reißt.
Ich nehme das Handy aus der Halterung.
»Nein.
Du hast kein Recht, so was zu sagen, Alice.
Du hast keine Ahnung –«

»Doch«, sage ich. Ich kann es wie tausend Tonnen Wasser fühlen, die auf meinen Knochen lasten.

Und es fühlt sich an wie ertrinken.

Aus Mams Schlafzimmer
kommt ein lauter
KNALL
und Jonah fängt an zu weinen.
»Das brauche ich mir nicht zu geben.
Geh und such dir dein eigenes Leben, Alice.«

Rowan hat den Stream beendet.

31
Alice

Ich verlasse Stream Cast und irgendwas stimmt nicht.

Mein Herz flattert. Flattert. Ich schlucke Luft. Das glaube ich zumindest. Ich schaue zu Manta in seinem Aquarium. Er macht dasselbe, aber er schluckt Wasser. Wasser, das in seinen Körper hinein- und durch seine Kiemen wieder herausströmt. Nur dass ich keine Kiemen habe, was vielleicht der Grund dafür ist, warum ich das Gefühl habe, zu ertrinken.

Meine Hände werden von einem Erdbeben erschüttert, ich hebe sie trotzdem an mein Gesicht, um mich zu vergewissern, dass mein Mund offen ist, und das ist er.

Und dann geht die Tür auf. Und eine Sekunde lang fühlt es sich an, wie aus den Tiefen eines unvorstellbaren Meers aufzutauchen, weil ich mir sicher bin, dass es Mum ist oder Dad, die immer wissen, wie sie mich wieder an die Oberfläche holen können.

Aber es ist keiner von beiden. Es ist Cecelia. Sie ist ein verschwommener Fleck aus Wut und zerlaufener Wimperntusche. Einem verrutschten Glitzerkleid und einer hellblauen Dose.

»Ce…«

Sie knallt die Tür zu und das Geräusch fährt mir wie Messerstiche in die Ohren.

»Du bist nicht gekommen«, nuschelt sie. Sie steht schwankend in der Mitte meines Zimmers, viel zu weit weg, um mich an ihr festhalten zu können.

Ich mache den Mund weiter auf und versuche ihr zu sagen, dass sie Hilfe holen soll. *Hol Hilfe. Bitte.*

Sie reißt sich ihre mit Glitzersternen in Pink besetzte Krone vom Kopf, schmeißt sie gegen die Wand und die Sterne regnen wie ein explodierender Himmel über meinen unter der Decke gefangenen Körper.

Sie versteht es nicht. Sie versteht nicht –

»Du bist meine beste Freundin! Dachte ich.«

Sie redet jetzt lauter und ihre Stimme ist wie *Messerstiche Messerstiche Messerstiche.*

Ich schließe die Augen und höre trampelnde Schritte, die näher kommen. Spüre Finger, die sich um meine Handgelenke schließen.

Ich bin in Sicherheit. Ich bin glü…

»Du hast gesagt, dass du kommst. Du hast es gesagt, du hast gesagt … Schau mich an!«

Ich kann nicht, weil das Licht an ist und mir Blitze in die Augen schleudert. Aber auch, weil sie es nicht sehen soll. Sie darf es nicht sehen. Ich muss verhindern, dass sie es sieht.

Ich versuche zu sprechen. Versuche ihr zu sagen, dass ich nicht weiß, wovon sie redet, dass sie es mir bitte erklären soll, damit ich …

»Mein sechzehnter Geburtstag. Der etwas ganz Besonderes sein sollte. Sweet Sixteen.«

Aus ihrer Stimme sind die hohen Töne verschwunden, sodass die Worte sich zu einem Kontext ordnen, den ich verstehe. Und in meinem Inneren stürzt alles zusammen.

Ihre Geburtstagsparty. Sie war heute.

Ich öffne die Augen.

Über ihre Wangen laufen Spuren von glitzerndem Lidschatten. Ihre Augen sind gerötet.

Die Nachricht. Ich habe die Nachricht an sie nie abgeschickt.

»Na los, sag schon. Was für eine Ausrede hast du diesmal? Du warst zu beschäftigt, ja? Oder warte … du warst mit Kobolden zum Tanzen verabredet oder im Lügenfeenland oder …«

Sie wirft die Arme in die Luft und etwas von der Flüssigkeit aus der Dose in ihrer Hand schwappt auf den Teppich und ich rieche Bier.

Ich will es ihr sagen. Ich will ihr sagen, was meine Ausrede ist. Dass mich eine KRANKHEIT ans Bett fesselt, die mir alles nimmt. Schule. Freunde. Eine Zukunft außerhalb dieser vier Wände. Ich will ihr sagen, dass ich mit all den stumpfen Waffen, die ich zur Verfügung habe, kämpfe, und dass ich wirklich, wirklich kommen wollte. Wirklich. Nur dass das genauso unmöglich war, wie wenn sie diese Party auf dem Mond gefeiert hätte.

Aber ich kann ihr das nicht sagen. Nicht nur, weil die KRANKHEIT mir dann auch noch sie wegnehmen würde – und sie ist die Einzige, die ich so verzweifelt festzuhalten versuche. Sondern auch, weil die KRANKHEIT mir wieder die Stimme genommen hat.

Ich gebe ein gurgelndes Geräusch von mir und ihr Gesicht verzieht sich.

»Weißt du, ich hab wirklich gedacht, dass ich dir die Mühe diesmal wert bin.«

Und der Ausdruck in ihren Rammbock-Augen …

Ich löse mich auf.

Die Tür öffnet sich und diesmal ist es Mum, aber es ist zu spät.

»Cecelia, ich hab doch gesagt, dass sie heute keinen Besuch bekommen kann.«

Sprungfedern, die in der Matratze nach oben schnellen.

Ein Schniefen. »Ich wollte sowieso gehen.«

Bleib, bleib, bitte bleib.

Schritte, die sich entfernen,
die Treppe runtergehen,
in Schuhe schlüpfen,
das Haus
verlassen.

»Alles okay, Schatz, sie ist weg.« Mum schaltet das Licht aus, macht mir die Ohrstöpsel rein und prüft mein Herzfrequenzmessgerät, das piept und piept und piept.

Aber nichts ist okay.

Cecelia ist nicht okay und Rowan auch nicht.

Und ich … ich bin –

32
Alice

Licht

brennt.

Messer.

Schau.

Durch den Nebel.

Mum.

Dad.

Eine Frau,

die spricht.

Was sind Worte?

Ich sollte Hallo sagen.

Hallo.

Ich bin Alice.

Ich bin wohl

verloren gegangen.

Können Sie mir helfen?

Aber dann

sehe ich

ein Stethoskop.

Eine Ärztin.

Nein.

Nein, sie kann mir nicht helfen.

Das können sie nie.

Aber egal.

Ich kenne mich hier aus.

Ich komme oft hierher.

Der Trick ist

mir etwas zu suchen

woran ich mich festhalten kann.

Denk nach.

Wo ist deine Haut?

Was brennt da?

Kribbelige Beine.

Rauer Hals.

Heiß heiß heiß.

Aber Hände.

Etwas in meinen Händen.

Es ist Mum.

Mums Hände.

Ich erkenne sie

am Ehering.

Ich halte sie fest.

Da.

Ich bin nicht verloren gegangen.

Die Ärztin soll messen

und untersuchen

und ihre Fragen stellen.

Sie soll viel Flüssigkeit und Ruhe verschreiben.

Und gehen.

Dann können Mum

und Dad

mich finden.

Mich zurückbringen.

In das Land der LEBENDEN.

33
Alice

Mums Augen sind gerötet. Bestimmt hat wieder jemand gesagt, sie sei keine gute Mutter.

Ich taste nach ihrer Hand. Sie ist kalt. Ich drücke sie.

»Wie lange?« Meine Stimme klingt, als könnte sie jeden Moment wieder verschwinden.

Sie streicht mir die Haare aus den Augen. »Es ist Dienstagmorgen. Ich habe mich krankgemeldet, aber dein Dad musste zur Arbeit. Dafür nimmt er sich morgen frei.«

Ich würde gern den Kopf schütteln und ihr sagen, dass ich okay bin, aber das wäre heute wohl eine zu offensichtliche Lüge.

Ich fühle mich schrecklich. Heiß, kalt, fröstelnd. Benommen, flau, zittrig. Alles ist zu viel.

»Was ist passiert?« Ich sehe Mum blinzelnd an und sie lässt kurz meine Hand los, um mir meine Sonnenbrille aufzusetzen. Obwohl die Vorhänge zu sind, ich meine Ohrstöpsel trage und die Baumwoll- gegen die Seidenbettwäsche ausgetauscht wurde, fühlt es sich trotzdem so an, als würde ich wild Karussell fahren.

»Wir denken, dass du einen Spoon zu viel verloren hast. Aber dann ist dein Blutdruck so gefährlich gesunken wie noch nie, deshalb haben wir die Notärztin gerufen.«

Ich schaue sie durch die dunkle Sonnenbrille an. Ich

muss sie nicht fragen, warum sie geweint hat, weil ich weiß, was hätte passieren können. Es ist schon mal passiert.

Die Ärztin hätte darauf bestehen können, mich ins Krankenhaus zu bringen. Und als ich mit sieben von einem Baum gefallen bin und mir das Schlüsselbein gebrochen habe, ist ein Krankenhaus der richtige Ort gewesen. Damals haben sie mich geröntgt, mir die gezackte Bruchstelle in meinen milchweißen Knochen gezeigt, mir eine Schlinge angelegt und mich wieder nach Hause geschickt. Es waren die schlimmsten Schmerzen, die ich mir zu der Zeit vorstellen konnte, und trotzdem würde ich tausend Schlüsselbeinbrüche in Kauf nehmen, wenn sie, um die KRANKHEIT zu besiegen, bloß ein Röntgenbild machen, den Bruch sehen und versprechen müssten, dass er in sechs bis acht Wochen geheilt wäre.

Aber jetzt sind die Abläufe in einem Krankenhaus ganz anders, weil die KRANKHEIT ein konturloses Monster ist. Es verbirgt sich vor Röntgenstrahlen und zeigt sich als winzige Deformierung in einem MRT. Also geben die Eltern eine Menge Geld – das sie nicht wirklich haben – dafür aus, Ärzte weiter und weiter suchen zu lassen. Nur um schließlich gesagt zu bekommen, dass man nicht das hat, von dem man dachte, dass man es vielleicht hat. Dann machen sie Bluttests und Darmspiegelungen und Endoskopien und Biopsien, und bei jeder kleinsten »Unregelmäßigkeit« ist man froh – weil man denkt, man hätte endlich herausgefunden, wo sich die KRANKHEIT versteckt. Doch dann stellt sich heraus, es ist nur das Schwanzende, das dieses Monster nach sich zieht. Oder die Fußspuren, die es hinterlässt.

Aber die Ärzte behalten einen trotzdem zur Beobachtung da. Und wenn keinerlei Besserung eintritt, fangen sie an, verschiedene Fragen zu stellen. Ob das Problem vielleicht ganz woanders liegt, zum Beispiel im Kopf. Warum die Eltern ihrer Tochter erlauben, den ganzen Tag im Bett zu bleiben. Und das sind Fragen, die auch die Eltern Spoons kosten.

Ich drücke Mums Hand fester.

Immerhin musste ich diesmal nicht ins Krankenhaus. Was auch immer Mum und Dad gesagt haben, die Ärztin scheint zugehört zu haben.

Aber ich fühle mich auch deshalb schrecklich, weil es diesmal meine eigene Schuld war. Ich habe es übertrieben. Ich habe aufgehört, meine Spoons zu zählen. Ich wollte so sehr LEBEN, dass ich vergessen habe, dass ich in echt nicht mehr so LEBEN kann, wie ich es früher konnte. Wie es Rowan und Cecelia können.

Und ich habe ihnen auch wehgetan. Beiden. Und das fühlt sich an, als würde glühende Lava durch meine Knochen fließen.

»Es ist nicht deine Schuld, Liebes«, sagt Mum.

Sie schließt sanft die Finger um meine Handgelenke. Aber diesmal funktioniert es nicht.

34
Alice

Sie fegt herein wie ein Wirbelwind, und ich suche vergeblich nach einer Brise, die mir hilft, mich zu bewegen.

Cecelia. Die fröhlichen Farben, die sie sonst trägt, sind einem dunkelblauen Hoodie und Stonewashed-Jeans gewichen. Und ich liege hier in diesem Bett, bin mit piepsenden Geräten verkabelt, habe tagealtes Trockenshampoo in den Haaren und fühle mich immer noch ein bisschen wie tot.

Sie ist mit vorgerecktem Kinn und finster umwölkten Gesicht ins Zimmer gestürmt, aber jetzt ist sie erstarrt – ihre Hand liegt immer noch auf der Türklinke.

Und sie sieht es.

Ich versuche, mich aufzusetzen. Versuche, die Krankheit vor ihr zu verbergen. Versuche zu lächeln und ihr Platz zu machen, damit sie meinen Raum mit ihrem füllt, nur für eine kleine Weile. Und ich versuche zu sagen, dass es mir leidtut.

Aber ich schaffe nichts davon. Die Spoons, die ich habe, kämpfen heute alle gegen die Krankheit. Ich kann also bloß hier liegen und schauen und endlos tief fallen, ohne mich einen Millimeter zu rühren.

Dad kommt hinter ihr die Treppe hoch. »Wie hast du dich denn hier reingeschlichen?« Er bietet ihr ein

Würstchen von dem Teller in seiner Hand an, aber sie starrt mich immer noch an, als hätte sie eine Leiche gefunden.

Dad schlendert vor sich hin summend an ihr vorbei ins Zimmer, und ich versuche, seinen Blick festzuhalten und ihm zu sagen, *Mach, dass sie es nicht sieht. Mach, dass sie das hier nicht sieht.*

»Bist du gekommen, um deine Freundin ein bisschen aufzuheitern? Das ist lieb von dir.«

Er setzt sich zur mir aufs Bett und fängt an, die Würstchen auf dem Teller in kleine Stücke zu schneiden. Es scheint Mittagessenszeit zu sein und ... oh nein.

Nein, nein, nein.

Cecelias Augen sind riesig, und sie hält sich am Türrahmen fest, als ob sie auch jeden Moment umfallen könnte. Sie sieht zu, wie Dad mir behutsam das Kinn etwas nach unten zieht und mir eine winzige Menge Essen in den Mund schiebt.

Und ich frage mich, wie das für sie aussehen muss. Ihre immer bloß ein bisschen müde wirkende und dramatisierende Freundin, die wie ein Kleinkind gefüttert wird. Die an Geräte angeschlossen ist, die ihre Eltern bei eBay gekauft haben, um ihr Zimmer in ein Krankenhaus zu verwandeln. Die es zu viel Kraft zu kosten scheint, die Augen offen zu halten.

Cecelia räuspert sich. »Was ist mit ihr?«

Dad lächelt und klopft neben sich aufs Bett, aber sie kommt nicht näher. »Ach, bloß mal wieder das gute alte Spoonflattern. Der erste seit ... wie lange ist es her, Al ... zwei Monate? Ein neuer Rekord, glaube ich.« Er beugt sich immer noch lächelnd zu mir herunter. »Wir sind auf dem richtigen Weg, was?«

Bitte sei still, Dad. Bitte.

Cecelia hebt das Kinn an. »Spoonflattern?«

»Ja, du weißt schon«, sagt Dad, der nicht versteht, was ich ihm mit Blicken zu sagen versuche. »Sie hat sich ein bisschen zu viel zugemutet, das ist alles. Genau genommen war es meine Schuld – ich hab sie nach unten geholt. Sophia meinte noch, dass das zu viel für sie ist, aber gerade sind die Fledermäuse wieder unterwegs. Habt ihr bei euch drüben auch welche?«

»Unten zu sein ist zu viel für sie?«, sagt sie heiser.

Dad dreht ihr den Kopf zu, als glaubte er, sie hätte einen Scherz gemacht. »Wo bist du die ganze Zeit gewesen?«

Sie ist hier gewesen. Hier, bei mir. Hat für einen wunderschönen Moment die Welt da draußen mitgebracht und ist wieder gegangen, bevor sie zu sehen bekommen hat, wie das Leben hier drinnen wirklich ist. Hat sich meine Lügen über Taekwondo und Computerspiele und Städtetouren angehört – all die Dinge, die ich angeblich gemacht habe, obwohl ich in Wahrheit immer nur zugeschaut habe.

Sie sieht aus, als hätte sie Angst.

Sag ihr, dass es nicht ansteckend ist, Dad.

Sag ihr, dass ich immer noch ICH *bin, gefangen hier drin.*

Sag ihr, dass es mir leidtut.

Dad steckt mir die nächste winzige Portion in den Mund. Aber es ist ein bisschen zu viel und ich muss würgen.

Als ich zu husten aufgehört habe und wieder zur Tür schaue – ist sie weg.

35
Alice

Ich bin zurück. Vielleicht nicht vollständig, aber so, dass ich in die Badewanne steigen und mir die KRANKHEIT von der Haut waschen kann. Dass ich allein essen kann. Dass ich die Lücke spüren kann, die Cecelia hinterlassen hat, seit sie gegangen ist.

Es tut mir leid, dass ich es nicht zu deiner Party geschafft hab! Hatte eine grauenhafte Grippe – ich hab bestimmt wie der Tod ausgesehen, als du da warst.

Ich habe lange an der Formulierung gefeilt, damit die Nachricht eine perfekte Mischung aus Leichtigkeit, Fröhlichkeit und Lügen ist. Aber es scheint mir nicht gelungen zu sein, weil sie nicht antwortet.

Hast du vielleicht Lust, nach der Schule vorbeizukommen? Ich hab ein Geburtstagsgeschenk für dich!

Nichts. Nichts.

Ich versuche nicht, ihr noch mal zu schreiben, weil es mit den anderen genauso gelaufen ist. Sie sind mit ihren Eltern vorbeigekommen und haben mich besucht. Und wir hatten so viel Spaß damit, auf meinem Laptop Computerspiele zu spielen und auf ihren Handys Videos zu schauen. Aber dann luden sie mich irgendwohin ein und ich sagte Nein. Und wieder Nein. Und wieder Nein. Und bald hörten sie auf, mich einzuladen. Und schließlich hörten sie auch auf, mich zu besuchen.

Aber mit Cecelia ist es nie so gewesen. Sie ist weiter gekommen und hat mich wunderschöne Momente mit ihr stehlen lassen, und das hat mir alles bedeutet. Und ich dachte, wenn ich die KRANKHEIT vor ihr verstecke und ihr nicht die Wahrheit sage, wenn es darum geht, wozu ich in der Lage bin und wozu nicht, würde sie nicht wegbleiben, so wie die anderen weggeblieben sind.

Hätte ich ihr doch nur diese Nachricht geschickt – ich hätte es niemals geschafft, auf ihre Party zu kommen. Ich weiß das und es ist okay. Das ist es wirklich. Weil es nun mal so ist, wie es ist, und es eine Menge Wunder gibt, die man von einem Bett aus sehen kann.

Willkommen zurück bei Stream Cast, Alice

User online:

1mpOssibledream	**tokyo--drifter**	**destroy_roy**
Online seit 40 Min.	Online seit 3 Std.	Online seit 5 Std.

User offline:

Rowan	**WesleyCycles67**	**daddycool-007**
Zuletzt online vor 10 Tagen	Zuletzt online vor 49 Tagen	Zuletzt online vor 99 Tagen

Verbinde dich mit einem Kanal, um den Livestream zu starten.

Der Zeiger meiner Maus verharrt unschlüssig über den Streamern, die online sind. Ich könnte in einem Taekwondo-Turnier Hook-Kicks machen, eine Runde durch Tokio drehen oder in Computerspielwelten abtauchen. Aber eigentlich will ich keinem von ihnen zuschauen.

Ich will bei Rowan sein. Er lässt mich nicht bloß zuschauen – er greift durch den Bildschirm nach meiner Hand und das ist elektrisierend. Er gibt mir das Gefühl, dass hier, in diesem Raum, das wichtig ist, was ich möchte.

Und jetzt habe ich es kaputt gemacht.

Ich weiß nicht mehr genau, was ich während unseres letzten Streams zu ihm gesagt habe – nur dass ich wütend war. Wütend auf mich, dass ich Mum und Dad daran hindere, ein Leben zu haben, und wütend auf Jonah, dass er Rowan daran hindert.

Aber mit Wut hat man noch nie irgendwas erreicht. Bei Mum und Dad lächle ich und versichere ihnen, so gut ich kann, dass ich okay bin, damit sie nicht die volle Last der KRANKHEIT tragen müssen. Und um Rowan wirklich helfen zu können, hätte ich es ebenfalls behutsamer angehen lassen sollen. Aber jetzt ist es zu spät. Er ist bloß ein weiterer verlorener Streamer.

Ich bin in Sicherheit. Ich bin glücklich. Ich lebe.

Ich klappe den Laptop zu.

36
Alice

Dad hat heute frei. Zur Feier des Tages bringt er mir Mittagessen, und ich lächle und tue so, als wäre alles gut, komme damit aber nicht durch.

Er setzt sich zu mir. Nimmt meine Hand.

»Erzähl's mir«, sagt er. »Komm schon – gib mir die Weltschmerz leidende Teenager-Alice. Schütte mir dein Herz aus.«

Ich setze mich etwas auf. »Es ist nichts«, sage ich. »Mir geht es besser.«

Dad sieht mich an, als würde er mir kein Wort glauben. »Du kannst dich besser fühlen und die Welt trotzdem ein bisschen hassen.«

Ich lache, aber er schaut mich weiter mit diesem Blick an. »Wahrscheinlich wünsche ich mir einfach, ich wäre normal«, seufze ich.

»Puh, es muss wirklich übel um dich stehen. Das Schlimmste, was du tun könntest, wäre, normal zu sein.«

Ich verdrehe die Augen.

»Im Ernst! Stell dir vor, du wärst eine normale Jugendliche, die nur noch in Schwarz rumläuft und diesen Kram hört, den man heutzutage Musik nennt. Sorry, Kleines, aber ich glaube nicht, dass wir Freunde sein könnten, wenn du normal wärst. Auf keinen Fall.«

»Du weißt, was ich meine«, sage ich leise und er drückt meine Hand.

»Was war der Auslöser für das alles hier, hm? Du hast die ganze letzte Woche dagelegen, als wärst du auf Drogen – ich wollte deine Mum schon dazu bringen, nach Spritzen zu suchen.«

Kurz überlege ich, ihm von Rowan zu erzählen, aber Dad soll seinen Namen nicht hören. Er gehört mir. Zumindest hat er mir gehört.

»Es ist wegen Cecelia«, sage ich. »Sie hat sich nicht mehr gemeldet, seit sie das mit der KRANKHEIT rausgefunden hat.«

»Und ich dachte, dass die Einbrüche in letzter Zeit zurückgegangen sind.« Ich sehe ihn an und er lächelt. »Mir war nicht klar, dass deine KRANKHEIT ein Geheimnis ist.«

Ich verlagere das Gewicht. »Na ja, nicht wirklich. Aber wahrscheinlich wollte ich sie zwischendurch auch einfach mal für eine Weile vergessen.«

»Hör zu, Kleines – wenn Cecelia der Mensch ist, für den ich sie halte, dann verschwindet sie nicht. Zumal ihre Mutter keine Pop-Tarts im Haus duldet. Und wenn sie sich tatsächlich wegen so einer dummen Sache aus dem Staub macht, kannst du froh sein, dass du sie los bist.«

Ich nicke und lächle wieder, kann ihm aber nicht so recht glauben. Doch diesmal reicht es, um ihn davon zu überzeugen, mich mit meinem Mittagessen allein zu lassen und weiter Rugby zu schauen.

Ich lehne mich zurück, schließe die Augen und versuche in einer Erinnerung zu verschwinden. Schwimme in den Ferien in einem Freibad in sonnenwarmem Wasser, bis die Bademeisterin in ihre Trillerpfeife pfeift und –

Klettere so hoch auf einen Baum, dass ich das Gefühl habe, mir könnten Flügel wachsen und ich könnte davonfliegen, bis ich abrutsche und –

Rase mit dem Fahrrad einen Berg hinunter und sehe die Welt in voller Blüte. Aber dann kommt dieses Auto und –

Ich greife nach meinem Laptop.

Willkommen zurück bei Stream Cast, Alice

User online:

Zurzeit ist niemand online - schon mal darüber nachgedacht, dein Profil öffentlich zu machen, *UM DICH MIT MEHR LEUTEN ZU VERBINDEN?*

User offline:

tokyo--drifter Zuletzt online vor 7 Std.	**destroy_roy** Zuletzt online vor 12 Std.	**_1mp0ssibledream_** Zuletzt online vor 1 Tag
Rowan Zuletzt online vor 11 Tagen	**WesleyCycles67** Zuletzt online vor 50 Tagen	**daddycool-007** Zuletzt online vor 100 Tagen

Verbinde dich mit einem Kanal, um den Livestream zu starten.

Es ist niemand online. Normalerweise ist immer jemand online. Tag und Nacht. Normalerweise gibt es sogar an den Wochenenden ein Fenster für mich, durch das ich spähen kann. Aber im Moment nicht. Vielleicht haben sie alle die Lust am Streamen verloren, so wenig wie ich ihnen in letzter Zeit zugeschaut habe.

Stream Cast schlägt vor, dass ich meinen Account freischalte. Bis jetzt habe ich immer nur meinen privaten Zugang genutzt, mit meinen eigenen Streamern, die den Sicherheitscheck meiner Eltern bestanden haben, aber ich weiß, dass es dort draußen noch eine komplett andere Welt gibt, voller Fremder, die ihre Kameras auf Gott weiß was gerichtet haben. Und das ist eine Welt, die mir immer Angst gemacht hat, weil man keine Ahnung hat, in wessen Leben man stolpern könnte, was man zu sehen oder zu hören bekommen könnte, das ungute Gedanken auslöst. Aber vielleicht könnte ich ja einfach einen kurzen Blick riskieren. Das Fenster nur einen Spaltbreit öffnen …

Der Pfeil meiner Maus schwebt über dem »Go live«-Link, als plötzlich Rowans Name aufpoppt.

Rowan
Online seit 1 Min.

Ich atme aus. Er ist zurück. Er ist hier, macht ein Fenster auf und lässt mich hindurchklettern. Ich hole tief Luft und räuspere mich.

Diesmal werde ich vorsichtig sein. Ich werde mich nicht von der KRANKHEIT überwältigen lassen. Diesmal werde ich sie sehr viel besser verstecken und dann – dann – bleibt er vielleicht. Auch wenn Cecelia nicht geblieben ist.

Verbindung zu **Rowan** wird hergestellt …

37
Rowan

Und jetzt sitze ich in der Kletterburg und schaue auf einen strahlend blauen Himmel hinaus, der bis zu einem türkisfarbenen Meer reicht.

Rowans Turnschuhe sind gegen die Hände der Meerjungfrau gestemmt, als hätte sie nach ihm gegriffen und ihn gepackt.

»Tut mir leid«, sage ich.

Alice.
Mein Magen macht diese seltsame Sache,
wie wenn man in einer Achterbahn sitzt und
fällt.
»Nein, mir tut es leid.
Ich bin die totale Mimose.
Du wolltest nur nett sein.«

»Nein! Ich habe nicht zugehört – ich war …«

Ich suche nach etwas, das mich nicht verrät.

»Ich konnte nicht klar denken.«

»Tja, da sind wir schon zwei.
Heißt das, zwischen uns ist alles okay?«

Ich atme aus, spüre, wie meine Brust sich so weit öffnet, dass ich die Luft wieder schmecken kann.

»Ja. Ja, zwischen uns ist alles okay.«

Ich schaue aus der Fensteröffnung.
Sehe die Plastiktüten, die übers Gras rollen –
den Hund, der in den Sandkasten kackt –
und suche am Horizont nach der Meereslinie.
»Was ich da gesagt habe … wegen Jonah …
So schlimm ist es in Wirklichkeit gar nicht.
Eigentlich spiele ich bloß regelmäßig den Babysitter.«

Ich denke an die Nachricht, die ich Cecelia geschickt habe. Dass ich eine Grippe gehabt hätte. Unsere Lügen klingen ziemlich ähnlich.

»Warum ist sie weggegangen? Deine Mum, meine ich.«

Ich schlucke.
Ihr kann ich wohl nicht so leicht was vormachen.
Ich lehne den Kopf zurück, sodass ich nur noch
HIMMEL
sehe.
»Mam – sie ist Alkoholikerin.
Irgendwann fing sie an,
wochenlang wegzubleiben,
bis sie eines Tages …
gar nicht mehr nach Hause gekommen ist.«
Ich kann den Glockenturm von hier aus sehen.

Ich schaue aus meinem Zimmerfenster und frage mich, ob er denselben perfekten Streifen blauen Himmels sieht.

»Bist du nicht zur Polizei gegangen?«

Ich lache,
aber nichts daran ist witzig.
»Und dann was? Zulassen,
dass sie mir Jonah wegnehmen?«
Ich schüttle den Kopf.
»Ich lasse ihn nicht auch noch im Stich, Alice.«
Ich werde ihn nicht enttäuschen,
wie ich sie enttäuscht hab.

Ich presse die Lippen zusammen, weil ich nicht will, dass er den Stream wieder beendet. Nicht, wenn sich die Welt vor mir ausbreitet und darauf wartet, dass ich meine Fußspuren auf ihr hinterlasse.

»Du erzählst es doch niemandem,
oder?«

Ich denke an die Abmachung, die ich mit Mum habe. Ihm zu helfen und gleichzeitig ihre heimliche Informantin zu sein. Und jetzt weiß ich, was Rowan verschweigt. Aber ich würde mal sagen, dass sie das nicht zu wissen braucht. Ich kann trotzdem für sie versuchen, ihm zu helfen.

»Ich werde nichts sagen. Aber hast du schon mal daran gedacht, es jemand anderem zu erzählen?«

Vom Ausgang der Unterführung hallt Lachen herüber.
Fran und Charlie,
die sich gegenseitig die Hände in die
hinteren Hosentaschen gesteckt haben.
»Den beiden Gonzos da vielleicht?«

Heute haben sie beide lila Strähnen, als wären ihre Haare durch denselben Farbtopf gedreht worden.

Das Mädchen – Fran – winkt.

»Ro!«, ruft sie. »Ro, komm runter. Charlie hat was von dem guten Stoff von seinem Stiefvater geklaut.«

Charlie wedelt mit einer Wasserflasche, die zur Hälfte mit
Whiskey
gefüllt ist.
Ich kann das Zeug immer noch riechen.
In ihrem Atem, als sie gesagt hat, dass es ihr
leidtut – leidtut – leidtut.
Auf dem Teppich, als ich die Flecken weggeschrubbt hab.
Auf Jonahs Kissen und seiner Schuluniform und seinen
Socken.
»Nein danke!«, rufe ich rüber.

Fran breitet die Arme aus. »Komm schon, Mann. Sei nicht so langweilig. Die Mittagspause ist gleich vorbei.«

Ich schaue weiter
in den Himmel.

»Sind deine Freunde immer so?«, frage ich, als sie es aufgeben und den Pfad hinunter verschwinden.

»Früher nicht.
Aber jetzt schon.
Wir haben mal viel zusammen abgehangen.
Wir kennen uns seit der ersten Klasse,
haben uns beim Fingerfarbenmalen angefreundet.
Charlie hat mit Kunst nicht mehr viel am Hut,
aber Fran interessiert sich immer noch dafür.
Sie hat mir sogar bei dem Kalmar geholfen.
Aber dann sind die beiden zusammengekommen und –«

»– die Liebe hat sie in eklige Aliens verwandelt«, sage ich und denke daran, was Cecelia gesagt hat, als wir diesen Film geschaut haben.

Ich lache.
»So was in der Art, genau.«
Die Meereslinie in der Ferne glitzert.
»Was ist mit dir, Alice? Bist du ein ekliger Alien?«

Ich bin nicht sicher, wie er die Frage meint. Aber mein Hals wird trocken und meine Lippen öffnen sich zu einem Lächeln.

»Vielleicht«, flüstere ich.

38
Alice

Es ist wieder Mittwochabend, und statt irgendeine seltsame, Dads Erfindungsgeist entsprungene Therapie auszuprobieren, tun wir etwas, das vielleicht wirklich nützlich sein könnte.

Wir sprechen mit meiner Kardiologin.

Sie ist meine Lieblingsärztin. Nicht weil sie nett ist – Dad hatte recht, als er sagte, sie hätte »die soziale Kompetenz einer Ananas« –, sondern weil sie mir zuhört und nicht daran zweifelt, dass die KRANKHEIT real ist.

»Das ist doch viel besser als diese Hin-und-Her-Fahrerei, oder?« Dad rollt den Schreibtischstuhl zu meinem Bett, während Mum auf meinem Laptop herumtippt, um alles für den Chat vorzubereiten.

Zu meiner Kardiologin fahren = mehr Spoons, als ich habe

So ist es tatsächlich viel besser. Dr. Rahmans Praxis liegt im Norden von London. Ich habe sie fast ein Jahr nicht mehr gesehen, weil der letzte Besuch bei ihr mich so viele Spoons gekostet hat, dass ich danach wochenlang im Brainfog versunken bin. Aber jetzt muss ich nicht mit Spoons-vernichtendem Lärm, blinkenden Lichtern und erdbebengleichen Erschütterungen im Auto kämpfen. Ich kann den Termin per Videoschaltung vom Bett aus wahrnehmen.

Mich macht bloß ein bisschen nervös, dass Mum an meinem Laptop ist. Jedes Mal, wenn sie mit dem Mauspfeil dem Ordner zu nahe kommt, in dem die Screenshots gespeichert sind, die ich von Rowan und MIR beim LEBEN gemacht habe, muss sie meine Hand wegscheuchen.

»Alice! Himmelherrgott noch mal – kannst du mich das vielleicht einfach kurz machen lassen? Da bist du ständig auf diesem verfluchten Stream Cast und hast noch nicht mal deine Webcam ordentlich eingerichtet.«

Ich lehne mich seufzend zurück. »Du weißt doch, dass ich sie dafür nicht brauche.«

Man stelle sich vor, was Rowan sehen würde, wenn es umgekehrt wäre. Ein Kissen. Eine Bettdecke. Ein Phantommädchen.

Als sie es schließlich geschafft hat, stellt sie den Laptop auf einen Stapel Bücher am Fußende des Betts und rutscht dann wieder neben mich, sodass ich sehen kann, wie wir zu dritt nebeneinandergequetscht auf meinem Bett sitzen und uns aus dem Bildschirm entgegenschauen. Und es ist seltsam, diese ans Haus gebundene Familie aus einer anderen Perspektive zu sehen, bis wir einen Moment später zu einem kleinen Quadrat in der unteren Ecke zusammenschrumpfen und der Bildschirm stattdessen von Dr. Rahmans Gesicht ausgefüllt wird.

Es erschreckt mich, sie auf meinem Laptop zu sehen. Weil es nicht wie bei den anderen Streamern ist, wo ich so tun kann, als wäre ich mit ihnen an dem Ort, an dem sie sind. Bei ihr ist es so, als hätte sie sich aus ihrer Londoner Praxis in mein Zimmer gebeamt.

»Hallo!« Dad beugt sich ungelenk vor und winkt vor meinem Gesicht in die Kamera. »Dr. Rahman? Können Sie uns hören?«

»Wir-sind-so-froh-dass-sie-uns-dazwischenschieben-konnten«, sagt Mum, als würde sie mit jemandem sprechen, der von den Lippen abliest.

Ich rutsche ein Stück tiefer, während Dr. Rahman den Blick senkt und auf ihre Notizen schaut.

»Ja. Alice, erzähl mir von dem Schub, den du neulich hattest. In deiner Akte steht, dass dein Blutdruck auf achtzig zu vierzig gesunken ist?«

Das ist die andere Sache, die ich an Dr. Rahman mag. Sie spricht nicht Mum oder Dad an. Sie spricht direkt mich an.

Ich berichte ihr von dem Spoon-Verlust und der Atemlosigkeit und zeige ihr die gespeicherten Daten auf meinem Herzfrequenzmessgerät. Und sie stellt Fragen und schreibt dabei die ganze Zeit mit, und ich gebe alle Details an sie weiter, an die ich mich erinnern kann.

Ärztliche Beratung per Videokonferenz = 3 Spoons

Als die fünfzehn Minuten vorbei sind, schaut sie einen Moment schweigend auf ihre Notizen, und es fühlt sich an, als würden wir uns eine Realityshow angucken, in der die Moderatorin mit einer Kunstpause die Spannung erhöht, bevor sie bekannt gibt, wer nach Hause fahren muss.

»Ich würde es gern mit einem Präparat versuchen, das dein Blutvolumen erhöht, und schauen, wie du damit zurechtkommst.«

Wir bedanken uns für ihre Zeit, beenden die Verbindung, klappen meinen Laptop zu und dann feiern wir. Weil sie zugehört hat. Weil sie verstanden hat. Weil sie uns etwas gegeben hat, das noch Hunderte solcher Sitzungen wert ist.

Hoffnung.

39
Rowan

Und jetzt stecke ich am Brustgurt eines Jungen, der gerade mit der Arbeit fertig ist. So wie wir es ausgemacht hatten.

»Renn«, sage ich.

Wie kommt es, dass dieses Mädchen,
ständig rennen will?
»Wohin?«

»Egal.« Ich schaue zu den Stufen, die zu der viel befahrenen Straße hochführen, auf der Autos über den Tunnel donnern, in dem wir neulich waren. »Am Strand entlang. So weit, wie es geht.«

Ich schaue auf meine Uhr.
»In einer halben Stunde muss ich Jonah abholen.«
Aber ich mache es. Ich renne.

Und ich höre die dumpfen Geräusche seines sich anstrengenden Körpers. Seine Knochen, als er auf den Steinen ausrutscht. Seine Lungen, die die Welt einsaugen. Das durch seine Venen pumpende Blut.

Aus irgendeinem Grund fühle ich mich Cecelia dadurch nahe.

Rennen ist Horror.
Ich bin schon jetzt aus der Puste.
In meiner Brust und meinen Seiten sticht es.
Aber davon abgesehen.
Fühle ich mich ziemlich
LEBENDIG.

Die Welt schwankt hin und her und dazwischen sehe ich Leute, die mit ihren Hunden unterwegs sind, ältere Paare, die Hand in Hand von Souvenirgeschäft zu Souvenirgeschäft bummeln, ein riesiges Schiff, das auf den Horizont zuhält.

Und dann ertönt wieder dieses brummende Geräusch.

Einen Moment lang
glaube ich, dass ich einen Herzinfarkt habe.
Dann wird mir klar,
dass es bloß das Handy an meiner Brust ist.
Ich bleibe stehen und beuge mich vor, um zu schauen, wer anruft.

Ich sehe ein paar Strähnen seiner Haare – lang und dunkel – und spüre ein Prickeln im Bauch.

Das Brummen verstummt. »War das wieder ein Anruf?«

Ich hechle wie ein Hund
und schleppe mich zu einer Bank.
»Bloß wieder mein Dad.«
Sitzen fühlt sich
grandios an.

»Oh … Hattest du nicht gesagt, dass er weggegangen ist?«

»Doch.
Genau.
Er hat uns sitzen lassen, ruft aber ständig an,
als könnte er es damit weniger schlimm machen.«

»Vielleicht sind die Anrufe die einzige Möglichkeit, die er hat …« Ich schaue zu meinen Füßen, die unter der Bettdecke gefangen sind.

»Er ist in Australien, also ja, stimmt.
Aber es war seine Entscheidung, dorthin zu gehen.
Er hat ein Jobangebot gekriegt und ist einfach –
gegangen.
Obwohl Mam …«
Ich schaue zum Meer runter,
wo ein Mann mit einem Kind,
das ungefähr in Jonahs Alter ist,
Steine übers Wasser springen lässt.
»Egal. Wie sind deine Eltern so drauf?
Deine Mam ist die Berufsberatungstante, ja?«

Ich balle die Hände zu Fäusten, denke sorgfältig nach.
»Meine Mum arbeitet an der Schule, genau. Und mein Dad ist in der IT-Branche.«

»Hast du Geschwister?«

»Nein – es gibt nur mich.« Ich versuche es fröhlich zu sagen. Aber manchmal frage ich mich, wie es wäre, wenn es noch ein Kind gäbe, das mit mir in dieser Familie festsitzt.

Der Mann und das Kind
jagen sich mittlerweile gegenseitig
den Strand rauf und runter.
»Klingt, als hättest du es nicht schlecht erwischt.«

Ich kaue auf meiner Unterlippe. Er stellt schon wieder Vermutungen über mich und mein Leben an, ohne eine Ahnung zu haben …

Aber das ist genau das, was ich will, oder? Was dafür sorgen wird, dass er bleibt.

»Ist nicht alles so toll, wie es klingt. Man fühlt sich oft allein, wenn man … zu Hause unterrichtet wird.«

Ich schaue auf meine Schuhe.
»Dann komm doch einfach her und renn mit.«

Mein Herz schlägt so schnell, als wäre ich schon dort.

»Das geht nicht«, sage ich schnell. »Außerdem LEBST du für mich mit, schon vergessen? Unser Projekt?«

Ich höre es in ihrer Stimme.
Phantommädchen hat ein Geheimnis.
Ich würde sie gern fragen, was dahintersteckt.
Wird sie vielleicht von einer alten Hexe gefangen gehalten?
Oder ist sie gegen Sonnenlicht allergisch?
Oder ist sie bloß schüchtern oder so was?

Aber das ist das Problem mit Geheimnissen.
Manche behält man besser für sich.
»Klar«, sage ich leise.
»Also, was willst du als Nächstes machen?«

Er steht auf und läuft am Strand entlang zurück, um Jonah abzuholen.

»Vielleicht könntest du mir noch mehr Bilder zeigen?«

»Willst du das wirklich?
Du scheinst nicht der Typ zu sein,
der auf so illegalen Kram wie Graffiti steht.«

Ich öffne den Mund und schließe ihn wieder, weil ich vermute, dass es tatsächlich illegal ist. Wenn ich so darüber nachdenke, habe ich mit Rowan wahrscheinlich mehr illegale Dinge gemacht als in meinem ganzen Leben. Und das ist aufregend und erschreckend zugleich.

»Was machst du gerne?
Kunst? Musik?
BDSM?«

Er benutzt die Gegenwartsform. Fast vergesse ich, ein missbilligendes Schnauben von mir zu geben.

»Ich bin früher gern Rad gefahren.«

»Echt?«

Ich überlege einen Moment und … nein … eigentlich stimmt das nicht. Ich mochte es ganz gern, wenn ich mit Wes … Ich schüttle wieder den Kopf.

Aber als ich noch selbst aufs Rad steigen konnte, bin ich eher Berghänge hinuntergerast, als auf der Straße zu fahren. Und auch das eigentlich nur, weil Dad es gern gemacht hat.

Wenn es nach mir gegangen wäre, hätte ich meine Zeit komplett unter Wasser verbracht.

Während er läuft, kommt rechts von uns ein Gebäude in Sicht, das wie ein Schloss mit Burggraben aus dem Verkehr auf der Straße über uns ragt.

»Das Aquatic Centre«, flüstere ich.

Ich schiebe die Hände in meine leeren Hosentaschen.
»Ist das nicht bloß was für kleine Kinder?«

»Nein!«, sage ich und ignoriere die Horde kleiner Kinder, die auf die Haie auf den Schautafeln neben dem Eingang des Gebäudes zeigen.

Ich denke an den Tag zurück, an dem Dad mich auf einem unserer Abenteuerausflüge dorthin mitgenommen hat. Daran, dass es sich so angefühlt hat, als wäre ich unter Wasser und würde zwischen Korallenriffen hindurchschwimmen und Fischschwärmen folgen. Ab da fing ich an, schwimmen zu lernen. Ab da fing ich an, darüber nachzudenken, vielleicht eines Tages Meeresbiologien zu werden.

Ab da fing ich an, ICH zu werden.

Rowan ist still und ich sehe die Eintrittspreise auf einer der Tafeln.

»Ich kaufe heute Abend ein Ticket online«, sage ich. »Dann können wir morgen hin.«

Morgen.
Wäre wahrscheinlich kein Problem,
wieder die Schule sausen zu lassen.
Seien wir ehrlich –
außer Jonah würde es niemanden auffallen, wenn ich
v e r s c h w i n d e n
würde.

Rowan läuft vom Strand zur Straße hoch, auf der die Autos entlangdonnern.

Der Zeiger meiner Maus schwebt über dem Symbol zum Beenden der Verbindung.

»Okay, Phantommädchen.
Dann bis morgen.«

40
Alice

Heute ist Filmabend und Cecelia ist nicht hier. Aber Mum ist da.

Wir schauen einen Film, den Cecelia wahrscheinlich »Alte-Leute-Porno« nennen würde und in dem es um eine Frau geht, die sich in jemanden verliebt, in den sie sich nicht verlieben sollte. Und Mum erzählt mir Dinge aus ihrer »Jugend«, die ich wirklich nicht wissen wollte.

Wenn ich ehrlich bin, vermisse ich Cecelia. So viel Mühe Mum sich auch gibt, ihr »Girl Talk« ist nicht wirklich dasselbe.

Als der Abspann läuft, rutscht sie etwas tiefer und bettet den Kopf neben mich auf mein Kissen, damit sie mich anschauen kann. Sie duftet nach Gesichtscreme und das duftet nach zu Hause.

Sie zieht lächelnd die Brauen hoch. »Also … wie läuft dein Spionageauftrag mit Rowan?«

Mein Magen macht einen Rückwärtssalto. »Gut«, sage ich schnell und setze mich auf, damit sie mir nicht in die Augen schauen kann.

Sie stupst mich in die Seite. »Dachte ich mir doch, dass dich das vielleicht aus der Reserve lockt.«

Ich schiebe ihre Hand weg. »Nein … Das ist es nicht.

Ich bin nur … die Streamer gehören mir. Ich rede nicht gern …«

»Ich weiß, dass du deine Abenteuer nicht gern mit deiner langweiligen alten Mum teilst.« Sie setzt sich ebenfalls auf. »Aber wir hatten eine Abmachung, schon vergessen? Du solltest meine heimliche Informantin sein. Wesley –«

Mein Hals wird trocken, und ich fange an zu husten, sodass sie mir auf den Rücken klopfen muss.

Ich hole tief Luft. Und wäge meine Worte vorsichtig ab. »Ja. Ich weiß mittlerweile, was mit Rowan los ist – und es ist nichts Schlimmes!«, schiebe ich hastig hinterher, als sie den Mund öffnet. »Ich glaube … ich glaube, dass ich zu ihm durchdringen und ihm helfen kann. Er braucht nur ein bisschen mehr Zeit.«

Mum greift lächelnd nach meiner Hand. »Ich zweifle keine Sekunde daran, dass du das kannst. Aber er hat in letzter Zeit ziemlich oft im Unterricht gefehlt. Erst vor Kurzem sollte er zu einem Beratungsgespräch zu mir kommen, ist aber nicht aufgetaucht. Und du hast in letzter Zeit mehr Spoons aufgebraucht als sonst. Deswegen …«

Ich ziehe meine Hand aus ihrer. »Keine Sorge. So oft bin ich gar nicht mit ihm zusammen. Die anderen Streamer …«

»… fragen sich, wo du abgeblieben bist, ja«, sagt Mum, die das hier eindeutig ein bisschen zu sehr genießt.

Ich drehe den Kopf weg, damit sie nicht sieht, wie ich sterbe.

Sie lacht. »Das ist okay, Alice. Ich will damit nur sagen, dass du vorsichtig sein sollst. Für euch beide. Und, du weißt schon, falls du dich in ihn *verliebst* …«

Ich ziehe keuchend die Luft ein. »Nein, *auf keinen Fall …*«

Aber jetzt fängt sie so richtig an zu lachen. Sie lacht, wie ich sie seit einer Ewigkeit nicht mehr habe lachen sehen, und wehrt meine Hände ab, als ich versuche, sie wegzuschieben. Und dann. Dann beginnt sie zu singen.

Es ist ein alter Spice-Girls-Song. Und sie singt ihn nur, um mich zu ärgern, und es funktioniert. Aber ihre Stimme ist wie ein helles Licht in meinem Zimmer, das sich angenehm warm auf meinem Gesicht anfühlt.

Sie singt. Sie singt weiter, obwohl ich einen Spoon verbrauche, um ein Kissen nach ihr zu werfen, und obwohl sie so lachen muss, dass sie fast aus dem Bett fällt. Und als sie zum letzten Refrain kommt, versuche ich, die zweite Stimme zu singen, die normalerweise Fake Mel C vorbehalten ist, was so klingt, als würde in meiner Kehle etwas jämmerlich krepieren.

»Wie kann es sein, dass meine Tochter so eine Stimme abbekommen hat?«, sagt sie, als der Song vorbei ist, und lässt sich in mein Kissen zurückfallen. »Die musst du von deinem Vater geerbt haben – er singt genauso schief.«

Ich verdrehe die Augen. »Wir können eben nicht alle so perfekt sein wie du.«

Während wir allmählich wieder zu Atem kommen, wird der Himmel draußen dunkler und das schwindende Licht scheint die Musik mit sich zu nehmen. Ich schaue an die Decke, wo die letzten Sonnenstrahlen wie Wasser, das einen Abfluss hinunterläuft, im Kreis wirbeln.

»Fehlt es dir? Das Singen?«, sage ich leise.

Ich spüre, wie sie die Luft anhält. Nur für einen winzigen Moment. Dann lächelt sie. »Ach was. Auf Tour zu sein war die Hölle. Die echte Vicky Beckham hätte keinen Fuß in die Hotels gesetzt, die sie immer für uns gebucht haben.«

Sie lacht, aber es kann die Traurigkeit, die an den äußersten Rändern ihrer Stimme sitzt, nicht verdecken. Es kann die Lüge nicht vollständig verdecken.

Sie hievt sich aus dem Bett, stellt den Fernseher aus und sammelt unser Geschirr ein.

Es ist eine andere Art von Tanz als der, den sie früher getanzt hat, aber genauso anmutig. Genauso eingeübt und verfeinert.

Sie beugt sich zu mir herunter und drückt mir einen Kuss in die Haare.

»Bist du okay?«, fragt sie.

Ich kann vielleicht nicht singen, aber ich kann diesen Tanz perfekt synchron mit ihr tanzen.

»Mir geht's großartig«, sage ich lächelnd.

41
Rowan

Und jetzt treffe ich mich mit jemandem, der vor dem Aquatic Centre auf mich wartet, als würde ich mich tatsächlich dort mit ihm treffen und nicht bloß übers Internet zu unserer Verabredung kommen. Und das ist ziemlich schön, vor allem, weil der Wind so stark ist, dass er das Meer über die Autos auf dem Parkplatz peitscht.

Wäre ich nicht an seine Brust geschnallt, würde ich auf ihn zulaufen. Mich bei ihm einhängen.

»Hi«, sage ich stattdessen.

Endlich,
sie ist online.
»Sollen wir rein?«,
rufe ich gegen den Wind an.

Er wartet nicht auf meine Antwort, und das gefällt mir. Wir treten durch Glastüren und tauchen in eine Welt ein aus ungeöffneter Post und Kartons, einem von der Decke baumelnden Plastikhai, dem die Schnauze fehlt, und das Erste, was ich denke, ist –

Ich bin zu Hause.

Ich hab noch nie so viel
Schrott auf einem Haufen gesehen.
»Und für so was verlangen die zehn Pfund Eintritt?«
Davon könnte ich Jonah und mich
zwei Tage satt kriegen.

»Wart's ab.«

Ein Mädchen mit Nasenring fakt ein Lächeln,
als ich ihr das Ticket zeige,
das Alice mir weitergeleitet hat.
Es ist seltsam –
das Ticket ist nur für eine Person,
aber es fühlt sich so an, als wäre es
für uns beide.

»Die erste Fütterung fängt in einer Viertelstunde an«, sagt das Mädchen gelangweilt.

Rowan bedankt sich, und ich halte den Atem an, als wir durch die schwarze Klapptür gehen, weil ich es endlich tue. Ich fahre weder Fahrrad, noch spiele ich Computerspiele, trainiere Kicks oder wandere durch Tokio. Ich LEBE mein eigenes Leben, und in dem will ich lieber tauchen gehen.

Okay, bringen wir's hinter uns.
Ich hoffe nur,
dass wenigstens Alice irgendwas davon hat.

Das Licht auf der anderen Seite der Tür ist gedämpft. Die Welt verschwimmt und verzerrt sich, während die Kamera versucht, auf das zu fokussieren, was real ist. Unterwassergeräusche, entferntes Kindergeschrei und das Surren von Maschinen, die hier alles am Leben halten, dröhnen durch das Mikro und ich verschlucke mich daran.

Aber dann lösen die Bläschen sich auf und wir gleiten über einen Meeresgrund. Alles ist in den Schein roter und grüner Glühlampen getaucht, sodass es sich anfühlt, als wären wir auf einmal in einer anderen Welt. Felswände bilden einen langen Gang, der von hell erleuchteten, wie kleine Meertaschen anmutenden Wassertanks gesäumt ist, in denen Leben schwimmt.

Phantommädchen
ist mir schon wieder verloren gegangen.
»Bist du okay?«

Und diesmal meine ich es so: »Mir geht's großartig.«

Rowan lacht leise und beugt sich zum ersten Wassertank hinunter, der oben offen und ungefähr von der Taille abwärts verglast ist. Wir beobachten einen Schwarm aus großen silbernen Fischen, die sich gegenseitig stupsend und anschiebend durchs Wasser gleiten und zu uns rausspähen, während wir zu ihnen reinspähen.

Sieht wie eine Rushhour unter Wasser aus.
»Meinst du, die denken, dass wir
mit ihnen in dem Tank sind?«

»Wir *sind* mit ihnen in dem Tank!«

Bevor Mum heute Morgen zur Arbeit ist, hat sie die

Vorhänge zugezogen, sodass mein Zimmer auf die Größe eines Fensters auf dem Grund des Meeres geschrumpft ist. Und ich kann das Wasser zwischen meinen Fingern fühlen. Kann die geschuppten Leiber fühlen, wenn die Fische in ihrer wilden Eile versuchen, zum Rand des Glases zu gelangen, nur um, dort angekommen, wieder umzukehren und zurückzuschwimmen.

Wir gehen zum nächsten Tank weiter, der mit kleinen tropischen Fischen gefüllt ist. Sie schwimmen in unterschiedliche Richtungen, verursachen orange-blau-gelb-goldene Kollisionen.

»Sie sehen wie Konfetti aus.«

Dieser Tank erinnert mich an den Film,
den Jonah so mag.
»Hey, schau –
ich hab Nemo gefunden.«

»Ein Clownfisch. Den lieben alle immer am meisten.«

Liebe
ist ein ganz schön starkes Wort,
wenn es um einen Fisch geht.
»Okay …
Was wärst du gern,
wenn du ein Fisch wärst?«

Ich denke einen Moment darüber nach. »Ein Schlammspringer. Sie leben im Wasser, können sich aber auch hüpfend an Land fortbewegen.«

Und diese Vorstellung gefällt mir. Dass mein Körper vielleicht nichts anderes kann, als Luftbläschen zu machen, ich aber rennen und atmen darf.

»Ähm … ich bin mir ziemlich sicher,
dass Fische nicht laufen können, Alice.«

»Manche schon! Da … schau dir den dort auf dem Boden an.«

Wir beobachten einen Fisch, der aussieht, als wäre die ganze Erde in die Gestalt eines Fischs zusammengepresst worden, der über den Grund des Tanks trippelt wie ein Krebs, der Verkleiden spielt.

»Oh … krasser Shit.
Das gibt's doch nicht.
Woher weißt du das alles?«

»Ich hab dir ja gesagt, dass ich oft Dokus schaue. Ich hoffe, eines Tages mal Meeresbiologin zu werden.«

Eines Tages.

Eines Tages.

»Cool.«
Ich beuge mich vor, um das Schild zu lesen.
»Der Mandarinfisch hat keine Schuppen,
sondern eine feste Haut,
die mit bitterem Schleim überzogen ist,
um Räuber und Parasiten abzuwehren.«

»Hey!«, sage ich, als er in Lachen ausbricht. »Ich bin ein Schlammspringer – das ist eine ganz andere Art als der Mandarinfisch.«

»Wenn du das sagst.
Schlamm –
Schleim –
alles dasselbe, wenn du mich fragst.«

Ich schnaube, als wir weitergehen und auf einen riesigen offenen Tank zusteuern, in dem es brodelt vor Brassen, Haien und …

»Oh cool – Rochen.«
Sie schwimmen einfach so durch diese
Riesenbadewanne,
die nach verrotteten Urzeitkrebsen stinkt.

Wenn er so etwas sagt, kann ich es ihm wahrscheinlich verzeihen, dass er mich Schleim genannt hat. Rochen sind nämlich absolut unglaublich. In meiner Lieblings-Doku-Reihe dreht sich eine ganze Folge nur um sie. Und von ihr weiß ich, dass Rochen nicht einen einzigen Knochen in ihrem Körper haben. Und von einigen ist sogar bekannt, dass sie aus dem Wasser springen und wie Vögel fliegen können.

Wir beobachten einen von ihnen, wie er anmutig vom Grund des Tanks emporgleitet und sich der Oberfläche entgegenstreckt, sodass wir sein Gesicht sehen können, das auf seiner Unterseite verborgen ist.

»Ein Meeresgespenst.«

Ich beuge mich ein Stück näher zum Tank vor.
»Wie kommst du nur immer auf solche Sachen?
Gerade wollte ich sagen,
dass die Unterseite
von Rochen noch viel schräger aussieht,
aber du …
Du siehst da drin noch eine komplett andere Welt.«

»Ich weiß nicht … Ist das bei dir nicht genauso, wenn du malst? Das macht die Welt ein bisschen bunter, nur eben auf eine andere Art.«

Wir schauen zu, wie der Rochen über hin- und herschießende Haie hinwegsegelt und sich zwischen kreisenden Brassen hindurchfädelt. Aber seine Worte haben mir das Gefühl gegeben, durch eine warme Therme zu schwimmen.

Plötzlich drängt eine Gruppe Kinder näher, und Rowan tritt einen Schritt zurück, um einem kleinen Jungen Platz zu machen. Das ist süß von ihm, aber ich ärgere mich trotzdem ein bisschen, dass wir jetzt nicht mehr so viel sehen können.

Ein Mann, der ein »Aquatic Centre«-Shirt trägt und sich einen großen Eimer an die Brust drückt, sorgt unter den Kindern für Ruhe.

Der Typ sieht zumindest etwas engagierter aus
als das Mädchen an der Kasse.
Andererseits,
schleppt er einen Eimer Fischinnereien mit sich rum.

»Okay, ich werde das hier jetzt gleich da reinwerfen und wer nicht nass werden will, geht vielleicht besser ein paar Schritte zurück.«

Alle schieben sich ein Stück nach hinten, bis auf den Jungen, den Rowan vorgelassen hat und der weiter die Hände und das Gesicht gegen das Glas presst.

Ich schaue mich nach der Mam von dem Kleinen um.
Sie hat den Kopf gesenkt und
daddelt auf ihrem Handy rum.
Wenn Alice nicht hier wäre,
würde ich wahrscheinlich irgendwas zu ihr sagen,
das ich nicht sagen sollte.

Der Mann kippt den Inhalt des Eimers ins Wasser und der Tank wird lebendig. Das Wasser brodelt vor sich windenden silberfolienartigen Umrissen und reißenden Zähnen. Und der kleine Junge, der ganz vorne steht, schreit auf, als Wasser aus dem Tank schwappt und ihn bis auf die Haut durchnässt.

Er dreht sich um und verzieht das Gesicht, als würde er jeden Moment zu weinen anfangen. Ich wappne mich innerlich gegen den Lärm, der gleich wie Messer in mich hineinfahren wird.

Ich mache einen Satz nach vorn,
gehe neben dem Kleinen in die Hocke
und zeige auf den Tank.
»Schau!
Der Rochen hat sich einen Tintenfisch geschnappt.«

Der Junge und ich schauen mit großen Augen zu, wie der Rochen im Kreis schwimmt und sich aus seinem verborgenen Maul Fangarme schlängeln.

»Er frisst ihn auf!«, ruft der Junge, obwohl wir es bereits alle gesehen haben. Der Rochen dreht eine Ehrenrunde durch den Tank, dann zeigt er uns seine helle Unterseite und beginnt die restlichen Fangarme wie Spaghetti einzusaugen.

»Cool!«, sagt der Junge, aber ich glaube, mir ist ein bisschen schlecht.

Wir treten ein Stück zurück, weil noch mehr Leute herandrängen, und schlüpfen um die Ecke in einen ruhigeren Gang.

»Dann bist du also ein Seepferdchen?«, sage ich.

Wir schauen zu einem rüber, das in dem Tank uns gegenüber schwebt und seinen Schwanz fest um ein Stück Alge geschlungen hat.

»Seepferdchen?
Ich bin viel cooler als ein Seepferdchen.«

»Seepferdchen sind extrem cool. Bei ihnen gebären die Männchen den Nachwuchs …«

Sie spielt auf diesen Jungen an und
auch auf Jonah.
»Ich kümmere mich um Jonah,
aber mein Leben dreht sich nicht
bloß um ihn.«
Ich fühle mich

total beschissen,
dass ich so was überhaupt sage.

Mein Herz steigt auf wie ein fliegender Fisch.

»Okay, was bist du dann?«

»Keine Ahnung.«
Ziemlich große Frage für
so einen ruhigen Ort.
»Aber ich bin ganz anders als ein Seepferdchen.
Ich wäre gern irgendwas richtig Geniales,
so wie dein Fisch, der laufen kann oder was auch immer.«

Wir gehen langsam an den Tanks vorbei, in denen Krebse und Hummer schwimmen wie in der Fischabteilung eines Supermarktes.

Und dann entdecke ich ihn. Rowan. In Gestalt eines Unterwassertiers.

»Warte! Das ist es.«

Wir bücken uns, um zu der
glupschäugigen Krabbe
reinzuspähen,
die sich zur Hälfte in den
falschen Meeresboden
gegraben hat.
»Du findest, dass ich eine Garnele bin?«
Super.
Scheine ja einen Bombeneindruck zu hinterlassen.

»Lies, was auf dem Schild steht.«

Ich richte mich auf und lese.
»›Der Fangschreckenkrebs kann
ZEHNMAL
so viele Farben sehen wie Menschen.
Ein Schlag von ihm ist mit der Aufprallwucht
einer Pistolenkugel zu vergleichen
und schneller als ein menschlicher Lidschlag.
Seine Hammerarme können
einen so hohen Unterdruck erzeugen,
dass sich Gasbläschen bilden,
die implodieren und so viel Energie freisetzen,
das es zu einem Knall und
manchmal sogar zu Lichtblitzen kommt.‹
Ähm …«
Wir beugen uns wieder ein Stück nach unten,
um uns den mickrigen Krebs anzuschauen.
»Das alles kann dieses kleine Ding da?«

Ich lächle. »Ich hab dir ja gesagt, dass das Meer voller Wunder steckt.«

So wie sie das sagt, klingt es,
als würde sie denken,
dass ich das auch sein kann.
Ich schaue zu einem Schild über der Tür neben uns hoch.
»Ich würde gern was ausprobieren.
Etwas, das in Richtung
›großartig‹ geht.«

Mein Atem wird schneller und ich bin nicht sicher, warum.
»Okay …«

»Dafür muss ich den Stream kurz unterbrechen, okay?«

»Oh …«

Das gefällt ihr nicht,
aber das wird sich ändern, wenn sie es sieht.
»Dauert nicht lange.
Ich will dir was zeigen,
und das wird dich einfach noch mehr umhauen,
wenn du es genau in dem Moment erlebst, wenn es passiert.
Und vielleicht …
Stell dir vielleicht vor, dass du wirklich
ICH
bist.«
Jemand, von dem ein Phantommädchen denkt,
er könnte großartig sein.

Ich brumme etwas und frage mich, wie viel LEBEN ich in der Zwischenzeit verpassen werde. Aber er versteht es als ein Ja, und ich sehe kurz seinen Daumen, bevor der Bildschirm schwarz wird.

Rowan hat den Stream beendet.

42
Alice

Ich werde in mein Bett zurückgespuckt und merke, dass mir schlecht ist. Ich sollte es für heute gut sein lassen.

Ich schlucke. Schließe die Augen.

Rowan hat gesagt, dass ich mir vorstellen soll, ich sei er. Nicht als eine Zuschauerin, noch nicht mal als ein »Wir«. Sondern als ein »Ich«. Und ich will ein »Ich« in einem Körper sein, der in die Hocke gehen kann, um Rochen zu beobachten, der einen Gang entlanglaufen und das tun kann … was er eben gerade vorhat. Etwas Großartiges.

Aber ich habe nicht vergessen, was passiert ist, als ich das letzte Mal den Überblick über meine Spoons verloren habe. Und Mum hat recht – ich muss vorsichtig sein.

Mit Rowan das Aquatic Centre besuchen = 3 Spoons

Ich umklammere den Laptop wie ein Floß und hoffe, es genügt, um mich an der Oberfläche zu halten. Nur noch ein bisschen länger. Nur noch für diese eine Sache. Bitte.

Ich sehe, dass Rowan wieder online ist. Und ich tippe auf das Mauspad, bevor meine zitternden Hände zu Händen werden, die sich überhaupt nicht mehr bewegen.

Verbindung zu **Rowan** wird hergestellt …

43
~~Rowan~~ Ich

Und jetzt bin ich … ich bin unter Wasser.

Und ich bin nicht Rowan.

Ich bin ICH.

Ich liege auf dem Meeresgrund und schaue zu einem hellen Licht auf, das wie die Sonne aussieht. Die Lichtstrahlen brechen sich im sanft wogenden Wasser, sodass an den Rändern meiner Augen weiße Flammen zu brennen scheinen.

Und über mir. Um mich herum. Überall. Sind Fische. Fische aller Farben. Aller Arten.

Links von mir paddelt ein kleiner Schwarm Plattfische vorbei, in dem offenbar keiner so wirklich die Führung übernehmen will. In der Ferne schwimmen kleinere, aufgewecktere Fische zwischen Korallen hindurch, manche davon kleben auf dem Rücken großer silbriger Fische mit wulstigen Lippen. Ein anderer kommt von irgendwoher angeflogen, flattert mit seinen Flossen wie mit Flügeln über mich hinweg und verschwindet aus meinem Blickfeld.

Und dann ein kleiner Blauhai. Angetrieben von seiner starken Schwanzflosse, rechts, links, wie ein marschierender Soldat.

Meinen Lungen geht die Luft aus und ich ziehe keuchend einen Mundvoll Wasser ein. Aber ich scheine Kiemen zu haben, weil ich atmen kann. Endlich. Ich kann atmen.

Oder ich bin vielleicht doch ein Schlammspringer. Ein Fisch mit Beinen. Ich bin Land und Meer und Berge und Feuer. Ich bin unaufhaltsam. Unzerbrechlich. Und ich strecke meine Hand aus und beobachte, wie meine langen Finger durch das Wasser treiben. Spüre, wie es sanft auf und ab schwankt. Sehe, wie meine Haut durchsichtig wird und sich ablöst und silberne Schuppen darunter zum Vorschein kommen.

Und dann schwebe ich. Nach oben. Richtung Oberfläche. Und ich kann das Licht sehen und die platzenden Bläschen, und ich halte die Luft an, damit der Geschmack noch süßer ist. Ich strecke die Hände nach oben und kann beinahe den Rand fühlen – die Linie zwischen Wasser und Luft –, als könnte ich ihn packen und wegschieben und eine Zwischenwelt enthüllen, wo ein Fisch in beiden Zuständen gleichzeitig LEBEN kann.

Aber noch bin ich nicht dort angekommen. Nicht ganz. Also wirble ich stattdessen herum. Drehe Pirouetten wie ein Delfin, bis ich das Licht nicht mehr sehen kann. Aber ich sehe auch keine schartigen Felsen. Stattdessen sehe ich einen Jungen, der auf dem Boden eines verglasten Unterwassertunnels liegt und beobachtet, wie ich über ihm schwimme. Seine langen dunklen Haare liegen wie ein Fächer um seinen Kopf. Er sieht mich an, und ich frage mich, ob seine Augen fast ganz schwarz sind, bis ich irgendwo in der Mitte ein Glitzern sehe, wo das von der

Oberfläche reflektierte Licht aus bloßen harten Steinen Edelsteine machen kann.

Einen schwebenden Moment lang sehe ich ihn an, als wäre er einfach ein anderer Fisch. Kraftvoll. Farbvoll.

Wundervoll.

Doch dann komme ich zu mir. Auf eine Art, die sich
wie
ertrinken
anfühlt,
denn
dieser Junge
dieser Junge ist Rowan.

44
Alice

Ich wache zum Klang von melodischem Summen auf und sehe, dass Mum mir rosa Tulpen aus dem Garten gebracht hat. Ihre noch geschlossenen Blüten sehen wie Ballerinafüße aus. Ich lächle und Mum sieht es.

»Was Schönes geträumt?«

Sie nimmt die Vase von meiner Fensterbank und füllt sie im Badezimmer mit Wasser.

»Ich bin geschwommen«, sage ich, den Blick auf die im Kreis wirbelnde Decke gerichtet.

Ich bin praktisch in der Sekunde eingeschlafen, in der ich die Verbindung zu Rowan beendet habe, und es war, als wäre mein Kopf weiter dortgeblieben. Die ganze Nacht habe ich immer und immer wieder den Moment durchlebt, in dem ich mich umgedreht und sein Gesicht gesehen habe, als er auf dem Boden des Aquariumtunnels lag und über ihm Fische schwammen.

Heute Morgen fühle ich mich beinahe schwerelos.

Mum drückt mein Fenster auf, und die Geräusche von Kindern, die an der Schule abgesetzt werden, branden über mich hinweg. Normalerweise sind die lachenden Stimmen und die über die Straße trampelnden Schritte ein Stachelrochen. Aber heute ist eine Gruppe plaudernder Mädchen ein Schwarm farbenprächtiger Buntbarsche.

Eine Frau, die jemandem zuruft, langsamer zu fahren, ist eine Meeresschildkröte mit langen Paddelbeinen. Und der Klang meiner eigenen, vor sich hin summenden Mum ist wie eine Erdbeeranemone, die sich an den Rändern meines Aquariums öffnet.

Er sieht ganz anders aus, als ich gedacht habe.

Wenn ich an Jungs denke, stelle ich sie mir immer mit kurzen Haaren und dreckverschmierten Wangen vor. Das liegt wahrscheinlich daran, dass sie genauso ausgesehen haben, als ich das letzte Mal in der Schule war. Damals hatten sie alle Grasflecken auf den Knien, bohrten in der Nase und waren meistens ziemlich nervig.

Aber Rowan hat lange Haare – kastanienbraun –, die um ihn herum auf dem Boden aufgefächert waren, als wäre er tatsächlich auf dem Meeresgrund. Er sah auch gepflegt aus, mit markanten Zügen und Augen wie dunkle Steine. Ich denke darüber nach, wie er wohl neben mir aussehen würde, und mein Herz macht einen Satz wie ein Fisch aus dem Wasser.

Und es ist seltsam. Ich habe mir in dem Moment so sehr gewünscht, seinen Körper zu übernehmen und er zu werden, aber als ich sein Gesicht gesehen habe, war da plötzlich etwas anderes, das ich mir noch viel mehr gewünscht habe. Ich möchte bei ihm sein. Neben ihm. Seine Hand halten und gemeinsam mit ihm dieselbe Welt sehen – als zwei Menschen, die ähnlich, aber komplett unterschiedlich sind.

Ich erröte, als Mum sich über mich beugt, um mir Kopfhörer aufzusetzen, und hoffe, sie kann nicht bis auf den Grund meiner Gedanken schauen. Mir fehlt die Kraft, ihr wieder eins mit dem Kissen überzuziehen.

Aus meinen Kopfhörern setzt verträumte Musik ein, und ich fühle mich, als wäre ich an den Klangkörper einer Geige geschmiegt. Ich schaue zu, wie sie den Staubsauger einschaltet und über den Teppich schiebt. Alles, was ich höre, ist ein leises Surren.

Ich lasse den Blick zum Fenster wandern, wo ich die Schule im Schatten des Glockenturms sehen kann. Aber irgendwo dort unten, zwischen Eltern und Kindern, ist Rowan – der seinen kleinen Bruder an der Schule absetzt und darüber nachdenkt, in seinen eigenen Unterricht zu gehen.

Und auch wenn ich heute nicht genügend Spoons habe, um ihn zu treffen, fühlt er sich so nah an, dass ich vielleicht bloß die Hand ausstrecken müsste, um ihn berühren zu können.

45
Alice

Ich bin wieder bei meinem kompletten Satz von zwölf Spoons, und obwohl ich damit gerade Mal zum Badezimmer taumeln kann, habe ich das Gefühl, zu tanzen.

Mum und Dad wirken auch verändert. Sie haben weniger Falten auf der Stirn und ich kann sie unten lachen hören. Und wenngleich ich keine Ahnung habe, worüber, lächle ich mich selbst im Spiegel an und sehe fast wieder wie Alice vor der KRANKHEIT aus – nur einen Schnappschuss lang.

Ich kehre ins Bett zurück, strecke meine Zehen und schiebe, so weit ich kann, die Hände unter meine Kissen, wie eine Sportlerin, die sich aufwärmt. Dann spüre ich etwas unter meinen Fingerknöcheln – etwas Spitzes, Flaches.

Ich fische es hervor. Es ist ein pinkfarbener Glitzerstern. Für einen Moment bin ich so sehr in meiner eigenen Gute-Laune-Blase, dass ich es für eines von Dads Spielen halte. Dass er vielleicht eine Möglichkeit gefunden hat, einen ganzen Nachthimmel in mein Zimmer zu bringen. Aber dann fällt es mir wieder ein. Und es fühlt sich an, als würde ich in einem dicken grünen Teich ertrinken.

Cecelia.

An dem Abend, an dem alles schiefgelaufen ist, hat

sie eine Krone mit Glitzersternchen getragen. Ich erinnere mich, dass sie sich die Krone vom Kopf gezogen und gegen meine Wand geschleudert hat, wo sie explodierte und ein ganzes Universum aus Bedauern auf mich niederregnen ließ.

Ich spüre die scharfen Ränder des Sterns, als würden sie zwischen meinen Rippen feststecken, direkt neben dem schartigen Stück Kameralinse, die ich für Wes–

Aber ich will sie nicht vergessen, so wie ich ihn vergesse. Ich will sie nicht wegschieben und sie ignorieren und so tun, als hätte es sie nicht gegeben. Ich will an der Hoffnung festhalten, dass sie irgendwann wieder in mein Zimmer gestürmt kommt, mit einer ganz neuen Farbe in den Braids, und die ganze Sache Schnee von vorgestern nennt.

Aber je fester ich den Stern umklammere, desto tiefer bohren sich die Ränder in meine Haut.

Mum stößt mit dem Fuß meine Zimmertür auf und ich kehre ruckartig ins Leben zurück.

»Alles okay, mein Schatz?«, fragt sie, während sie meine Pillenbox auffüllt.

Ich stecke den Stern wieder unter mein Kissen und lächle sie an. »Ja, mir geht's gut. Worüber habt ihr unten so gelacht?«

Mum fängt wieder zu lachen an, sodass sie die Falten in den Winkeln meines Lächelns nicht bemerkt. Sie erzählt mir, dass Dad Ketchup statt Marmelade auf sein Porridge gemacht hat, und ich lache an genau den richtigen Stellen mit.

Es sind nur noch drei Stunden, bis ich wieder bei Rowan bin. Und in dieser Zeit verabschiede ich mich von Mum und Dad, als sie sich zur Arbeit aufmachen, betrachte die Blumen auf meinem Fensterbrett, die über dem Lärm von Leuten blühen, die aufstehen und zur Schule und zur Arbeit gehen und ihr großes weites Leben LEBEN.

Dann schaue ich mir eine von meinen alten Dokus an und versuche, so zu tun, als würde ich in einer blaugrünen Welt mit mikroskopisch kleinen Krabben und uralten Schildkröten als Nachbarn leben. Ich entdecke ein paar von den Fischen, die über mir geschwommen sind, als ich Rowan das letzte Mal gesehen habe, nur dass diese hier in freier Natur leben und an jeden Ort können, an den sie wollen.

Als das Warten sich schließlich wie Grünalgen anfühlt, die meine Luftröhre hochsteigen, klappe ich den Laptop auf.

Verbindung zu **Rowan** wird hergestellt …

46
Rowan

Und jetzt bin ich wieder hinter einem langen, mit getrockneter Farbe gesprenkelten Arbeitstisch und schaue in ein Klassenzimmer mit Leuten, die sich laut unterhalten, Tonklümpchen herumwerfen und Papier zerreißen.

Ich mustere die Wände, halte erneut nach Hinweisen auf Wesley Ausschau, entdecke aber nur Farben, Skulpturen und Leben.

»Ganz schön laut heute hier drin!«, rufe ich.

Sie ist zurück.
Phantommädchen ist wieder unter den Lebenden.
BIST DU OKAY?*, schreibe ich in mein Skizzenbuch.*
WAR KEINE SO GUTE IDEE MIT DEM FISCHTUNNEL,
ODER?
Ernsthaft,
da zeigt man einem Mädchen, wie man aussieht,
und sie loggt sich tagelang aus.
Ein guter Grund,
stundenlang in den Spiegel zu
STARREN.

»Doch, und wie – es war großartig. Ich war nur … ich musste weg. Aber es war wirklich der großartigste Tag überhaupt.«

Ich sollte erleichtert sein,
aber stattdessen fühle ich mich anders.
Unruhig –
angespannt –
aber auch irgendwie super.
SORRY, KANN NICHT RICHTIG REDEN.

»Schon okay. Was ist der Unterrichtsstoff heute?«

Charlie verpasst mir einen Tritt unterm Tisch,
um mir die Möpse zu zeigen,
die er in die Tischplatte geritzt hat.
GIBT KEINEN – IST WIEDER FREIES ZEICHNEN ANGESAGT.
Ich verdrehe die Augen in seine Richtung.

»Heißt das, ihr könnt machen, was ihr wollt?«

Ich schaue mich um, um zu sehen, was die anderen Leute machen. Manche erstellen Collagen aus Seidenpapier und flechten bunte Bänder zu Zöpfen. Im hinteren Teil des Raums baut jemand etwas, das wie ein Schloss aus lila Knete samt glitzerndem Burggraben aussieht.

Und Rowans Freunde sind auch wieder da. Sie tragen beide Regenbogenfarben, als wäre es ihre persönliche Pärchen-Uniform. Welten entfernt von Rowans grauem Sweatshirt, obwohl sie direkt nebeneinandersitzen. Ihre Hände sind ineinander verschränkt, während sie über den Arbeitstisch gebeugt vor sich hin kritzeln.

»Und was willst du heute zeichnen, Rowan?«

Ich zucke mit den Schultern und ziehe
das Töpfchen schwarze Tinte zu mir heran.

»Muss schön sein, eine ganze Stunde zur freien Verfügung zu haben«, sage ich schnell. »Du könntest alles sein, was du willst, jede Gestalt annehmen, die dir gefällt. Du könntest ein Land oder ein Meer sein oder irgendwas dazwischen.«

Mein Federhalter schwebt über der leeren Seite.
Ich hab noch gar nicht wirklich über die Bedeutung
FREI
von freiem Zeichnen nachgedacht.
Und dann ist da wieder Alice.
Die mir das Gefühl gibt, ich könnte alles
zeichnen
tun
sein.

Ich beobachte, wie er seinen Federhalter fallen lässt und nach einem Bleistift greift.

Zuerst wirft er hier und da ein paar Striche hin, als wüsste er noch nicht genau, wo es hingehen soll. Aber dann legt er die Hand auf dem Papier ab und die Striche werden dunkler – sicherer. Und auf dem weißen Blatt öffnen sich Augen.

Zwei Gestalten formen sich heraus, die einander tanzend zu umkreisen scheinen – die am unteren Ende spielt Maracas, die am oberen Ende dreht Pirouetten durch die Luft, als könnte ihr die Schwerkraft nichts anhaben. Und dann, als seine Striche immer schneller werden, lässt er den Bleistift plötzlich fallen.

Er nimmt einen Pinsel und taucht ihn in Blau.

Ich denke nicht an sie –
an Mam –
weil es diesmal anders ist.
Ich zwinge keine Farbe in den
Flaschenbodensatz eines Katers.
Ich zeichne nicht, um
sie aufzumuntern oder
sie davon abzuhalten, wieder zu trinken, oder
sie dazu zu bringen, nicht mehr wegzugehen.
Ich wähle Farben, weil sie
mit Alice
einfach da sind.

Er übermalt die grauen Bleistiftstriche, verteilt Farbe außerhalb der Linien, wischt sie über das Papier und verwandelt Schnee in Meer.

Er sprenkelt den Körper am oberen Ende damit und mischt einen Ölteppich-Regenbogen für den Körper am unteren Ende. Und als er Rot und Orange und Grün und Violett hinzufügt, wird mir klar, was er malt.

Es ist ein Fangschreckenkrebs. Seine Augen schauen aus seinem Versteck am Meeresgrund, während ein großer blau-gefleckter Schlammspringer über ihm hervorspringt, dessen Flossen wie Flügel ausgebreitet sind.

Er. Und ich. In voller Farbenpracht aus demselben Blatt Papier hervorbrechend.

Meine Kehle fühlt sich trocken an. »Du hast den Schlammspringer nachgeschlagen.«

Ich lege den Pinsel hin und schaue auf
meine farbverschmierten Hände.
»Ich weiß jetzt, dass es
zweiunddreißig verschiedene Arten Schlammspringer gibt.
Aber dieser hier.
Der blaue.
Der hat sich am meisten nach dir angefühlt.«

Er sagt es laut und Charlie löst sich von Fran. Er schaut auf die Seite in Rowans Skizzenbuch und rammt ihr den Ellbogen in die Seite.

»Aua!« Sie fährt zusammen. »Was soll …«

Aber dann kapiert sie es. Sie kapieren es beide. Und sie sehen dorthin, wo Rowans Gesicht sein muss, und mich durchzuckt ein eifersüchtiger Stich, der sich wie ein Stromschlag anfühlt.

»Hübscher Fisch, Mann«, sagt Fran leise.

Sie schauen mich an, als wäre ich verrückt geworden.
Als wäre ich der Rowan von vor drei Jahren.

»Hast du Bock, später am Glockenturm abzuhängen?«, sagt Charlie, den Blick immer noch auf Rowans Bild geheftet. »Fran meint, wir könnten die Feuertür aufbrechen. Bisschen Spaß haben, so wie früher.«

Es gongt und alle
SPRINGEN AUF
zusammen mit meinen Innereien.
Ich schaue auf die Uhr.
»Jonah«, murmle ich.

Fran verdreht die Augen und wendet sich ab. »Schon wieder Babysitten?«

Ich schaue ein letztes Mal auf das Bild.
Dann reiße ich die Seite raus,
knülle sie zusammen
und werfe sie auf dem Weg nach draußen in den Mülleimer.

Rowan hat den Stream beendet.

47
Alice

Dad steckt den Kopf ins Zimmer. »Hey, du. Spoon Counting?«

Ich runzle die Stirn. »Heute ist doch nicht Mittwoch?«

Er seufzt dramatisch. »Darf man sich nicht auch mal an irgendeinem anderen Wochentag ein bisschen Spaß gönnen? Spoon Counting.«

Ich lächle. »Sechs?«

»Das reicht.«

Als er die Tür ganz aufschiebt, sehe ich, dass er eine Schürze anhat, auf der ein goldenes »M« prangt. Hinter ihm steht Mum, die ein riesiges Tablett trägt – so groß, dass sie es kaum durch die Tür gequetscht kriegt.

»Komm ihr von McDonald's?« Mir wird ein bisschen mulmig.

»Nein.« Dad hebt den Zeigefinger in die Luft. »McDonald's kommt zu *dir*.«

Mum stellt das Tablett in der Mitte des Zimmers auf dem Boden ab, aber als ich versuche zu sehen, was drauf ist, versperrt Dad mir die Sicht.

»Ihre Bestellung, Ma'am?«

Über Dad lachen = 1 Spoon

»Ähmmm … ein Happy Meal, bitte. Gibt es die überhaupt noch?«

Früher sind wir nach dem Schwimmtraining manchmal zum Drive-in und haben jeder ein Happy Meal bestellt – sogar Mum und Dad. Dann sind wir damit nach Hause gefahren und haben auf dem Wohnzimmerboden gepicknickt und Spielfiguren, Gürkchenscheiben und Milchshakes getauscht.

»Klar gibt's die noch – die sind eine feste Institution«, sagt Mum.

Dad tritt zur Seite, als sie mir eine gelb-rote Pappschachtel und einen Pappbecher mit Kunststoffdeckel bringt.

Ich schaue zu den beiden auf. »Aber ich kann doch nichts essen, was …«

»Mach einfach auf«, sagt Dad und kommt mit zwei anderen Pappschachteln für sich und Mum ans Bett.

Ich klappe den Deckel auf und spähe hinein. Es ist ein eingewickelter Burger und ein Tütchen Pommes, genau wie ich mich daran erinnere … das heißt, nicht ganz.

Ich hole die Pommestüte raus und lache. »Gurkenchips! Die mag ich am liebsten.«

Mum hat dasselbe. »Vergiss die Soße nicht«, sagt sie und stellt vorsichtig drei winzige Schälchen Mayonnaise auf die Bettdecke.

Ich hole auch den Burger raus und wickle ihn langsam aus. Es ist ein Burger ohne Brötchen, bedeckt mit klein gezupften Salatblättern und einer dicken Scheibe veganem Käse.

»Wie habt ihr das gemacht?«

Dad nimmt einen Bissen von seinem Burger – ebenfalls

ohne Brötchen. »Ich bin hin und hab gefragt, ob ich nur die Schachteln haben könnte, aber wie sich herausgestellt hat, machen sie das nicht. Also habe ich drei Happy Meals gekauft, bin nach Hause und habe die einzelnen Verpackungen so lange sauber gemacht, bis alles komplett glutenfrei, kohlenhydratfrei, zwiebelfrei und was-weiß-ich-was-noch-frei war.«

»Und was hast du mit den echten Happy Meals gemacht?«, frage ich.

Er zuckt mit den Achseln und nimmt den nächsten Bissen. »Hab sie im Wagen gegessen.«

Mum hört auf zu kauen. »Alle drei?«

»Alle drei«, sagt er und schluckt.

»Und jetzt isst du den hier auch noch ...«

Er nickt wieder, lächelt aber diesmal.

»Du Fresssack.« Mum schüttelt den Kopf.

Ich beiße von meinem Burger ab. Und wenn ich die Augen schließe, ist es tatsächlich so, als wäre ich wieder neun und würde auf dem Wohnzimmerboden picknicken. Obwohl es Gurke und ein Burger ohne alles ist, den Dad selbst gebraten hat, und obwohl es wirklich bloß das einfache Essen ist, das ich jeden Tag esse – fühlt es sich anders an. Wie eine Zeitreise in die Vergangenheit.

»Vergiss dein Spielzeug nicht«, sagt Dad.

Mum schnaubt. »Ist Alice nicht ein bisschen zu alt daf...«

»Auf keinen Fall!«, sage ich und greife in die Schachtel.

Ich habe einen T-rex zum Aufziehen, den ich über mein Knie laufen lassen kann. Und ich denke an Rowan, der Kindersocken mit Dinomuster zusammengelegt hat, und frage mich, ob ich – eines Tages – vielleicht den hier seinem Bruder schenken kann. Ich schließe die Hand darum.

Mum hat einen Stegosaurier, der singt, wenn man auf seinen Bauch drückt, und Dad einen Stressball in Form eines Pterodaktylus, von dem er sagt, dass er ihn gut gebrauchen kann, wenn er das nächste Mal mit Mum darüber streitet, wer mit Spülen dran ist.

Und als wir fertig sind, setzen wir uns auf, trinken Cola light und reden und lachen und tun so, als wären wir eine richtige Familie in einem richtigen Restaurant. Und das gibt mir das Gefühl, dass ich selbst auch ein bisschen richtiger bin.

»Dann ist montags ab jetzt immer McDonald's-Abend?«, frage ich Dad.

Er tätschelt seinen Bauch. »Ich glaube nicht, dass mein Magen das mitmacht.«

Mum sammelt den Müll ein und flüstert mir ins Ohr: »Von wegen.«

48
Rowan

Und jetzt laufe ich mit Rowan durch die Stadt und weiche Passanten mit schweren Einkaufstaschen und Skatern aus.

Die Straße pulsiert vor Leuten, als wären wir in der Arterie von einem gigantischen grauen Herz. Wir machen kleinen Kindern Platz, die durch Laufgeschirre mit ihren Eltern verbunden sind. Wir rammen einen Poller, als wir um eine Familie herumgehen, die vor einem Restaurant den Gehweg versperrt, um die Speisekarte zu studieren. Wir springen zur Seite, wir ducken uns vorbei, wir laufen schneller, wir laufen langsamer.

»Wohin gehen wir?«

»Oh, hey!«,
schreie ich in das Mikro meiner Ohrhörer.
»Sue, meine Chefin, hat mich zur Bank geschickt,
um Geld einzuzahlen.
Dachte, du hast vielleicht Lust, mitzukommen.«
Ich bin nicht sicher, ob sie viel sehen kann
bei den ganzen Touris, die hier rumschwirren.

Es ist ganz anders als Tokio, und das nicht nur, weil ich nicht im Kreis herumgeschwenkt werde. Die Schaufenster der Geschäfte sind von der salzigen Meeresluft beschlagen, und dahinter stehen keine Flatscreens, die Welten innerhalb von Welten zeigen. Sie haben Türen, die sie von der Straße abgrenzen, und drängen sich den Passanten nicht auf. Manche glaube ich noch von früher zu kennen, wenn ich mit Mum shoppen war, aber meine Erinnerung ist zu vage, als dass ich wüsste, wo genau ich bin. Es fühlt sich an, als würde ich durch die Erinnerung an einen alten Traum laufen.

Rowan weicht einem Kind auf einem Roller aus, und jetzt sehe ich, warum die ganzen Leute sich auf die Gehwege quetschen müssen.

In der Mitte ist ein Tal aus Autos.

Auf der einen Straßenseite stehen die Wagen Stoßstange an Stoßstange, stottern Abgase in die Luft und glitzern wie silberne Reißzähne. Die andere Seite ist frei, bis ein roter Sportwagen angebrettert kommt und mit einem knatternden Röhren die Schaufenster zum Klirren bringt.

In meinem Brustkorb wird es eng.

»Gibt es vielleicht eine ruhigere Strecke?«

Die Bank ist schon in Sichtweite. Aber.

»Klar.«

Ich biege in eine Seitenstraße.

Ich habe immer noch das Gefühl, keine Luft zu bekommen.

»Bist auch kein Fan von zu vielen Leuten, was?«

»Es sind nicht die Leute«, keuche ich, »sondern die Autos.«

Autos, die dafür sorgen, dass Leute aufhören zu sein.

Weiter vorne kommt ein Parkplatz,
also biege ich rechts in eine kleine Gasse mit
überquellenden Mülltonnen,
angeschlossenen Fahrrädern,
denen der Sattel oder ein Reifen oder ein Licht fehlt,
und Turnschuhen,
die an den Schnürsenkeln von Oberleitungen baumeln.

Es ist dunkel. Es ist dunkel.

Ich blinzle und stelle meinen Laptopbildschirm heller, aber ich kenne diese Dunkelheit. Es ist Wesley. Der aus der Schublade in der hintersten Ecke meines Kopfs kriecht wie ein verlorener Schatten. Wesley – der irgendwo auf einer dieser Straßen hätte sterben können.

Wesley, dessen Blut vielleicht immer noch auf dem Asphalt klebt, über das Tag für Tag zig Autos fahren, in denen Leute am Steuer sitzen, die keine Ahnung haben, was unter ihren Rädern ist. Leute, die es nicht aus nächster Nähe gesehen haben.

So wie ich.

»Können wir eine Pause machen?«

Sie klingt außer Atem.
»Klar.«
Ich klaube eine Schnecke von einer roten Backsteinmauer und
setze mich auf ihren Platz.
»Bist du okay?«

Ich denke darüber nach, wieder irgendwas zu erfinden. Aber ich verliere langsam den Überblick über die ganzen Lügen.

Ich schließe die Augen. »Nein.«

Ich kicke mit der Ferse gegen die Mauer.
»Wenn ich gewusst hätte, dass du Angst vor Autos hast,
wäre ich nicht –«

»Ich hab keine Angst«, sage ich.

Früher fand ich sie toll. Ich habe wie ein Hund den Kopf aus dem Fenster gestreckt, während Dad mich zu unserem nächsten Abenteuer gefahren hat. Habe ihn gedrängt, schneller – schneller – zu fahren, aber dann habe ich gesehen, was am Ende eines Geschwindigkeitsrekords steht, und –

Handgelenke. Handgelenke. Wo sind meine Handgelenke?

»Alice?
Das ist schon okay.
Gibt ein paar Dinge …
auf die ich auch nicht wirklich scharf bin.«
Ich schaue in die Ferne und suche den Horizont
nach dem Glockenturm ab.

Ich löse meine Zunge vom Gaumen.

»Zeig mir irgendwas Schönes«, sage ich. »Zeig mir was Lebendiges.«

»Was Lebendiges?«
Ich kann
Möwen am Himmel sehen.
Die Schnecke, die ich von ihrem Platz vertrieben habe.
Ameisen, die über ein ausgespucktes Bonbon krabbeln.
Alles lebendig, aber
nicht unbedingt schön.
»Ich weiß nicht, ob das zählt …«
Ich springe von der Mauer und
laufe in die kleine Gasse zurück.

Ich will nicht wieder zur Straße zurück, und ich bin kurz davor, ihn anzuschreien, als er es trotzdem tut. Dann nimmt er die Kamera von seiner Brust und hält sie so, dass ich den Boden sehen kann.

Und dort hat jemand in der kleinen Gasse etwas mitten auf den Gehweg gemalt. Verblasst und von Schuhsohlen zerkratzt, aber trotzdem noch da. Farbe walzt um die Ecke eines wenige Meter entfernt stehenden Hauses, rollt sich wie ein Teppich vor uns aus. Rosa trifft auf Blau trifft auf Grün trifft auf Gelb – schillernde Wassertropfen, die in der Sonne zu glitzern scheinen.

Es ist, als würde man von oben in eine Schneekugel schauen, aber ich habe das Gefühl, als wäre ich diejenige, die geschüttelt wurde.

»Ist das eins von deinen Bildern?«

Ich schlucke.
»Könnte man so sagen, ja.«

Mein Atem geht wieder normal.
»Was ist das?«

Wenn ich es mir jetzt so anschaue,
sieht es nach nichts aus.
Wie eine Reifenspur von etwas,
das nie hätte passieren sollen.
»Das war mal eine Seerose.
Mams Lieblingsblume.«

Das hier ist nicht wie seine anderen Sachen, die aus Rissen hervorgebrochen sind und sich selbst zum Leben erweckt haben.

Das hier fühlt sich an, als würde es vor sich hin sterben. Als wäre es Schicht für Schicht für Schicht abgewetzt worden von den tausend Schritten, die versuchen zu vergessen, dass hier einmal etwas Lebendiges geblüht hat.

Er steckt die Kamera in die Halterung an seiner Brust zurück und meine Aussicht wechselt zum Himmel, wo ich – in der Ferne – den Glockenturm sehen kann. Wesleys Ziellinie, die einen Schatten auf die Welt geworfen hat.

Und ich will wegschauen. Ich will weitergehen. Ich will es in die hinterste Ecke meines Kopfs zurückschieben.

Ich schlucke.

»Macht dich das nicht wütend? Auf die Leute, die über dein Bild laufen?«

Ich schaue auf den Fehler unter meinen Turnschuhen.
»Es gibt Dinge, die vergisst man besser.«

Blumen, die in einer Monopoly-Welt blühen.
Ihr Lächeln, als sie ihn hochgehoben und
RAUS …
Mein Magen hebt sich und
ich huste ihn wieder zurück.
»Die Bank macht gleich zu.
Ich sollte langsam …«

»Ich muss auch los«, lüge ich.

Er hebt die Hand, um die Verbindung zu trennen, und ich beobachte, wie das Bild schwarz wird.

Rowan hat den Stream beendet.

49
Alice

Es hat eine halbe Stunde und mehrere Spoons gedauert, bis ich den Mut zusammen hatte, seinen Namen bei Google einzugeben.

Wesley Cooper.

Jeder Buchstabe holt eine neue Erinnerung an diesen Tag hervor. Die Farbe der Wolken im frühen Morgenlicht. Der grelle Strahlenkranz der roten Ampel. Der Schatten im Fenster auf der Fahrerseite des Wagens, bevor der Stream abbrach.

Ich habe die Erinnerung daran begraben, in der Hoffnung, dass sie irgendwann genauso verschwinden wird wie das Straßenbild von Rowan unter den Füßen der Passanten. Aber was, wenn ich aufhören würde, mir Flecken auf die Fußsohlen zu laufen? Was, wenn ich meine Blickrichtung verändern würde? Was, wenn ich stehen bleiben und hinschauen und das Leben sehen würde, das einmal auf der anderen Seite der Kamera geblüht hat?

Die Wahrheit ist, dass ich Wesley überhaupt nicht gekannt habe. Ich wusste noch nicht mal, wie er mit Nachnamen heißt, und musste ziemlich lange suchen, bis ich ihn auf Stream Cast gefunden hatte. Ich weiß, dass er seine Uhr am rechten Handgelenk getragen hat. Ich weiß, dass er jeden Tag mit dem Fahrrad zur Arbeit gefahren ist und auch am Wochenende damit unterwegs war. Ich weiß, dass er es geliebt hat, so schnell zu fahren, wie er nur konnte.

Aber ich weiß nichts über den Mann, zu dessen Beerdigung Hunderte von Leuten gekommen sind. Oder über den Menschen, der Mum eine Nachricht auf den Schreibtisch gelegt hat, um ihr zu sagen, dass er in Rowan etwas Besonderes gesehen hat. Etwas, das ich auch sehe.

Ich drücke auf Enter.

Ich rechne damit, ihn ganz oben in den Suchergebnissen zu finden, aber stattdessen werden mir Unternehmen und Leute angezeigt, die am anderen Ende der Welt leben. Kurz bevor ich schon aufgeben will, klicke ich auf »Videos«.

Und das erste Ergebnis ist ein Bild vom Lenker eines Fahrrads. Wesleys Fahrrad.

Meine Kehle zieht sich zusammen. In mir drin sagt etwas, dass ich das Fenster schließen, meine Augen zumachen und so tun soll, als hätte ich nie seinen Namen recherchiert. Aber ich höre nicht darauf. Ich zwinge den Zeiger der Maus auf das Video.

Und klicke auf Play.

50
WesleyCycles67

Und jetzt bin ich wieder bei Wesley, der eine von Menschen gesäumte Straße entlangrast. Er fährt so schnell, dass ihre Gesichter zu Linien verschwimmen und ihre Anfeuerungsrufe sich wie vorbeiheulende Sirenen in die Länge ziehen.

Mein Herz schlägt eine Million Mal pro Minute, weil er zu schnell ist. Er ist zu schnell.

Aber er ist auch nicht schnell genug.

Vor ihm ist ein anderer Radfahrer, der mit gesenktem Kopf stehend in die Pedale tritt und seine Beine zu einem solchen Tempo zwingt, dass das Rad wild hin- und herschaukelt. Auf dem Rücken des Fahrers steht die Nummer vierundzwanzig und in einiger Entfernung leuchtet ein goldenes Zielband, und er ist derjenige, der als Erster dort ankommen wird.

Ich kann Wesleys Atem hinter mir hören wie eine Dampflokomotive. Als könnte nichts – nicht einmal ein rasendes Auto – ihn jemals aufhalten.

Die Kamera bebt und schaukelt. Die Hände am Lenker sind gerötet.

Er holt zur Nummer vierundzwanzig auf. So schnell, dass der Kopf des Radfahrers schon einen Moment später herumfährt, um uns anzuschauen – auf seinem Gesicht blitzt ein überraschter Ausdruck auf, als er uns an sich vorbeiziehen sieht. Und das erinnert mich an die Freude, die wir empfunden haben, als wir an unserem letzten gemeinsamen Tag die im Stau stehenden Autos überholt haben. Die verblüfften Mienen der Fahrer, als ihnen klar wurde, dass ein Mann auf einem Fahrrad in der Lage ist, ein tonnenschweres Auto zu überholen.

Wesley lehnt sich zurück und seine Hände verschwinden vom Lenker, als das Band der Ziellinie gegen die Kamera klatscht. Und ich kann ihn hören. Keuchen und lachen. Seine Fäuste fliegen ins Bild, fest zusammengeballt und unglaublich stark.

»Ich hab's geschafft«, sagt eine Stimme hinter mir. »Yes!«

Das Rad kommt in der Menge zum Stehen, wo Leute jeden Alters auf und ab springen und jubeln. Und die Kamera geht für einen Moment in ihren Lächeln und Rufen verloren, bevor Hände mich hochheben und umdrehen.

Und dort – in einem Meer von Menschen treibend – ist ein Mann.

Auf seinem Kopf sitzt ein gelb gestreifter Fahrradhelm und in seiner violetten Sonnenbrille spiegelt sich eine Kamera. Sein blau-grünes Trikot liegt so eng an seinem Oberkörper an, dass es aussieht, als wäre es ihm auf die Haut gemalt worden. Und zwischen Helm und Schultern drängt ein leuchtend roter Lockenschopf hervor.

Das ist Wesley. Der Wesley auf der anderen Seite der Kamera.

Und obwohl es derselbe Wesley ist, bei dem ich war, als er starb, ist er hier auch noch etwas anderes. Ein Wesley, der es verdient hat, dass man sich an ihn erinnert.

Ein Wesley, der GELEBT hat.

51
Rowan

Und jetzt bin ich in einem Zimmer, das nicht meins ist.

Ein schmales Bett steht in einer Ecke unter einem Fenster, die ausgewaschene gestreifte Bettwäsche ist noch vom Schlafen zerwühlt. Die Wände sind königsblau, als wären wir mit einem wackligen Schrank, einem alten Radio und einem mit Rechnungen und Mahnungen übersäten Schreibtisch von einem Wal verschluckt worden.

Ich bin in Rowans Zimmer. Allein. Mit ihm.

Ich hätte aufräumen sollen.
Oder ihr einfach sagen sollen,
dass ich keine Zeit hab.
Stattdessen stehe ich in der Tür rum
und frage mich, ob es komisch wäre, mich
mit einem Mädchen, das nicht wirklich hier ist,
auf mein Bett zu setzen.

»Das ist also dein Zimmer«, sage ich.

»Genau. Sorry für das Chaos.
Ich hab mit Jonah Hausaufgaben gemacht und
bin noch nicht zum Aufräumen gekommen.
Was gibt's?«

Ich umklammere immer noch mein Handy mit der Nachricht, in der ich ihn gefragt habe, ob wir kurz reden können. Er ist so schnell online gegangen, dass ich nicht mehr dazu gekommen bin, mir genau zu überlegen, was ich ihn fragen werde. Außerdem starren wir beide auf sein Bett. Und auch wenn ich tagtäglich nichts anderes tue, als den ganzen Tag auf ein Bett zu starren, ist seines eine andere Welt. Eine Welt der Stille. Eine Welt, in der sein Körper im Schlaf warm wird. Das bringt mich ziemlich durcheinander.

Ich huste. »Hast du gar keine Bilder oder Zeichnungen an den Wänden?«

Ich schaue mich um.
»Ich verbringe hier eigentlich nicht viel Zeit.
Ist bloß ein Ort zum Pennen.«
Außerdem sind alle meine Bilder –
jedes einzelne von ihnen –
in Mams Zimmer.

»Ja, geht mir genauso«, lüge ich.

Ich zupfe an meinen Haarspitzen herum und verziehe das Gesicht, weil ich förmlich hören kann, dass er kurz davor ist, mir eine Frage zu stellen, und das nicht der Grund ist, warum ich hier bin.

»Könntest-du-mich-morgen-zum-Glockenturm-mitnehmen?«, sage ich so schnell, dass es wie ein einziges Wort klingt.

Die Luft wird aus dem Zimmer gesaugt.
Ich lasse mich am Türrahmen auf den Boden rutschen.
»Was?«

»Zum Glockenturm«, sage ich, diesmal langsamer. »Ich hab gehört, wie dein Freund Charlie sagte, dass man da vielleicht raufkann? Nur um dort an jemanden zu denken, an einen … einen Freund … und weil der Turm das Letzte war, was er gesehen hat, dachte ich, vielleicht …«

»Nein.«
Ich sage es lauter, als beabsichtigt. Aber.
»Nein.
Ich gehe nicht –
nicht dort hoch.«

»Oh«, flüstere ich.

Aus der Froschperspektive sehen die Dinge in seinem Zimmer anders aus. Die weiche Welt seines Betts ist weit weg. An den Teppichkanten sammelt sich Staub. Auf den Boden gefallene Reißnägel zeigen an die Decke.

»Ich wollte nicht … Es ist nur wegen diesem Freund von mir. Er … er ist gestorben, verstehst du. Und ich habe gehofft, dass –«

»Ich geh da nicht hoch.«
Ich sollte zuhören,
aber mein Kopf ist voll mit
Mam.
Jonah.

Diesem Wort.
Gestorben gestorben gestorben.

»Kein Problem«, sage ich leise. »Wir müssen auch nicht.«

Ich höre ihn atmen, wie wenn er gerannt wäre. Oder vielleicht wie ich, wenn ich den Glockenturm jenseits meiner Vorhänge gesehen habe. Für mich hat das immer bedeutet, mich an Wesley zu erinnern – daran, dass er seine Ziellinie nie erreicht hat.

Aber was bedeutet es für Rowan?

»Falls du vielleicht über irgendwas reden willst …«

Ich massiere meine Nasenwurzel.
»Nein. Sorry, ich bin bescheuert.
Es ist nur …
Ich hab Höhenangst.
Das ist alles.«
Lügen fühlt sich an, wie aufzutauchen, um Luft zu holen.
»Tja, so ist es.«
Ich tue, als ob es mich schaudert.
»Nein danke. Für mich nur festen Boden unter den Füßen.«

Seltsam, dass ein Junge, dessen Lieblingsplatz oben auf einem Klettergerüst ist, Höhenangst hat, aber ich lache trotzdem.

»Oh! Okay, verstehe. Dann sollten wir das wohl besser lassen.«

Ich habe immer noch den Kopf in die Hände gestützt,
aber das kann sie nicht sehen.

»Ja. So wie du auch nicht
in ein Auto steigen würdest, was?«

Ich presse nachdenklich die Lippen zusammen.

»Na ja, das ist das Problem. Dieser Freund von mir … der, der gestorben ist … er wurde auf seinem Rad von einem Wagen erfasst. Ich hab also nicht vor Autos an sich Angst, nur davor, dass …«

Ich starre auf die Farbe unter meinen Fingernägeln.
»Ja. Das verstehe ich.«

»Vielleicht können wir stattdessen was anderes machen?«

Ich stehe vom Boden auf und
klopfe meine Jeans ab.
»Ja, klar, von mir aus.
Schick mir doch einfach eine Liste mit ein paar Ideen,
dann können wir morgen was davon machen, okay?
Tja, ich muss dann jetzt auch mal wieder …«
Nach Jonah schauen.
Mich vergewissern, dass er noch
atmet.

»Ja«, sage ich. »Klar.«

Ich sehe seine Hand über der Türklinke schweben. Und irgendetwas fühlt sich falsch an. Komisch. So wie es sich zwischen uns bis jetzt noch nie angefühlt hat.

»Tut mir leid, was mit deinem Freund passiert ist.«

Ich schaue von meinem Bett aus an den Blumen auf meinem Fensterbrett vorbei dorthin, wo der Glockenturm aufragt.

»Ja. Mir auch.«

Rowan hat den Stream beendet.

52
Alice

Ich warte, bis Mum schon halb auf dem Sprung zum Einkaufen ist, bevor ich sie frage, damit sie nicht mehr so viel Zeit zum Antworten hat.

»Wie war Wesley so als Kollege?«

Sie sieht gerade nach, wie viel von meinem Shampoo noch da ist. Jetzt lässt sie die Flasche sinken und ihre Augenbrauen verschwinden in ihren Locken.

»Ähm … wow. Wesley. Du redest plötzlich über ihn?«

Ich halte den Blick auf meine Bettdecke geheftet und sie kommt zu mir und setzt sich.

»Nun, er war nett. Ein ziemlicher Spaßvogel. Hat sich immer viele Gedanken um die Kids gemacht. Hat viel zu viel Kaffee getrunken und sich furchtbar aufgeregt, wenn keiner mehr da war und er erst welchen aufsetzen musste. Er hatte ein Problem mit Kaugummis, und wenn er jemanden in seinem Unterricht damit erwischt hat, hat man seine Strafpredigt bis ins übernächste Klassenzimmer gehört.« Sie lächelt. »Aber er war wirklich ein liebenswerter Mensch. Die Schule ist ein weniger freundlicher Ort geworden, seit er nicht mehr da ist.«

Ich schreibe im Kopf »Kaffee« und »Kaugummi« unter »Rad fahren« auf die Liste, die ich Rowan schicken will. Dann nimmt Mum meine Hand.

»Wie war er so als Streamer?«

Ich setze ein künstliches Lächeln auf, bevor ich überhaupt merke, was ich tue. »Oh, er war toll.«

Mum sieht mich einen Moment abwartend an. Und ich lasse den Moment verstreichen, während draußen ein Flugzeug vorbeifliegt und Dad die Treppe hoch ruft und fragt, ob sie noch mehr Räucherlachs auf die Einkaufsliste schreiben kann.

Sie lächelt und steht auf. »Na gut«, sagt sie.

Als sie weg ist, ziehe ich mein Handy hervor und schicke Rowan die Liste.

Er antwortet sofort.

Alles klar. Hab eine Idee. Bis in zwei Stunden.

Zwei Stunden.

Ich würde gern weiter nach Videos von Wesley googeln, jetzt, wo ich ihn ins Leben zurückgebracht habe. Aber das würde mich Spoons kosten.

Ein Video schauen = 1 Spoon

Und ich spare alle für Rowan auf.

Ich stelle den Wecker. Schließe die Augen. Und warte darauf, wieder zu LEBEN.

53
Rowan

Und jetzt bin ich bei jemandem, der gerade einem Jungen mit strohblonden Haaren einen Helm überstülpt.

»Kannst du vielleicht
mal kurz stillhalten?«

»Ich will aber keinen Helm aufsetzen! Benji muss auch keinen aufsetzen«, stöhnt der Junge – Jonah – frustriert.

Hinter ihm ist ein anderer Junge mit Igelfrisur, der sich kichernd die Hand vor den Mund hält. Und dann nehme ich wahr, worauf er sitzt.

»Fahrräder …«

Oh Shit.
Sie hat was gesagt.
Ich hab meine Ohrhörer nicht drin,
Jonah hat sie also ziemlich sicher gehört.
Ich erstarre.

Jonah hört auf, sich hin und her zu winden, und schaut so angestrengt in die Kamera, dass es sich anfühlt, als könnte er mich sehen. Und mir fällt auf, dass er dieselben höhlendunklen Augen wie Rowan hat.

»Wer ist das?«, fragt er.

»Das geht dich gar –«

»Ich bin Alice«, sage ich. »Freut mich, dich kennenzulernen, Jonah.«

Jonah blinzelt einen Moment lang, bevor er mit dem Finger gegen die Kameralinse tippt, sodass ich nur noch die Spirallinien eines Fingerabdrucks sehen kann.

Er wird ausflippen
oder Fragen stellen
oder irgendwas Vorlautes sagen.

Dann lächelt er. So strahlend, dass ich die Zahnlücke hinten in seinem Mund sehen kann.

»Wir machen einen Fahrradausflug. Fährst du mit, Alice?«

Ausflug. Mit dem Fahrrad.

Ich senke die Stimme.
»Nur, wenn du Lust hast.
Wenn nicht, würde ich das auch verstehen.«

Jonah schnallt seinen Helm unterm Kinn fest, als hätte er vergessen, dass er ihn nicht aufsetzen wollte. Sein Freund versucht an ihm vorbeizuspähen, um zu sehen, mit wem er redet.

Und das bin ich. Das bin ich – als wäre ich dort. Als hätte ich schon ein Bein über mein eigenes Fahrrad geschwungen, einen gelb gestreiften Helm auf dem Kopf und einen ganzen Radweg zu Füßen.

»Ja«, sage ich. »Ich komme mit.«

Jonah lächelt, als könnte er sie sehen.
Und ich würde mich am liebsten
vorbeugen,
um zu sehen, was er sieht.

Jonah hüpft davon und setzt sich auf ein rostiges Kinderrad mit Stützrädern. Sein Freund Benji hat keine, was aber keinen der beiden zu kümmern scheint. Sie fahren los, und ich beobachte, wie sie in die Pedale treten und aufgeregt *plappern plappern plappern*, über nichts und alles, wie sie den ganzen Radweg in Beschlag nehmen und Schleifen fahren.

»Fahrt immer nur so weit,
dass ich euch noch sehen kann!«
Ich hebe das Rad auf,
das ich mir von Charlie geliehen habe.
Es ist ein BMX, und ich hab ernsthaft
keine Ahnung, wie jemand mit den Dingern fahren kann.
Ich glaube, Jonahs alte Rostlaube
ist größer als das hier.
»Bist du wirklich sicher?«, frage ich Alice.

Rowan hockt sich auf sein Rad, und ich sehe einen Lenker und den Weg, der sich vor uns ausdehnt. Ich fülle meine Lungen mit einem Atemzug Luft.

»Ja. Ja, ich bin sicher. Und jetzt fahr los – hol sie sein. Sonst verlierst du sie noch.«

Sie hat recht.
Die kleinen Rotznasen sind schon ganz schön weit weg.
Ich trete in die Pedale und meine Beine ächzen.

Und wir fahren. Wir fahren. Und es ist ganz und gar anders, als es mit Wesley je war. Rowan zappelt wie ein Fisch im Netz und der Radweg schlackert genau wie seine Beine nach links und nach rechts. Und die den Weg säumenden Bäume ziehen verschwommen an uns vorbei und Leute zerren ihre Hunde an der Leine zurück, um uns Platz zu machen, und –

Wir sind frei.

Wir LEBEN.

Ich kann sie
lachen hören.
Es macht mir Lust, auch zu lachen.
Also fahre ich schneller.

Vor uns kommt eine Unterführung in Sicht, und die beiden Jungs warten am Eingang auf uns und sind damit beschäftigt, ihre Vorderräder ineinanderzurammen. Und ich weiß, dass Rowan sie auch gesehen hat, aber er wird nicht langsamer.

Wir schlittern um sie herum und ihre Köpfe schnellen hoch.

»Bis später, ihr Loser!«
Ihre Rufe hallen durch die Unterführung.
Ich schaue kurz über die Schulter zurück
und sehe, dass sie uns folgen.

Die Wand in der Unterführung ist voller Schriftzüge, aber keine Meeresgeschöpfe weit und breit, und dann zischen wir aus ihr heraus, fahren einen Schlenker um einen Poller in der Mitte des Wegs und preschen weiter – weiter. Und dann höre ich direkt hinter uns Räder und Schreie – hell klingend und atemlos – und ich strample mit meinen eigenen Beinen, als könnte ich Rowan so dabei helfen, schneller und noch schneller zu fahren.

Aber er wird langsamer.

Oh
mein
Gott.
Dieses Fahrrad.
Ich glaube,
ich sterbe.

Jonah und Benji schießen wie Feuerwerkskörper an uns vorbei und jagen weiter geradeaus und Rowan kommt schlitternd zum Stehen.

»Okay. Okay.
Ihr habt gewonnen.
Stopp.
Die alten Leute brauchen eine Pause.«

»Schließ nicht von dir auf andere«, sage ich, weil ich mich fühle, als hätte ich noch jede Menge Spoons übrig. Ich saß auf dem Rücken des Winds und war in rasenden Autos und habe die Welt umrundet – und ich habe das Zeug dazu, zu gewinnen.

Ich schmeiße das Rad hin.
Setze mich auf eine Bank.
Ringe
KEUCHEND
nach Luft.
Die Kids lachen über mich,
folgen aber wenigstens.
Sie haben sich zwei Stöcke gesucht,
mit denen sie Schwertkampf spielen.

»Hast du kein Wasser mitgenommen?«

»Ha.
Das wäre eine Spitzenidee gewesen.«
Ich huste und reibe mir die Knie.
»Aber hat es dir geholfen?
Dabei, an deinen Freund zu denken?«

Ich lächle. »Es war besser, als einen Glockenturm hochzusteigen. Auch wenn Wesley eindeutig besser Rad fahren konnte als du.«

Ich suche den Horizont
nach dem Turm ab.

»Dein Freund hieß Wesley?
Mein Kunstlehrer, der gestorben ist, hieß so.«

»Ja, er war dein Kunstlehrer.«

Ich höre auf zu keuchen.
»Dein Freund war mein Kunstlehrer …?«
Meine Gedanken schwirren wie Fliegen.
»Wie alt bist du noch mal?«

Ich bin in meiner Erinnerung versunken.

»Er hatte ein wunderschönes Rad. Aus Karbonfasern und galaxiefarben lackiert. Und wenn er damit gefahren ist, hat er es mit all seiner Kraft getan. Mit allem, was LEBEN bedeutet. Wenn wir auf diesem Rad unterwegs waren, waren wir LEBENDIG und nichts anderes zählte mehr.«

»Wir?«
Der Groschen fällt und kullert wie eine
FLIPPERKUGEL
meine Rippen hinunter.
»Er hat auch für dich gestreamt.«

Der Wind fährt in die Kronen der Bäume vor uns, sodass die Aussicht dahinter sich allmählich aus winzigen Scherben zusammensetzt, wie eines von Rowans Bildern. Und Pünktchen für Pünktchen sehe ich eine Küstenstadt in einem grünen, hügeligen Tal, das plötzlich abbricht und ins Blaue verläuft.

»Glaubst du …«

Ich schlucke.

»Glaubst du, dass er langsamer gefahren wäre, wenn ich nicht zugeschaut hätte? Dass er das Auto gesehen hätte?«

Oh,
Alice.
Ich presse die Hände auf die Bank,
als könnte sie es
spüren.
»Du hast es gesehen.«
Und das ist keine Frage, weil
mir das Hohle in ihrer Stimme verrät,
dass es so war.

Ich weiß nicht, warum es einfacher ist, mit Rowan darüber zu sprechen – einem Jungen, den ich bis jetzt noch nicht mal persönlich getroffen habe – als mit Mum. Vielleicht liegt es daran, dass er mich nicht sehen kann. Oder dass ich ihn im Moment auch nicht sehen kann.

»Der Glockenturm ist das Letzte gewesen, was er gesehen hat. Bevor wie aus dem Nichts das Auto aufgetaucht ist und … und dafür gesorgt hat, dass er nie wieder etwas sieht.«

Ich atme langsam aus.
»Es tut mir leid,
dass ich nicht mit dir raufgehen konnte.
Es ist nur …

Da oben ist etwas passiert. Auf dem Turm.
Jonah will ständig, dass wir dort raufgehen, aber –«

»Ist schon okay«, sage ich leise. »Du musst es mir nicht erzählen.«

Aber die Sache ist die,
dass ich ihr sogar das hier,
das absolut Schlimmste,
zeigen will, damit sie vielleicht
was Schönes daraus machen kann.

Er dreht sich zur Seite, um nach Jonah und Benji zu schauen, die gerade mit ihren Stöcken zwischen den Ästen eines Baums herumstochern. Und dann sehe ich, dass er die Hände auf die Beine drückt, als würde er sich an etwas klammern, das im Begriff ist, sich aufzulösen.

Wäre ich nur dort. Ich wollte, ich wäre dort, um ihm Halt zu geben.

»Als Dad gegangen ist,
ist es mit Mams Trinkerei schlimmer geworden.
Sie ist immer wieder in
dunkle Löcher gefallen,
und das Einzige, was dort
ein bisschen Licht reinbringen konnte,
waren meine Bilder.«

Ich suche in der Ferne nach den Orten, an denen sich seine Bilder verstecken – die Unterführung beim Spielplatz nicht weit vom Meer entfernt; die Kletterburg; der Gehweg in der Stadt. Aber wir sind zu weit weg, um auch nur eine winzige Spur Farbe zu sehen.

Ich fahre mir mit der Zunge über die Lippen.
»Irgendwann hat das auch nicht mehr geholfen.
Also hab ich versucht, etwas Größeres zu malen. Besser.
Die ganze Welt mit Farbe zu füllen, für sie ganz allein.«
Mein Brustkorb fühlt sich eng an.
»Ich hab die Seerosen gemalt.
Von der Gasse konnte man sie nicht erkennen,
weil man, um sie richtig zu sehen, irgendwo
richtig hoch hinauf-
steigen musste.«

Sein eines Knie zittert, und ich frage mich, ob ihm kalt ist oder ob er einfach Angst hat.

Ich umklammere meinen Laptop.

»Ich bin mit ihr in den Glockenturm eingebrochen.
Zu dem Zeitpunkt war sie schon betrunken, aber
ich dachte, ich könnte sie da irgendwie rausreißen.«
Ich schüttle den Kopf.
»Und ich hatte Jonah dabei.
Er war erst vier.
Wir sind bis ganz nach oben gestiegen,
und ich hab versucht, sie dazu zu bringen, es zu sehen
zu schauen
aufzuhören.
Nur für einen Moment.«

Er verstummt, und ich kann fast seinen Körper spüren, als wäre er eine Maschine, die heiß läuft und kurz davor ist, zu explodieren.

»Ist okay«, flüstere ich.

»Sie … sie ist dort oben rumgetorkelt.
Hat getanzt und sich im Kreis gedreht und
irgendwas von Blumen gesungen.
Ich hab versucht, sie zu beruhigen, aber –«
Die Worte schmecken wie Säure.
»Plötzlich hat sie
Jonah
gepackt
und hat ihn
über den Rand der Brüstung
RAUS
gehalten.«

Mein Magen krampft sich zusammen, und ich bin froh, dass Rowan sich wieder zur Seite dreht, um noch mal nach seinem kleinen Bruder zu schauen, der seinen Freund gerade lachend und kreischend um den Baum jagt.

Sein Atem geht stoßweise.

»Ich …
Sie hat gelächelt.
Hat gelächelt, während sie ihn so hielt.
Und sein Blick war so …
fassungslos.«

Seine Stimme bricht, und ich berühre den Bildschirm, als könnte er es spüren.

Ich ziehe die Nase hoch.
»Jedenfalls.
Ich hab sie so angeschrien, wie
Dad es immer gemacht hat, bevor er gegangen ist.
Ich hab Jonah gepackt, ihn ihr weggenommen und
sie danach nicht mehr in seine Nähe gelassen.
Noch nicht mal, als wir wieder zu Hause waren.
Danach hat sie noch mehr getrunken.
Und irgendwann
ist sie verschwunden.«

»Das tut mir so leid«, sage ich leise.

Ich starre auf meine Schuhe und nicke.
»Ich dachte, ich könnte
sie beschützen.
Aber ich hab es nicht geschafft.«

»Du warst doch selbst noch ein Kind. Es hätte andersherum sein sollen.«

Jonahs Lachen sticht durch die Lautsprecher.

»Glaubst du, dass er sich daran erinnern kann?«

Ich zucke mit den Achseln.
»Ich weiß nicht …
Ich kann nicht mit ihm darüber reden.
Aber an irgendwas muss er sich erinnern können,

sonst würde er nicht ständig dort hochwollen.
Er nennt es ›Die Blumen gucken gehen‹.
Aber das kann ich nicht machen.
Ich muss ihn beschützen –
vor allem davor.«

Ich seufze, lang und leise.

»Kannst du deine Hände ineinanderlegen?«

Ich starre in die Ferne,
zu dem Turm, der fast
alles zerstört hätte.
»Hm?«

»Leg deine Hände ineinander.«

Ich verschränke die Hände so,
dass sie sich gegenseitig umschließen.
Wie zum Gebet.
»Warum?«

»Weil«, sage ich sanft, »ich gerade wahnsinnig gern deine Hand halten würde, aber das kann ich nicht, also musst du es selbst machen.«

Und sie schafft es schon wieder.
Bringt Licht an den dunkelsten Ort.
»Ich hab ihr nicht helfen können«, flüstere ich.
»Ich hab versagt.«

Ich drücke fest meine eigenen Hände ineinander.

»Du hast so schöne Dinge getan, Rowan. Von Versagen kann keine Rede sein. Wesley hat viel von dir gehalten. Das hat meine Mum mir erzählt. Er hat in dir etwas Besonderes gesehen. Jemanden, der viel erreichen könnte.«

Ich lache.
»Für Mr Cooper ist
jeder was Besonderes gewesen.
Egal, wie scheiße ein Bild war, er hat es aufgehängt,
als hätte es eine Auszeichnung verdient.«

»Vielleicht. Aber er hat zu meiner Mum gesagt, dass du anders bist. Dass aus dir wirklich was werden könnte.«

Ich schlucke.
»Das war bestimmt nett gemeint von ihm,
aber da hat er leider nicht gewusst, wovon er redet.«

Ich senke die Stimme zu einem Flüstern, damit ich ihn nicht verscheuche und er wieder offline geht. Wie beim letzten Mal.

»Ich kann es auch sehen.«

»Du kannst in allem was Gutes sehen.«
Ich starre wieder zum Glockenturm,
der in der Ferne die Wolken durchschneidet.
»Ich muss mich um andere Sachen kümmern.
Um Heizkostenrechnungen und
um Jobs und

um einen anderen Menschen,
für den ich verantwortlich bin.«

»Aber was ist mit dir? Gibt es nicht auch was, das du nur für dich ganz allein willst?«

Klar
gibt es da was.
Natürlich.
»Doch.
Gibt es.«

»Dann hol es dir! Ich weiß, ich bin dir neulich zu nahe getreten, das wollte ich nicht, und ich will es auch jetzt nicht, aber es gibt so viele Möglichkeiten, die du nutzen könntest, um zu malen, Rowan. Du könntest in deiner freien Zeit von zu Hause aus Unterricht nehmen. Oder aufs College gehen, sobald …«

»Nein. Das meinte ich nicht.«
Wo sollte ich überhaupt das Geld dafür hernehmen?
»Ich meinte …«
Und das fühlt sich irgendwie an wie
SPRINGEN,
ohne zu wissen, ob sie überhaupt ein Netz hat.
»Ich meinte –
ich will –
dich,
Alice.«

»Ich …«

Oh. Meine Brust scheint sich in einen Wasserspeier verwandelt zu haben, der mein Inneres aus mir herausspült.

Mich. Er will mich.

Schweigen ist nicht Gold.
»Versteh mich nicht falsch.
Ich streame gern für dich. Wirklich.
Aber –
ich weiß nicht, Alice –
willst du nicht mehr?
Willst du nicht hier sein?
Im echten Leben?«

Doch doch doch.

Es gibt nichts, was ich mehr will. Aber das geht nicht, oder?

Das ist nicht mein echtes Leben.

»Ich …«

Jonah kommt zu mir
GESTÜRZT.

Ich sehe nur noch strohblonde Haare.

»Rowan! Rowan! Benji hat Beeren von dem Baum gegessen und jetzt tut ihm der Bauch weh.«

Oh, verdammt.
Ich stehe auf und schaue zu Benji. Er
UMKLAMMERT

seinen Bauch.
(Spitzentiming, Kumpel.)
»Alice. Sorry, ich muss …«

»Natürlich!«, sage ich.

Vor Erleichterung spüre ich ein Kribbeln.

»Ich muss seine Mutter anrufen …«
Ich will die Verbindung nicht beenden.
Ich will das machen, was Alice gesagt hat.
Etwas nur für mich haben.
Meine Worte hängen wie Gewichte von meinen Knochen.
Aber wer weiß, was das für Beeren waren.
»Tut mir echt leid.«

Rowan hat den Stream beendet.

54
Alice

Er will mich.

Er will. Mich.

In meinem Traum gleiten wir schwerelos zusammen durch Blau. Er schwebt nur ein paar Zentimeter über mir – so nah, dass ich das Wasser wie elektrischen Strom zwischen uns spüren kann.

Seine Augen sind wie dunkle Ozeane und sie sehen mich an. Mich allein. Er lächelt – nur ein bisschen, nur so, dass in seiner rechten Wange die Andeutung eines Grübchens erscheint. Und seine Haare umfließen ihn wie Meeresalgen.

Er bewegt ganz leicht die Augen, und ich spüre, wie sein Blick über meine Lippen, meine Wangen, meine Schultern streift. Und alles ist großartig. Perfekt. Fast unmöglich. Bis ich plötzlich das Gefühl habe, zu verhungern, und die Hand ausstrecke.

Er jagt davon, benutzt seine Glieder wie kräftige Flossen. Er lächelt mich immer noch an, und diesmal fordert er mich auf, mit ihm zu kommen. Nach oben, dorthin, wo die Wellen brechen. Seine Beine stoßen sich ab, seine Arme pflügen durch das Wasser wie ein Messer durch Butter und er schießt torpedoartig Richtung Oberfläche.

Ich strample auch mit den Beinen. Rudere mit den Armen und verrenke meinen Körper. Aber statt mit ihm nach oben zu kommen, sinke ich. Tiefer und tiefer.

Er durchstößt keuchend die Oberfläche über mir. Ich strecke die Hand aus. Versuche, nach ihm zu rufen. Und verschwinde in schwarzem Nichts.

55
Alice

Als ich aufwache, fühle ich mich so erschöpft, als wäre ich tatsächlich geschwommen.

Dad bringt mir Frühstück, und während ich esse, liest er mir aus der Zeitung vor und stibitzt Wurst von meinem Teller.

Mein Handy plingt. Ich ignoriere es.

Dad schaut auf. »Willst du nicht nachsehen, wer es ist?«

Ich schüttle den Kopf und deute mit dem Kinn auf die Zeitung. »Lies weiter.«

Er fährt mit dem Artikel fort, in dem es um neue Verwendungsmöglichkeiten für Pferdemist geht, und mein Handy plingt noch mal. Und noch mal.

Er legt die Zeitung hin. Und greift nach meinem Handy.

Ich beuge mich hektisch zu ihm vor. »Dad!«

Er wedelt meine Hände weg. »Rowan, hm? Das ist dein Schule schwänzender, halbstarker Streamer-Freund, oder? Was hat er angestellt, dass du nicht gut auf ihn zu sprechen bist?«

Ich zerre ihm mein Telefon aus der Hand und schiebe es unter mein Kissen neben den Glitzerstern.

»Das nennt man Privatsphäre, Dad.«

Ich spüre, wie ich rot werde, und Dad lächelt und steckt sich ein Stückchen Avocado in den Mund. »Ah, verstehe.

Du bist sogar *sehr* gut auf ihn zu sprechen! Tja, tja, meine kleine Alice hat's erwischt.«

Ich schnappe mir ein Kissen und presse es mir aufs Gesicht. »Oh mein Gott.«

Er stupst mein Bein an. »Wir haben noch nie über … du weißt schon … geredet, oder? Die Sache mit den Vögeln und Bienen. Also wenn zwei Menschen sich lieben, Alice, und sich einig darüber sind und sich angemessen Zeit gelassen haben –«

Ich schlage mit dem Kissen nach ihm und befördere dabei mein Frühstück auf den Boden. Er lacht und duckt sich weg. »Spoons! Spoons!«, ruft er.

»Dann. Sei. Still«, sage ich mit jedem Schlag.

Er hält die Hände hoch und ich höre auf. »Jetzt schau dir den Teppich an«, sagt er, klaubt ein Stückchen Ei auf und zögert nur eine Millisekunde, bevor er es in seinem Mund verschwinden lässt.

Ich verziehe das Gesicht. »Das war's. Du hast bei mir Hausverbot. Deine Privilegien sind hiermit aufgehoben.« Er setzt zu einem Einwand an und ich zeige zur Tür. »Raus.«

Er greift nach der Zeitung und schlurft aus dem Zimmer. Und als ich denke, dass die Sache damit durch ist, dreht er sich in der Tür noch einmal um und setzt ein ernstes Gesicht auf. »Damit ist wirklich nicht zu spaßen, Alice. Wie man sich schützt, ist ein unglaublich wichtiges Thema. Und diese Antivirus-Software auf deinem Laptop ist längst nicht mehr up to …«

Ich schleudere das Kissen Richtung Tür und er verzieht sich.

Mit Dad kabbeln = 3 Spoons

Während ich keuchend wieder zu Atem komme, schwimmt Manta beunruhigt in seinem Aquarium im Kreis.

»Alles okay«, sage ich zu ihm. »Das war bloß einer von Dads albernen Anfällen.«

Aber mein Handy brennt unter meinem Kissen. Ich ziehe es hervor und sehe, dass ich drei Nachrichten habe, die alle von Rowan sind.

Benji geht's gut – die Beeren waren nicht giftig, nur nicht zum menschlichen Verzehr geeignet.

Seine Mum hat noch nicht mal versucht, mich umzubringen. Ein neues Leben beginnt.

Hast du Lust, es morgen mit mir zu verbringen?

Ja. Ja. Ja, habe ich.

Aber ich habe auch Angst. Weil, was ist, wenn er wieder davon anfängt, dass wir uns treffen sollen? Dass ich mit ihm auf einer Bank sitzen und seine Hand halten soll. Mich vielleicht an ihn lehnen, wenn er noch einmal sagt, dass er mich will.

Wie sollte ich jemals Nein dazu sagen können, als hätte ich tatsächlich eine Wahl?

Mein Daumen schwebt über meinem Handy.

Ja! Nimmst du mich in den Unterricht mit? Ich würde gern sehen, was der Fangschreckenkrebs und der Schlammspringer als Nächstes machen.

Ich glaube, das genügt. Um ihm zu zeigen, dass ich mit ihm zusammen sein will. Aber an einem Ort, an dem er nicht zu viele Fragen stellen kann. Wo er mich nicht bitten kann, zu ihm zu kommen.

Dann bis morgen.

56
Rowan

Und jetzt laufe ich den Metallzaun entlang, der die Grundschule von der weiterführenden Schule trennt, und mein Blick gleitet zwischen den Gitterstäben hindurch, um unter den Kindern auf der anderen Seite nach einem blonden Haarschopf Ausschau zu halten. Sie kreischen wie in einem Katastrophenfilm.

Ich sehe, wie der Punkt neben ihrem Namen
grün wird.
»Hi, Alice«, sage ich leise.

In mir drin purzelt alles durcheinander. »Hi.«

Ein paar Schritte vor ihm laufen Fran und Charlie, die heute identische violette Arbeitsoveralls tragen und sich über irgendwas streiten.

»Wohin gehen wir?«

»Bloß was zu Mittag essen.
Charlie will mir vorher nur noch schnell irgendwas zeigen.
Dauert nicht lange.
Ist das okay?«

Fran schaut über die Schulter zurück, und Rowan hustet, damit es nicht so aussieht, als hätte er mit sich selbst geredet.

Und ja – es ist okay. So lange seine Freunde in der Nähe sind, kann er nicht mit mir sprechen. Mir Fragen stellen, auf die ich nicht antworten kann.

Wir biegen um eine Ecke, wechseln durch ein kleines Tor auf das Gelände der Grundschule und steuern auf eine alte, von bröckelndem Backstein eingefasste Feuertür zu.

Rowan bleibt abrupt stehen.

»Nein«, sage ich zu Fran,
die herumwirbelt und schon angefangen hat,
die Augen zu verdrehen.

Ich kann Rowans Hände sehen, die zu Fäusten geballt sind, und förmlich hören, wie ihm das Herz aus der Brust springt.

Charlie schaut sich um und holt eine lange Brechstange aus seinem Rucksack.

»Oh«, flüstere ich. Ich kenne Brechstangen nur aus Filmen. Ich dachte sogar, dass sie erfunden sind – ein Fantasiewerkzeug, mit dem Zeichentrickfiguren sich Zugang zu Schatzkisten verschaffen.

»Komm schon, Ro«, sagt Fran und ihr Blick wird weicher. »Das haben wir früher so oft gemacht, weißt du nicht mehr? Sind nach der Anwesenheitsprüfung abgehauen, haben da oben gepicknickt und waren super drauf?« Sie wedelt mit einem Sandwich. »Es ist ewig her, seit wir das letzte Mal was zusammen gemacht haben. Du fehlst uns.«

Ich kriege keine Luft.
Fran schaut auf die Feuertür, und was sie sieht,
ist ein Wurmloch in die Vergangenheit.
Und ich vermisse es. Tue ich wirklich.
Ich vermisse es, Charlie als Kissen zu benutzen.
Ich vermisse es, mich mit Fran über Tags zu streiten.
Ich vermisse es, super drauf zu sein und
mir um nichts Gedanken zu machen.
Aber das ist nicht mehr das, was ich sehe.
Jetzt sehe ich …

Rowan schaut hoch und mein Blick kippt mit ihm nach hinten, folgt dem kaputten Backstein, der in den Himmel emporschnellt und verschwindet.

Ich hole keuchend Luft. »Der Glockenturm?«

Ich habe ihn noch nie von so nahe gesehen. So nah, dass ich sehen kann, wo der Lack an der Tür abgeblättert ist. Wie sehr sich der Rost ins Metall gefressen hat.

Charlie hämmert mit der Brechstange auf die Steine ein,
bis sie bröckeln und er mit der Stange Halt findet, und
stemmt die Tür auf.
Quietschend gibt sie ein Stück nach.

»Yay!«, sagt Fran, als wäre sie überrascht, dass es tatsächlich geklappt hat, und hilft Charlie, die Tür ganz aufzustemmen. Aus den Backsteinen brechen weiter kleine Stücke heraus und Rowan tritt ein paar Schritte zurück.

Fran lacht. »Ich glaube, du hast die Tür geschrottet, Charlie.«

Charlie zieht an der Metallklinke und
lacht, als sie plötzlich mit einem Ruck abgeht,
er das Ding in der Hand hält und die Tür aufschwingt
wie ein Maul, das aufgerissen wird.
Er sieht mich an.

»Schenk ich dir, Ro. Als Andenken.« Charlie wirft Rowan die nutzlos gewordene Klinke zu, aber dieser versucht nicht, sie zu fangen. Sie schlittert laut über den Asphalt.

Ich räuspere mich.
»Lasst mal«, sage ich.
»Ihr wollt bestimmt sowieso
ein bisschen für euch sein.«

Er dreht sich um, und ich höre, wie Fran ihm hinterherruft.

»Jetzt sei nicht so! Komm schon, wir machen überhaupt nichts mehr zusammen. Das hier ist der Glockenturm, Rowan!«

Aber genau das ist das Problem. Es ist der Glockenturm – der Ort, den Rowan wahrscheinlich jedes Mal, wenn er die Augen schließt, vor sich sieht. Der Ort, an den er seine Mum und Jonah mitgenommen hat.

Der Ort, der ihn beinahe alles gekostet hätte.

»Du hast dich total verändert!«, ruft Fran mir nach.
Ich ignoriere sie.
Laufe den Weg zur Schulmensa zurück,
wo der Lärm meinen Herzschlag beruhigen kann.

»Bist du okay?«, flüstere ich ihm zu.

Ich ziehe die Tür zur Mensa auf,
nehme mir ein Tablett und ein Sandwich von der Theke.
»Alles okay. Tut mir leid wegen eben.
Wir sind früher ständig auf den Turm hoch.
Sie wissen nicht, was dort passiert ist, deswegen …«
Ich atme einmal tief durch.
»Lass uns einfach zu Mittag essen, ja?«

Er zeigt der Mensamitarbeiterin eine Karte und wird in den Speiseraum durchgewunken. Und –

Überall drängen sich Jugendliche – mehr als ich jemals auf einem Haufen gesehen habe – an Tischen und fläzen auf Stühlen. Manche essen aus alten Take-away-Plastikdosen, andere knabbern an Sandwiches herum, wie Rowan eins hat. Manche tragen von Kopf bis Fuß Schwarz, andere viel zu große, bunt gemusterte Sweatshirts.

Alle reden. Lachen. Klauen sich gegenseitig Pommes vom Teller und zeigen sich auf ihren Handys Videos.

Ich steuere auf einen freien Tisch in einer Ecke zu,
wo ich meine Gedanken sortieren kann.

Ich würde gern mehr darüber wissen, was er früher mit Fran und Charlie gemacht hat. Würde ihn gern fragen, warum er ihnen nichts mehr erzählt, warum er ihnen nicht sagt, was auf dem Glockenturm passiert ist. Mit Jonah.

Aber wenn wir allein sind, fängt er vielleicht auch an, mir Fragen zu stellen.

»Stopp!«, rufe ich und höre das Blut in meinen Ohren rauschen. »Ähm … warte … ich … Kannst du dich bitte zu jemandem dazusetzen?«

Ich bleibe so abrupt stehen, dass ein Mädchen neben mir
sich an ihrem Milchshake verschluckt.
»Zu wem?«, raune ich leise aus dem Mundwinkel.

Zu wem zu wem zu wem?

Ich umklammere mein Kissen und spüre die Ränder des pinken Sterns, der darunter begraben ist.

»Cecelia«, sage ich. »Cecelia Adebayo. Sie ist … in meiner Stufe. Eine unter dir, glaube ich.«

Ich drehe mich auf der Stelle im Kreis.
»Der Name sagt mir nichts.
Wie sieht sie aus?«

Ich suche die Menge nach ihrem Gesicht ab, während er sich dreht.

»Dunkle Haare – lange Braids. Sie trägt meistens Glitzernagellack. Sie ist beliebt, sitzt also wahrscheinlich mit einer ganzen Gruppe von Leuten zusammen – vielleicht mit dem Kletterklub?«

»Kletterklub?
Glaube nicht, dass wir so was hier haben.
Bist du sicher, dass sie hier auf die Schule geht?«

»Ja, ich –«

Und dann sehe ich sie. Ganz hinten, in einer Ecke. Und in mir drin zieht sich alles zusammen, weil – sie ist es – sie ist es, und gleichzeitig sieht sie überhaupt nicht aus wie Cecelia.

Sie sitzt allein an einem Tisch. Den Kopf gesenkt, aber den Blick in den Raum gerichtet, verschlingt sie ein Sandwich, als könnte sie es nicht schnell genug essen. Und sie lächelt nicht oder lacht oder bewirft ihre vielen Freunde mit Pommes.

Es ist, als würde ich eine völlige andere Person sehen, die in der Haut von jemandem steckt, den ich so gut kenne wie mich selbst.

»Da drüben«, sage ich. »In der Ecke, mit den lila Braids.«

Ich gehe rüber.
»Bist du sicher, dass du dieses Mädchen kennst?
Nicht dass ich mich zu ihr setze und
wie ein Spinner rüberkomme?«

»Nein, du darfst ihr nicht sagen, dass ich hier bin. Am besten du versteckst die Kamera. Lass mich nicht auffliegen.«

Seufzend stelle ich kurz mein Tablett
auf dem Tisch neben mir ab
und ziehe den Reißverschluss von meinem Hoodie über ihr zu.
»So kannst du allerdings auch nichts mehr sehen.«

Ich bin in Grau versunken. »Hören kann ich trotzdem noch. Los! Setz dich zu ihr.«

Ich habe keine Ahnung,
WARUM
ich das hier tue.
Ich ziehe einen Stuhl heran
und das Mädchen mit den lila Braids
schaut mich an wie ein
erschrockenes Kaninchen.
»Ähm … kann ich mich hier hinsetzen?«

Ich verstehe ihre Antwort nicht, aber sie muss Ja gesagt haben, weil ich höre, wie er einen Stuhl zurechtrückt und sein Tablett auf dem Tisch abstellt.

»Was passiert?«, flüstere ich.

Ich verdrehe die Augen.
Ich rede garantiert nicht mit mir selbst,
während ich mit irgendeinem Mädchen am Tisch sitze,
das offenbar keiner kennt.

Schweigen. Alles, was ich höre, ist, wie er sein Sandwich auswickelt. Das Knacken eines Flaschendeckels.

Aber keine Cecelia. Nichts, woran man merken könnte, dass sie überhaupt da ist.

»Frag sie was! Frag sie, ob sie heute im Klettertraining war.«

Damit komme ich zumindest weniger wie ein Stalker rüber.
Ich räuspere mich.
»Also … ähm … ich hab gehört,
dass es hier einen Kletterklub gibt?«

Ihre lila Braids schnellen hoch.
Sie wirft einen Blick über die Schulter,
als würde sie mit einer Verarsche rechnen.

»Ja. Und?«

Sie ist es. Es ist ihre Stimme. Und sie spricht mit Rowan. Schaut ihn an, während er sein Sandwich isst.

Und ich hätte noch nie so gern mit am Tisch gesessen.

»Nichts … ist einfach eine coole Sache.«
Sie sieht immer noch erschrocken aus, und ich
kann es ihr ehrlich gesagt nicht verübeln.
Ich seufze.
»Du kennst Alice, oder?«

Mein Blut verwandelt sich in Beton. »Kein Wort über mich!«, zische ich.

Das Mädchen mit den lila Braids
erdolcht mich
mit Blicken.

»Wer auch immer dich dazu angestiftet hat – es ist nicht witzig, okay? Und jetzt verpiss dich und lass mich in Ruhe essen.«

Ich hebe beschwichtigend die Hände.
»Mich hat niemand angestiftet.«
Ich höre, wie Alice keuchend die Luft einzieht.
»Okay … doch, das war Alice.

Aber aus irgendeinem Grund will sie nicht,
dass ich sie dir gegenüber erwähne.«

Die letzten beiden Sätze sagt er lauter, um sicherzugehen, dass ich ihn hören kann.

Ich kann ihn hören. Ich kann jedes Wort hören, als würde das alles in meinem eigenen Kopf geschehen. Wie ein Albtraum.

»Alice hat – was? Sie kann doch gar nicht …« Cecelia verstummt.

Ihr Blick wandert zu der
kleinen Ausbuchtung unter meinem Hoodie.
Dann schüttelt sie den Kopf.

»Ernsthaft, Alice?«

Mein Name. Sie hat meinen Namen gesagt.

Und ich bin nicht sicher, ob ich will, dass Rowan den Reißverschluss seines Hoodies aufzieht und mich rauslässt, oder lieber möchte, dass er nach seinem Tablett greift und das Weite sucht. Aber dann höre ich Stuhlbeine über den Boden kratzen.

Das Mädchen mit den lila Braids beugt sich vor
und deutet mit dem Finger auf mich.
Ich schrumpfe zusammen.

»Du … wer immer du bist. Ich schwöre – wenn du ihr auch nur einen Hoden von dir zeigst, dann finde ich dich und hack ihn dir ab. Verlass dich drauf.«

Heilige Scheiße.

Ich bin in zwei Hälften gesägt worden.

Die eine hüpft – schwebt – tanzt im Kreis, weil sie auf ihre schroffe und einschüchternde Art gezeigt hat, dass ich ihr insgeheim immer noch wichtig bin. Die andere schrumpft mit Rowan vor Verlegenheit in sich zusammen.

»Ähm …«, krächze ich.
Sie nimmt den Rest ihres Sandwichs,
funkelt mich an, als wäre ich ein Perversling, und
marschiert davon.
Ich mache meinen Hoodie wieder auf.
»Tja … ist vielleicht besser,
wenn beim nächsten Mal
ich entscheide, was wir machen.«

Ich beiße mir auf die Unterlippe.

»Es tut mir leid. Ich bin total … Eigentlich ist sie der netteste Mensch auf der Welt. Sie ist nur –«

»Leicht überfürsorglich?
Alles klar. Ist angekommen.«
Ich atme tief durch.
»Hoffentlich hat es dir wenigstens irgendwas gebracht.«

Und ich kann nicht anders. Ich lächle. Weil ich Cecelia immer noch wichtig bin. So wichtig, dass sie einem absolut umwerfenden Jungen Gewalt angedroht hat.

Und das fühlt sich wie ein Funken Hoffnung an.

57
Alice

Ich höre mir einen alten Spice-Girls-Song an. Es ist eines von Mums Lieblingsliedern aus früheren Jahren.

Sie hat ihn angemacht, um den Lärm der Waschmaschine unten zu überdecken, und ihn dann aus Versehen weiterlaufen lassen, aber heute habe ich genügend Spoons dafür.

Musik hören = 1 Spoon

Das Stück steigt auf und ab, erinnert mich an Wesley und unsere Fahrten mit dem Rad. Aber als ich mich diesmal daran erinnere, taucht kein Auto aus dem Nichts auf und stoppt uns. Wir fahren einfach weiter, rollen von Bäumen bestandene Wege entlang, über Eisenbahnbrücken und auf Hügel.

Und ich muss dabei auch an Rowan denken. Stelle mir vor, wie er neben mir herradelt, weil er bei mir sein will.

Könnte ich ihm doch nur dasselbe sagen.

Ich schließe die Augen und lausche den Noten, die auf Bergspitzen, in Talsohlen und über endlose Landstraßen führen. Und erst, als ich ein seltsames Prickeln auf meinen Handrücken spüre, wird mir klar, dass mich jemand beobachtet.

»Cecelia!«

Ich lehne mich hastig vor und schalte die Musik aus, mühe mich in eine sitzende Position und versuche, mir die Haare aus den Augen zu streichen.

Sie trägt ihre Schuluniform und umklammert mit einer Hand mein Bettgestell, als könnte sie sonst wegtreiben. Sie schaut mich an. Ich schaue sie an. Und dann fangen wir gleichzeitig an zu reden.

»Es sieht wirklich schlimmer aus, als –«

»Du musst mich für eine totale –«

Wir verstummen beide. Sie schaut zur Tür zurück, geht rüber und schließt sie, und ich versuche in der Zeit, meine schweißnassen Hände an der Bettdecke abzuwischen, ohne dass sie es mitbekommt.

Es ist komisch, sie am Fußende meines Betts stehen zu sehen. Sonst ist sie immer über das Gestell gesprungen und zu mir unter die Decke gekrochen. Sie öffnet und schließt ein paarmal den Mund und hat fast Ähnlichkeit mit Manta, der neben ihr durch sein Aquarium schwimmt.

Schließlich sagt sie: »Ich hab nichts davon gewusst. Von deiner KRANKHEIT.«

Automatisch lache ich ihre Worte weg, aber dann höre ich auf zu lachen. Ich höre auf zu lügen. Es ist Zeit, dass sie mich sieht.

»Doch, hast du.«

Ihre Augen weiten sich und sie tritt einen Schritt näher. »Nein, ich hab es ehrlich nicht gewusst, Al. Dir schien es immer gut zu gehen, wenn ich gekommen bin, und du hast ständig von Taekwondo geredet. Ich meine, okay, ja, ich wusste, dass es dir nicht so richtig super geht, aber mir war nicht klar … mir war nicht klar, wie schlimm es ist.«

»Es ist nicht schlimm«, sage ich schnell. »Ich bin glücklich.«

»Ich wollte damit nicht sagen, dass du nicht *glücklich* sein könntest, sondern …« Sie schaut mich seufzend an. Schaut mich wirklich an. »Was ich sagen will, ist, dass es mir leidtut. Dass ich wenigstens eine Minute lang mal nicht um mich kreisen und wirklich hätte zuhören sollen. Wenn ich das gewusst hätte, hätte ich dich nicht gefragt …«

Ich knibble an meinen Nägeln. »Es hat mir nichts ausgemacht, dass du mich gefragt hast. Es ist schön, eingeladen zu werden. Es ist nur so, dass ich … dass ich es nicht kann …«

Sie setzt sich aufs Bett. »Ich weiß.«

Ich schüttle den Kopf. »Ich muss es einmal sagen.« Ich hole tief Luft. »Es tut mir leid, dass ich nicht zu deiner Geburtstagsparty kommen konnte, Cecelia. Ich hatte … ich hatte einfach nicht genügend Spoons dafür.«

Sie lacht, und ich sehe, dass sie gleichzeitig weint. »Es war bloß eine Party. Und ist außerdem schon Wochen her.«

Ich greife nach ihren Händen. »Ich hätte es dir damals sagen sollen. Ich hab es vor dir geheim gehalten.«

Sie klettert zur mir ins Bett und ich rieche grünen Tee und Kletterwände und Leben und will es mit aller Kraft festhalten.

»Du bist so blöd. Du musst nichts vor mir geheim halten, egal, worum es geht. Du hättest es mir einfach sagen können. Ich hätte es verstanden.«

Ich sehe sie an. »So wie du verheimlicht hast, dass du in der Mittagspause allein sitzt?«

Sie zuckt zusammen. »Tja, na ja. Vielleicht gibt es ein paar Sachen, bei denen ich auch nicht ganz ehrlich war. Die anderen in der Schule sind Arschlöcher, Al. Ernsthaft. Kein Einziger von diesen Losern ist zu meiner Geburtstagsparty gekommen.« Sie hebt den Kopf. »Manchmal komme ich mir so unsichtbar vor, dass es einfacher ist, so zu tun, als …«

Ich nicke. »So zu tun, als wäre alles anders? Damit ich dich nicht auch im Stich lasse.« Jetzt bin ich diejenige, die weint. »Aber das hab ich!«

»Oh Mann.« Sie wischt mir die Tränen von den Augen und gräbt mir dabei ihre Nägel in die Brauen. »Ich hab dich im Stich gelassen, nicht umgekehrt. Und ich bin nur abgehauen, weil ich mich mies gefühlt hab. Total erwachsen, ich weiß, aber als ich gesehen hab, wie krank du bist … Mir ist wohl klar geworden, wie beschissen es von mir war, nicht zu checken, dass meine BFF *KRANK* ist. Dass sie nicht bloß ein bisschen in den Seilen hängt. Dass sie nicht bloß einen kräftigen Schubs braucht, um wieder vor die Tür zu gehen. Sondern dass sie *KRANK* ist.« Sie hört auf, mir übers Gesicht zu reiben. »Ich weiß noch nicht mal, was das für eine Krankheit ist, die du hast!«

Ich lache. »Da bist du nicht die Einzige.«

Sie flucht wieder und zieht die Decke über uns, sodass wir von Dunkelheit umhüllt sind. Und ich höre, wie sie atmet und wie ich atme, und wir tun es im selben Takt.

»Okay. Was hältst du davon, mir jetzt alles zu erzählen, was du darüber weißt? Und mir zu sagen, was ich – als deine Freundin und dein Universallieblingsmensch – machen kann, um dir zu helfen?«

Also erzähle ich es ihr.

Ich erkläre ihr das mit den Spoons, und was es bedeutet, wenn ich zu viele verbrauche.

Ich erzähle ihr von den Arztterminen und dem neuen Medikament, das ich nehme.

Ich erkläre ihr, warum ich keine Pop-Tarts essen, nicht allein die Treppe runter oder auf Geburtstagspartys gehen kann. Und ich erzähle ihr, dass ich mir an einem Tag vielleicht eine komplette CD anhören kann und am nächsten noch nicht mal den Klang meiner eigenen Stimme ertrage. Und dass es schier unmöglich ist, die KRANKHEIT zu beschreiben, weil sie sich an keine einzige Regel hält.

»Kannst du wieder gesund werden?«, flüstert sie.

Und mein Herz. Pocht. »Ich weiß es nicht«, sage ich.

Und das ist die Wahrheit. Endlich.

Cecelia schlingt die Arme um mich. »Was kann ich tun? Sag's mir und ich tu's. Ich hätte da wahrscheinlich eine Niere übrig, hab an meinem Geburtstag aber ganz schön viel Bier getrunken, wegen diesem schrecklichen Schreiduell mit dir.«

Ich lache und erwidere ihre Umarmung. »Du kannst das hier tun.«

»Dich mit deiner Decke ersticken?«

»Nein!«, lache ich und nehme ihre Hände in meine. »Du. Ich. Das hier. Und ehrlich zu mir sein – wenn es in der Schule mies läuft. Ich bin nämlich auch für dich da.«

Diesmal macht sie keine Witze. Sie sieht MICH. Und sie ist hier. Und das. Das ist alles, was ich brauche.

Sie schnieft leise. »Übrigens … bilde dir bloß nicht ein, ich hätte den Jungen in der Mensa vergessen, der mich in deinem Auftrag gestalkt hat.«

Ich ziehe sie an mich und versuche sehr angestrengt, nicht zu lächeln. »Pscht«, sage ich. »Du machst den Moment kaputt.«

58
Alice

Am späten Nachmittag bekomme ich eine Nachricht von Rowan.

Sehen wir uns morgen? x

Ich betrachte den Kuss am Ende der Nachricht. Es ist nur ein kleiner Buchstabe und Cecelia tippt sie reihenweise ans Ende ihrer Nachrichten, aber dieser hier fühlt sich anders an. Als wäre er aus dem Display meines Handys gesprungen und hätte sich direkt in mein Herz eingestempelt.

Sich in einen Kuss in einer Textnachricht reinsteigern = 1 Spoon

Ich tippe eine Antwort und lösche sie dann wieder. »Sehen« könnte einfach bedeuten, dass wir uns wieder auf Stream Cast treffen, auf dieselbe Art, wie wir uns vor dem Aquatic Centre getroffen haben. Aber es könnte auch bedeuten, sich anzuziehen. Die Treppe hinunterzusteigen. Zu laufen und sich irgendwo zu unterhalten, wo die Welt um uns tost.

Ich will ihn sehen. Ich will wissen, wie er aussieht,

wenn er sagt, dass er mich will. Aber das bedeutet, dass ich ihm sagen muss, wer dieses »Ich« wirklich ist.

Jemand, der keine Treppen steigen kann. Oder irgendwohin gehen kann. Oder sich an einem hektischen Ort unterhalten kann. Würde er mich dann immer noch wollen?

Als ich nach dem Abendessen mit Mum einen Film schaue, fängt der Bildschirm an zu flimmern. Ich blende es aus und blende es aus, aber dann setzt der Schmerz ein. Direkt über meinem Auge. Ich seufze laut.

»Was ist los?«

»Nichts.« Ich drücke die Finger in den Schmerz und reibe so fest daran herum, dass er die Botschaft vielleicht versteht.

»Alice, wenn eine Migräne im Anflug ist, wird das nichts nützen.«

»Ich bin heute total sparsam mit meinen Spoons gewesen. Ich bin noch nicht mal aus dem Bett aufgestanden. Ich kapiere diese blöde …«

Mum schaltet den Film aus und umschließt meine Handgelenke. Ich sollte sie machen lassen. Ich sollte ihr sagen, dass es mir gut geht und unter Schmerzen lächeln. Aber mir wird schon wieder etwas weggenommen und ich würde die Welt am liebsten zu einem winzigen Ball zusammenknüllen und darauf herumtrampeln.

Ich befreie mich aus ihrem Griff und drehe mich weg.

»Tut mir leid, Schatz.«

Sie rollt sich aus dem Bett und bringt mir die Ich-Dämpfer-Tablette. Ich schüttle den Kopf, weil es sich anfühlt, als würde ich aufgeben, wenn ich sie nehme. Sie legt sie auf das Nachttischchen, stellt ein Glas Wasser dazu, macht das Licht aus und geht.

Ich sollte sie zurückrufen und ihr sagen, dass es mir leidtut und dass es mir gut geht. Aber der Schmerz wird schlimmer.

Ich starre auf die Tablette. Starre auf mein Handy. Und ich halte so lange durch, wie ich kann, so lange, bis sich die Ränder meines Ichs langsam auflösen. Dann greife ich nach beidem.

Ich blinzle vor Anstrengung, als ich antworte.

Muss morgen total viel erledigen! Melde mich aber, sobald ich kann x

Dann schalte ich das Handy aus und schlucke die Tablette mit dem Wasser, um dasselbe mit mir zu tun.

Aber ich hoffe, dass er den Kuss sieht, den ich ihm zurückgeschickt habe. Und ich hoffe, es ist genug, um ihm – trotz der Welt, die zwischen uns liegt – zu zeigen, dass ich ihn auch will.

59
Alice

Ich bin nicht richtig da. Aber Cecelia ist da.

Ich beobachte, wie sie ihr Geburtstagsgeschenk auspackt. Wie sie mir in dem Buch, das ich für sie gemacht habe, die Fotos zeigt, die ihr am besten gefallen. Wie sie mir einen Kuss in die Haare drückt.

Als mein Abendessen kommt, bleibt sie.

Sie schöpft mundgerechte Portionen Grünkohlbrei auf einen Löffel. Macht leise Flugzeuggeräusche. Bringt sie in meinem Mund zur Landung.

Ich versuche, sie anzulächeln. Sie sieht es. Es spornt sie an.

Sie reißt den Löffel herum.

Setzt damit zum Sturzflug an.

Lässt ihn einen Looping drehen.

Bekleckert mich mit Grünkohl. Sich selbst. Und meine Decke.

Und der Teil von mir, der dageblieben ist, muss lachen.

Muss so lachen, dass ich keine Luft mehr bekomme.

60
Alice

Ich bin wieder bei acht Spoons. Nicht genug, um den ganzen Tag auf Stream Cast zu verbringen, aber genügend, um mein Handy zu checken und zu schauen, ob Rowan geschrieben hat.

Wieder. Und wieder. Und Cecelia ertappt mich dabei, weil sie direkt nach der Schule vorbeigekommen ist.

Sie stibitzt mir das Handy und duckt sich weg, als ich versuche, es mir zurückzuholen.

»Cecelia, das ist mein Handy.«

»Klar ist es deins.«

Sie entsperrt es. Ich muss wirklich dringend meine PIN ändern.

»Nichts«, sagt sie enttäuscht und schiebt dann hinterher: »Wenn du dir weiter mein Gesicht angucken willst, kannst du mich auch einfach in echt anschauen. Ich bin nämlich direkt vor dir und sehe tausendmal besser aus als dieses blöde Foto auf deinem Lockscreen.«

Ich schnappe ihr das Handy wieder weg. »Ich mag das Foto.«

Aber sie hat recht. Keine Nachrichten von Rowan. Nicht mal eine ohne Küsse.

Cecelia verengt die Augen. »Kann es sein, dass du auf eine Nachricht wartest?«

»Nein«, sage ich eine Spur zu schnell und bringe mein Handy vor ihr in Sicherheit.

»Oh mein Gott. Du wartest *tatsächlich* auf eine Nachricht! Du schreibst dir mit jemandem und hast mir kein Wort davon erzählt!« Sie stupst mich in die Seite. »Redest bloß langweiligen Mist über Ärzte und verweigerst mir die wirklich aufregenden Informationen?« Ich schaue sie finster an und sie lächelt. »Sag schon, wer ist es? Oh! Ist es dieser Typ, den du neulich in der Mittagspause auf mich angesetzt hast? Ich hab ihm zwar gedroht, dabei aber die ganze Zeit gedacht, dass er ganz schön hot ist.«

Ich seufze. Sie sieht mich auf dieselbe Art an wie die Welpen, die Dad für mich ausgeliehen hatte.

»Okay«, sage ich. »Aber wenn ich es dir erzähle, musst du mir versprechen, dass du nicht durchdrehst und es sich dann auf einmal weird anfühlt, okay?«

Sie deutet einen Heiligenschein um ihren Kopf an. »Würde ich so was jemals tun?«

»Ja.«

Sie grinst.

Ich schließe die Augen. Atme einmal tief durch. Erinnere mich daran, beim Erzählen auf meine Spoons zu achten.

»Er heißt Rowan.«

Sie richtet sich ruckartig auf den Knien auf, schmeißt mich dabei fast aus dem Bett und klatscht mir mit der flachen Hand auf den Kopf.

»Hot Boy! Ich *wusste* es, ich *wusste* es!«

»Cecelia!«, rufe ich.

Mich von Cecelia losmachen = 1 Spoon

Sie setzt sich wieder und packt mich an den Schultern.

»Aber *wie*? Ich meine, wie ist es überhaupt dazu gekommen? Ich dachte, du würdest nie mit deinen Streamern reden, damit sie erst gar nicht auf die Idee kommen, dir eklige Pimmelfotos zu schicken?«

»Nicht deswegen«, stöhne ich. »Mum kennt ihn von der Schule. Er benutzt seine Handykamera und wir sind ins Gespräch gekommen ...«

Sie kreischt wieder los. »Hast du ihn getroffen?«

Ich schüttle den Kopf.

»Aber du würdest gern?«

Ich lasse den Blick über mein Bett wandern und zu dem Waschlappen auf der Heizung, mit dem ich mich vorhin gewaschen habe. »Aber ich kann nicht.«

Sie zuckt mit den Schultern. »Wo ist das Problem? Ich meine, okay, vielleicht kannst du nicht zum Park gehen oder dich sonst wo mit ihm treffen. Aber er kann doch bestimmt hierherkommen?«

»Nein. Nein, auf keinen Fall ... er darf das hier nicht sehen ...« Die Tabletten auf dem Nachttisch. Die Tapete, die sich in den Ecken löst. Die vier Wände, in denen ich lebe.

Cecelia sieht mich prüfend an. »Aber er weiß Bescheid, oder? Du hast ihm gesagt, dass du dich nicht irgendwo draußen mit ihm treffen kannst?«

Ich beiße mir auf die Lippe und sie knallt den Kopf ins Kissen.

»Oh. Mein. Gott. Al! Wieso bist du so besessen davon, es geheim zu halten?«

Ich setze mich auf. »Du verstehst das nicht. Er denkt, wir sind … gleich, und das ist … das ist …«

»Das ist fake.«

Ich will dagegenhalten. Aber dann lasse ich mich einfach wieder nach hinten unter die Decke sinken. Weil sie recht hat. Es ist fake. Er will mich, hat aber keine Ahnung, wer ich wirklich bin.

Ich ziehe mir die Decke über den Kopf, und sie schlüpft auch darunter, sodass wir wieder in unserer eigenen Welt sind.

»Okay, hör zu. Du bist nicht wie er. Du bist nicht wie ich. Du bist wie niemand sonst. Und du musst damit aufhören, das für etwas Schlechtes zu halten.« Sie schüttelt mich. »Du – bist – Alice! Und Alice ist ziemlich cool. Sie ist ziemlich witzig. Sie ist cute af. Und sie hat – du weißt schon – Pop-Tarts.«

Ich schnaube und sie lächelt. »Ich mein ja nur. Du scheinst diesen Typen echt zu mögen, so oft wie du heute schon dein Handy gecheckt hast. Warum gibst du ihm dann nicht die Chance, dich auch zu mögen? So wie du bist?«

Mein Herz schlägt viel zu schnell, und ich schlage die Decke zurück, um Luft zu bekommen.

»Ich weiß nicht …«

Sie beugt sich über mich. Schnappt sich mein Handy vom Nachttisch. Und ich schaue mit großen Augen zu, wie sie auf seinen Namen tippt, die letzten Nachrichten liest und dann eine Antwort schreibt.

Hey! Sorry, dass ich abgetaucht war. Hast du Mittwoch Zeit? Ich muss dir was sagen xxxxxxxxxx

Ich reiße ihr das Handy aus der Hand, um die Küsse zu stoppen, aber es ist zu spät. Sie hat schon auf Senden getippt.

Einen Nervenzusammenbruch wegen Rowan haben = 2 Spoons

Aber dann plingt mein Handy, und Cecelia reißt jubelnd die Arme hoch, obwohl sie noch gar nicht weiß, was er geantwortet hat.

Mittwoch. Freu mich xx

61
Alice

Es ist Sonntag und ich fühle mich ein bisschen einsam.

Das passiert nicht oft, aber Mum und Dad scheinen heute mit den Gedanken woanders zu sein. Und ich habe Geräusche vor meiner Tür gehört. Fluchen. Flüstern. Bohren. Weshalb ich überrascht bin, als Dad plötzlich neben meinem Bett auftaucht.

»Spoon Counting.«

Mein Herz macht einen Sprung, und ich schaue hastig auf mein Handy, aber es ist nicht Mittwoch. Ich habe es nicht verpasst. Ich habe Rowan nicht verpasst.

»Ist es jetzt offiziell, dass der Therapietafel-Abend nicht mehr mittwochs stattfindet?«

Und dann taucht plötzlich auch Cecelia auf. Ich zucke erschrocken zusammen.

»Am Mittwoch bist du doch verabredet, oder?«

Ich tue so, als würde ich mich von dem Schreck erholen, während ich gleichzeitig versuche, ihr einen warnenden Blick zuzuwerfen, ohne dass Dad es mitbekommt.

Er winkt ab. »Vor mir brauchst du nichts zu verstecken, Kleines. Ich weiß alles über dein heimliches Date mit diesem Halbstarken.«

Ich glaube, mir weicht alles Blut aus dem Kopf, und ich erdolche Cecelia mit Blicken. Die lacht.

Lacht.

»Er ist kein Halbstarker«, sage ich. »Und das ist *kein* Date. Und außerdem – seit wann hörst du überhaupt zu, wenn Cecelia was sagt?«

Dad stupst Cecelia mit dem Ellbogen an. »Seit sie mir Informationen liefert, die dafür sorgen, dass dein Gesicht solche Sachen macht.« Er sieht sie an. »Du hast recht, das war lustig.«

Mum steckt den Kopf ins Zimmer. »Was war lustig?«

»Nichts«, sagen wir alle gleichzeitig.

Sie runzelt die Stirn. »Sind deine Spoons schon gezählt worden?«

»Ich arbeite dran!« Dad dreht sich wieder zu mir. »Okay, bei wie viel stehen wir?«

Ich versuche schon den ganzen Tag, mich auszuruhen. Was nicht so einfach ist, wenn Cecelia mir Flausen in den Kopf setzt und Dad Dinge erzählt, die sie ihm auf keinen Fall erzählen sollte.

»So fünf, sechs vielleicht?«, sage ich.

Dad und Cecelia schauen Mum an, die in den Flur schaut, sich wieder zu uns dreht und nickt.

»Die Meisterin hat gesprochen«, sagt Dad und hebt mich ohne Vorwarnung aus dem Bett. Dabei rutscht mir eine Socke vom Fuß, und ich habe kaum Zeit, mich zu vergewissern, dass die Knöpfe an meinem Oberteil alle zu sind.

»Dad!«, rufe ich und klammere mich an ihm fest.

Aber Cecelia rast durch die Tür und mein Herz rast und verbraucht einen Spoon nach dem anderen, weil er mich wieder aus meinem Zimmer trägt. Raus aus den vier Wänden und auf den Flur hinaus.

»Gehen wir wieder nach unten?«, flüstere ich hoffnungsvoll.

»Besser.«

Er bringt mich in das kleine Gästezimmer.

Normalerweise würde ich nicht sagen, dass das hier besser ist, als nach draußen zu gehen, wo es Fledermäuse und Wind und Sonnenuntergänge und atmendes LEBEN gibt. Aber das Gästezimmer ist komplett umgestaltet worden, seit ich das letzte Mal hier war, und ich würde am liebsten von Dad runterspringen und zu Mum und Cecelia laufen, die auf dem Boden sitzen, wo früher immer der Wäscheständer gestanden hat, denn –

Der ganze Raum ist grün.

Die Wände sind mit kräftigem, leuchtend grünem Stoff verhängt, der mit Haken an der Decke befestigt ist und wie ein grasbewachsener Hügel über den Boden bis zum Fenster verläuft, wo Dad seinen Laptop und eine Webcam aufgebaut hat. Und in der Mitte sind alle möglichen Requisiten. Federboas, Schnorchelausrüstung, ein Astronautenhelm und noch ein Berg anderer Dinge, die ich nicht identifizieren kann.

»Was um alles in der Welt …«, sage ich, als Dad mich neben Mum und Cecelia absetzt.

»Wart's ab.« Mum zieht mir eine Tauchermaske mit Schnorchel an, die mir die Nase zusammenkneift.

»Aua! Habt ihr etwa vor, den Raum mit Wasser zu fluten? Das könnte teuer werden.«

Cecelia verdreht die Augen, während sie damit kämpft, einen Taucheranzug über ihre Klamotten zu zerren. »Mann, Al – sei nicht so ungeduldig.«

Dad fummelt an seinem Laptop herum, bis plötzlich ein großer Bildschirm anspringt, der vor der Heizung steht und mir erst jetzt auffällt. Ich kann mich selbst darin sehen, wie ich neben einer fluchenden Cecelia und Mum, die versucht, sich in einen grünen Morphsuit zu quetschen, auf einem leuchtend grünen Teppich liege.

Mir liegen tausend Fragen auf der Zunge, die sich aber alle in Luft auflösen, als Dad auf eine Taste drückt und der Bildschirm sich verändert.

Und plötzlich sitzen wir auf der Leinwand nicht mehr mitten im Gästezimmer, sondern treiben mitten durch ein gewaltiges, grenzenloses Meer.

»Oh – warte – was?«, flüstere ich und versuche zu dem Bildschirm hinüberzukriechen, um besser sehen zu können.

Aber das sind tatsächlich wir. Wir bewegen uns in Echtzeit. Nur dass ich auf dem Bildschirm nicht über den Teppich krieche, sondern durch Wasser tauche. Inmitten von silbernen Fischen, die mit ihren Schwanzflossen schnipsen, und Haien, die über uns kreisen. Als ich die Hand nach einem von ihnen ausstrecke, gleiten meine Finger einfach durch ihn hindurch.

»Das ist ein Greenscreen«, sagt Dad und schaut zu mir. »Du kannst in diesem Raum sein, wo immer du willst, Kleines.«

Ich blicke mich um. Zu Cecelia, die die Siegerfaust macht, weil sie es endlich in den Taucheranzug geschafft hat. Und zu Mum, die jetzt, wo sie ihren grünen Morphsuit anhat, auf dem Bildschirm nicht mehr zu sehen ist. Und mir fällt auf der ganzen Welt kein Ort ein, an dem ich lieber wäre.

Als Erstes – schwimmen wir. Mum stützt mich, während ich gleitende Bewegungen mache, und auf dem Bildschirm sieht es so aus, als würde ich tatsächlich schwerelos dahingleiten. Cecelia schiebt sich in Rückenlage über den Teppich und versucht, einen Hai zu boxen, bis ich »Hey, lass den armen Kerl in Ruhe« schreie.

Und dann – schweben wir durch den Weltraum. Cecelia macht Atemgeräusche wie Darth Vader und Dad zählt von seinem Platz hinter der Kamera aus alles auf, was an ihrer Darbietung nicht korrekt ist. Mum hilft mir, mich zu rollen, mich zu drehen und über der Welt zu schweben, wo Sterne glitzern und ein Asteroid an einem schwarzen Himmel explodiert.

Dann – sind wir auf einer Party. Stehen vor einer wogenden Masse aus Körpern, die sich zu Musik bewegen, die wir nicht hören können. Cecelia setzt uns Glitzerkrönchen auf, schlingt uns Federboas um und beschwert sich lautstark, dass wir keine Musik haben, bis Mum die Augen verdreht und anfängt, einen ihrer alten Songs zu singen.

Cecelia packt meine Handgelenke und lässt meine Arme für mich tanzen – wobei ich mich gut genug damit auskenne, um zu wissen, dass sie es nicht richtig macht. Und ich muss lachen – so sehr lachen, dass ich nur noch verschwommenes Grün, flirrende Luftschlangen und Mums strahlendes Lächeln sehe.

»Das ist unglaublich«, sage ich, als Cecelia mich loslässt.

Dad grinst. »Das war noch gar nichts.«

Er kramt in einer Kiste und zieht dann etwas heraus,

das entfernt Ähnlichkeit mit einer schwarzen Tauchermaske hat.

»Okay, Cecelia. Wenn du die hier kaputt machst, wirst du es für den Rest deines Lebens mit Pop-Tarts bezahlen, verstanden?«

Er zieht mir die Maske an und die Welt wird von Dunkelheit geschluckt.

»Wieso ich? Ich hab das Ding noch nicht mal an, sondern Alice!«

»Ja, aber Alice ist vernünftig«, sagt Mum und stülpt mir etwas über die Ohren, das sich nach Kopfhörern anfühlt.

»Nicht immer«, sage ich und denke daran, wie Rowan und ich in Tunnel eingebrochen sind und die Schule geschwänzt haben.

Cecelia schnaubt spöttisch und ich trete nach ihr.

»Okay?«, sagt Dad in mein Ohr.

»Ich glaube ... Aber ich bin nicht sicher –«

»Geduld!«, ruft Cecelia

Ich warte. Liege auf dem Boden mit einer schwarzen Maske, die mir in Stirn und Nase kneift, während ich um mich herum Geflüster höre. Ich denke an die Webcam, die sie aufgestellt haben, und frage mich, was für grauenhafte Sachen sie mit mir anstellen werden, als die Maske zum Leben erwacht.

»Oh!« Um mich herum breitet sich Licht aus. Ich blinzle. Und dann sehe ich eine Welt erblühen.

Ich bin zu allen Seiten – oben, unten, links, rechts – von Blumen umgeben.

Sie wiegen sich in einer Brise, die ich nicht spüren kann. Und recken ihre sich öffnenden Blütenkelche einer Sonne entgegen, die nicht bis zu mir zu dringen scheint. Und reichen so weit in die Ferne, wie ich sehen kann.

Ich schaue nach unten und mein Körper ist nicht mehr da. Ich habe ihn verlassen. Ich bestehe nur noch aus Augen, und als ich den Kopf drehe, wird noch mehr von der Welt sichtbar. Und in meinen Ohren höre ich Vögel zwitschern. Bienen summen. Wind, der durch die Bäume in der Ferne rauscht.

Ich strecke die Hände aus, bis ich Mums Hände fühle. Ich kann sie nicht sehen, aber ich kann sie fühlen. Sie ist da.

»Wie ist es?«, flüstert Cecelia aus dem Nichts.

Ich fahre herum. »Es ist ... als wäre ich wirklich hier.«

»Hab ich von einem Arbeitskollegen geliehen.« Dads Stimme taucht aus den Wolken auf. »Ein Virtual-Reality-Headset. Wenn's dir gefällt, können wir dir vielleicht eins zu deinem Geburtstag nächstes Jahr besorgen.«

Mum lacht. »Nicht, wenn du weiter ein Vermögen für Lachs ausgibst.«

Ich höre ein Klicken und die Welt verändert sich. Jetzt sitze ich in einer Art Grubenwagen auf einem Berggipfel, und in dieser Welt ist der Himmel blutrot und um mich herum spucken Vulkane Lava aus.

Ich lache. »Das hier ist nicht ganz so realistisch.«

»Dann probieren wir mal das hier ...«, sagt Dad.

Und plötzlich macht der Grubenwagen einen Satz nach vorn. Hastig strecke ich die andere Hand aus und klammere mich an Cecelias Schulter fest, während ich auf Gleisen den Berg hinunterrase, von links nach rechts geschleudert werde und den Kopf einziehe, als fliegende

Dinosaurier auf mich zustürzen. Ich schreie. Der Wagen wird immer schneller und schneller und vor mir kommt das Ende der Gleise in Sicht, und ich versuche mit den Füßen zu bremsen, aber weil ich nicht wirklich dort bin, trete ich ins Leere und falle langsam zwischen den Wolken hindurch.

Ich lasse Mum und Cecelia los, nehme das Headset ab und blinzle in das echte Leben um mich herum. Wo ich nicht aus Wolken stürze, sondern mit einer Familie im Gästezimmer liege, die sich vor Lachen kaum einkriegt.

»Jetzt ihr«, sage ich und fühle mich ein bisschen schwummrig.

Cecelia schnappt sich das Headset und Dad wiederholt seine Warnung mit den Pop-Tarts.

Es ist schön, ihr dabei zuzuschauen, wie sie auf dem Bildschirm Raumschiffe mit Robotern erkundet, als hätte sie diese Welt wirklich verlassen.

Mum probiert es auch aus und Dad gibt ihr ein Steuergerät, mit dem sie mit einem Lichtschwert auf neonleuchtende Backsteine einschlagen kann. Und weil sie immer noch den Morphsuit anhat, sehen wir auf dem Bildschirm nur ihren durch einen Lichttunnel schwebenden Kopf.

Dann ist Dad dran und Cecelia zieht mich ein Stück zur Seite und legt den Kopf in meinen Schoß.

»Vielleicht könntest du Hot Boy hierher einladen? Und mit ihm ein virtuelles Date im Dschungel oder so haben. Das wäre cool.«

Ich lache und starre auf die hin- und herschaukelnde Glühbirne, gegen die Dad gerade aus Versehen gestoßen ist.

»Vielleicht sind es doch die realen Dinge, die am meisten Spaß machen. Wie das hier zum Beispiel.« Ich schaue lächelnd zu Mum, die Dad in die Seite knufft und ihn erschreckt.

Cecelia tut so, als würde sie ohnmächtig werden. »Du hast ganze sechzehn Jahre dafür gebraucht, aber ich glaube, jetzt hast du's endlich gecheckt.«

62
Alice

Letzte Nacht habe ich geträumt, wieder in diesem grenzenlosen Meer zu schwimmen.

Es war so tief, dass ich, als ich glaubte, zum Meeresgrund zu schauen, nur den zu mir heraufscheinenden Strahlenkranz der Sonne sah.

Von irgendwoher hallten die klickenden, schlagenden Geräusche des Lebens zu mir, das an der Oberfläche seinen gewohnten Gang ging. Aber egal wie lang oder wie energisch ich schwamm, ich schaffte es nicht, dorthin zu gelangen.

Ich wache keuchend auf.

Mum ist sofort bei mir. Sie hat sich einen Tag freigenommen, als hätte sie gewusst, was passieren würde. Ich versuche, ihr von meinem Traum zu erzählen und ihr zu sagen, dass das gestern vielleicht der schönste Tag war, den ein Mensch je erlebt hat, aber sie legt einen Finger an ihre Lippen.

»Ruh dich heute aus, Schatz.«

Und das tue ich. Ich esse und ich trinke, aber mehr nicht. Und ich versuche die Spoons aufzusammeln, die ich verloren habe, als ich im Weltraum Purzelbäume schlug. Aber ab und zu balle ich die Hände zu Fäusten, um sie zu testen: Sie funktionieren. Und keine Migräne, keine

Magenschmerzen, keine mysteriösen Schmerzen in den Knochen.

Meine Gedanken surren und ich kann mich an meinen Namen und auch an den von Cecelia und von Rowan erinnern.

Und mein Magen schlägt einen Purzelbaum, als ich daran denke, dass ich ihn bald treffen werde. Nicht im echten Leben, weil ich auch ohne die üblichen Spoonverlust-Symptome weiß, dass irgendwo die KRANKHEIT hockt – und wartet.

Ich spiele sämtliche Möglichkeiten durch, wie ich es ihm sagen könnte, und sämtliche Möglichkeiten, wie er darauf reagieren könnte. Alles von *Er schaltet sofort das Handy aus und redet nie wieder mit mir,* bis zu *Er kommt auf der Stelle zu mir nach Hause in mein Zimmer gerannt und –*

Ich schüttle den Kopf.

Mum wuselt leise um mich herum und murmelt vor sich hin, wie dumm es war, mich mit sechs Spoons ins Gästezimmer zu schleppen. Und ich würde ihr gern sagen, dass ich wirklich glaube, ich bin diesmal ungestraft davongekommen.

Aber ich will mein Glück auch nicht herausfordern.

Ich will mich einfach noch ein bisschen länger von dieser Hoffnung tragen lassen.

63
Alice

Heute ist Mittwoch und ich bin nervös.

Cecelia schickt mir ständig Nachrichten mit zweideutigem Inhalt und Dad legt mir sogar einen Zettel auf mein Kissen, auf dem steht, dass ich nichts tun soll, was er nicht auch tun würde, und es ist praktisch unmöglich, so zu tun, als wäre heute ein ganz normaler Tag.

Ich gehe wieder und wieder im Kopf durch, wie ich es sagen könnte, und bin nie richtig zufrieden. Es ist schwer, jemandem diese Krankheit zu erklären – selbst Cecelia, die sie jahrelang direkt vor der Nase hatte.

Aber sie hat recht. Es ist Zeit, dass Rowan mich so sieht, wie ich wirklich bin. Und wenn er MICH wirklich sehen können soll, werde ich etwas tun müssen, das von meinem üblichen Verhalten auf Stream Cast abweicht. Ich werde meine eigene Kamera einschalten müssen.

Cecelia kommt in der Mittagspause von der Schule zu mir nach Hause gerast, um mir zu helfen, mich fertig zu machen. Sie schleppt eine riesige Strandtasche über der Schulter und fängt schon an der Tür an, hektisch knallbunte Cardigans und an Folterinstrumente erinnernde Geräte herauszukramen.

Mum ist ihr dicht auf den Fersen. »Cecelia? Was zur Hölle soll –«

»Sorry, Sophia, ich hab dich echt lieb, aber –« Sie knallt meiner fassungslosen Mum die Tür vor der Nase zu.

Ich schaue sie vorwurfsvoll an und sie wirft die Hände in die Luft.

»Wir. Müssen. Uns. Ranhalten! Ich hab heute nur vierzig Minuten Mittagspause und hast du dich in letzter Zeit mal im Spiegel angeguckt? Alter …«

Sie springt auf mein Bett, drückt mir einen Spiegel in die Hand und ich schaue demonstrativ *nicht* rein.

»Ich muss nur einigermaßen vorzeigbar sein, okay? Ich brauche kein komplettes Make-over. Ich brauche dieses ganze Zeug nicht, was auch immer du damit vorhast.«

Sie hört auf, das Kabel vom Glätteisen zu wickeln und seufzt. »Al, was ich dir jetzt sage, sage ich mit all meiner tiefen Zuneigung für dich, aber – du hast absolut keine Ahnung.«

Ich will widersprechen, aber sie macht sich mit einer Bürste an mir zu schaffen. »Und jetzt sei still. Hier ist ein Profi am Werk.«

Also schließe ich die Augen und lasse sie arbeiten.

Sie schimpft leise vor sich hin, von wegen *keine einzige ihrer Foundations würde zu meinem schrecklich blassen Teint passen* und dass *hier echt ihr ganzes Können gefordert sei*, bis ich schließlich ein Auge öffne und sie den Mund hält.

Sie scheint trotzdem etwas zu finden, das passt, weil sie eine nach Sorbet duftende Creme in meine Haut einarbeitet und mir das Gesicht danach mit einem großen Pinsel abpudert, als wollte sie darauf Fingerabdrücke sichern. Anschließend stellt sie irgendwas mit meinen Wimpern an und sticht mir ständig mit einem kleinen Bürstchen in die Augäpfel, wovon ich heftig blinzeln muss.

Und dann küsst sie mich. Mitten auf den Mund. Ich werfe ihr einen verblüfften Blick zu und sie lächelt.

»Und jetzt, Alice, schau dir an, wie heiß du aussiehst.« Sie lehnt sich zurück und hält den Spiegel hoch.

Ich rechne damit, eine völlig andere Person zu sehen. Oder vielleicht einfach mich selbst in total schrecklich. Aber ich sehe nicht schrecklich aus. Ich sehe wie ich aus. Nur ein bisschen ebenmäßiger.

Ich gehe davon aus, dass wir fertig sind, aber ich muss weiter stillhalten, damit sie mich in Trockenshampoo ertränken und mit dem Glätteisen verbrennen kann.

»Das reicht, ich bin fertig! Raus mit dir, na los.«

Sie grinst und küsst mich diesmal auf die Stirn. »Hau ihn um. Also im übertragenen Sinn. Läuft ja über Webcam.«

Ich lächle und es fehlt nur noch, dass sie beim Rauslaufen einen Handstandüberschlag seitwärts macht.

»Cecelia!«, rufe ich ihr nach. »Danke.«

Sie wirft mir einen Kuss zu und schließt die Tür.

Ich schaue auf die Uhr. Noch anderthalb Stunden, bis ich mit Rowan sprechen werde – nach seiner Nachmittagsschicht und bevor er Jonah von der Schule abholt. Genügend Zeit, um die grauenhaften Sachen auszuziehen, zu denen Cecelia mich genötigt hat, und mich in mein schwarzes Geburtstagskleid zu quetschen. Und zu versuchen, meinen Kopf ganz leer zu machen, bevor er wieder mit Sorgen vollgepackt wird.

Um zwanzig vor drei atme ich eine Weile langsam ein

und aus. Prüfe meine Spoons. Hole meinen Laptop heraus.

Ich öffne dasselbe Videocall-Programm, das wir bei Dr. Rahman benutzt haben. Aber statt auf ihren Namen zu klicken, kopiere ich Rowans Nummer in das entsprechende Feld.

Und ich schalte meine Kamera. Ein.

Alles in mir zieht sich zusammen, als ich in der Ecke mein eigenes Gesicht sehe. Es sieht fremd aus, aber nicht auf eine unangenehme Art. Ich platziere den Laptop auf einem Berg Kissen, sodass er hinter mir das Fenster sehen kann. Die Blumen, die Mum mir gebracht hat und die wie zum Gebet gebeugt sind.

Und mich. Hier. LEBENDIG.

Ich halte meinen Laptop fest. Und klicke.

Rowan wird angerufen …

64
Rowan

Und jetzt stehe ich am Meer, während die Sonne Löcher in einen verschleierten Himmel stanzt und ihre Strahlen hindurchschickt. Das aufgewühlte Wasser wälzt sich an Land, harkt Steine vom Strand und spuckt sie einen Moment später wieder aus.

Mein Herz schlägt wie wild vor Freude darüber, wie schön dieser Anblick ist, und vor Enttäuschung, Rowans Gesicht nicht zu sehen. Er muss sein Handy noch in der Halterung an seiner Brust haben.

»Hi«, sage ich nervös.

Alice.
Ihre Stimme flüstert durch meine Kopfhörer.
»Hey.
Und? Hast du alles erledigt bekommen?«
Hat sie überhaupt irgendwas zu erledigen gehabt?
Oder wollte sie mir nur
aus dem Weg gehen?

»Ja … es war ziemlich viel los«, sage ich.

Mir liegen dieselben Lügen auf der Zunge, die ich Cecelia immer erzählt habe. Mit denen ich die Grenzen zwischen virtuellem Leben und realem Leben verwischt habe, damit es den Anschein hatte, als würde ich die unglaublichsten Dinge tun. Aber genau das ist das Problem, oder?

Im Meer tauchen. Durchs All schweben. Auf eine Party gehen.

Das alles ist nicht real.

Ich kneife die Augen zu. Balle die Hände zu Fäusten.

»Könntest du … könntest du die Kamera umdrehen? So, dass ich dich sehen kann?«

Am liebsten würde ich
NEIN
sagen.
Das ist nicht okay, dass ich
ihr ständig so viel von mir gebe,
selbst aber keine Ahnung habe,
ob sie überhaupt lebendig ist.
Aber auf der anderen Seite – es geht hier um Alice.
Und der Teil in mir,
der ihr weiter alles geben will,
ist stärker.
Ich nehme das Handy
und drehe es um.

Und jetzt bin ich an einem Strand und schaue einem Jungen ins Gesicht.

Die Sonne hinter mir färbt es fast golden. Seine Haare sind nachlässig nach hinten gebunden, aber ein paar Strähnen sind entwischt. Eine klebt an seinen Lippen und er streicht sie zurück, während ich ihn anschaue.

Und er schaut. Mich an.

Zuerst kapiere ich es gar nicht richtig.
Aber dann –
ist da ein Mädchen auf meinem Display.
Weiß wie ein Gespenst.
Große Augen, die alles sehen.
Und so
schön, dass es im Innersten wehtut
und das wogende Meer abrupt zu erstarren scheint.
»Alice?«

Er sieht mich. Er sieht mich. Er sieht MICH.

Ich bin nicht bloß Zuschauerin. Und würde ein Auto durch meine Zimmerwand krachen, würde er sehen, wie es mich zermalmt. Ich bin hier. Ich bin am Leben.

Und ich glaube, ich hyperventiliere.

»Hi«, piepse ich.

Sie atmet schnell
und stoßweise.
Schaut sich in einem Zimmer um,
von dem ich nur das Fenster sehen kann.
»Hey, hey.«
Ich setze mich hin, als könnte das irgendwie helfen.
»Was ist los?«

»Nichts!« Ich versuche zu lächeln, streiche mir die Haare hinter die Ohren und schaue immer wieder zu mir selbst in der rechten oberen Ecke. »Wahrscheinlich bin ich es einfach nicht gewöhnt, dass ich mal diejenige bin, die vor der Kamera ist.«

Sie ist nervös.
Und ich frage mich, ob ich ihr sagen soll,
dass es keinen Grund gibt, nervös zu sein.
Das hier bin ich. Rowan.
Und ihr Gesicht zu sehen, fühlt sich für mich an wie
fliegen.
Ich räuspere mich.
»Würde es helfen, wenn ich dich eine Weile nicht anschaue?«
Ich drehe das Handy um,
damit wir wieder von verschiedenen Welten aus
dasselbe sehen.

»Oh …«

Das Bild wechselt, und auf meinem Bildschirm erscheint das tosende Meer, das exakt dieselbe Farbe wie der Himmel hat, sodass es keine Grenze zwischen ihnen gibt. Es rollt einfach heran und über uns hinweg, und es fühlt sich an, als würden wir von einer endlosen Welle erfasst werden, die uns hinauszieht – uns versteckt – uns zu etwas Unbekanntem, Tiefem und Wunderschönem treibt.

Aber das Meer ist nicht Rowan.

»Schon okay. Du kannst mich ruhig umdrehen.«

Ich drehe sie wieder zu mir.
»Hi«, lache ich. »Ähm –
hier bist du also!
Und so sieht dein Gesicht aus.«
Ich verpasse mir in Gedanken einen Tritt.

Ich lache nervös.

»Bin ich anders, als du erwartet hast?«

Seine Augen weiten sich.

»Nein! Du bist – besser.
Ich meine ...«
Oh Mann.
»Um ehrlich zu sein, hatte ich
gar keine Vorstellung von dir.
Du bist einfach diese Person gewesen,
die nur eine Stimme hat, verstehst du?«

Ich beiße mir auf die Unterlippe, höre aber sofort wieder auf damit, als mir einfällt, dass er mich jetzt sehen kann.

»Eine körperlose Person, die nur eine Stimme hat, klingt ziemlich gut.«

Man stelle sich die Orte vor, an die ich gehen könnte ohne einen Körper, der mich zurückhält.

»Nein, dein Körper ist hübsch –
ich meine –
gut.«
Ich lege die Hand vors Gesicht und seufze.
»Könntest du einfach so tun, als würde ich gar nicht reden?«

Diesmal lache ich richtig. Dass er nervös und fahrig ist, lässt meine eigene Nervosität irgendwie weniger werden. Und weil seine Augen verdeckt sind, kann ich es mir erlauben, ihn genauer zu betrachten – die perfekt parallelen Linien seiner Brauen, seinen Mund, die Konturen seines Gesichts.

Den dunklen Bartschatten auf seinem Kinn. Die lockigen Strähnen, die sich gelöst habe und an denen der Wind zerrt.

»Ich habe darüber nachgedacht, was du beim letzten Mal gesagt hast«, sage ich leise. »Als wir darüber geredet haben, dass du auch an dich und das, was du willst, denken solltest.«

Mein Herz
SCHLINGERT.
Ich schaue sie zwischen meinen Fingern hindurch an.

Ich befeuchte meine Lippen. »Ich weiß, du hast gesagt, dass die Kunstakademie keine Option ist, aber ich hab ein bisschen recherchiert und –«

»Alice …«
Sie verstummt und ich verstumme auch.
Ich würde sie gern daran erinnern, dass ich mich für
SIE
entschieden habe.
Aber ich hab genug davon,
ohne Sicherheitsnetz
von Klippen zu springen.
Ich seufze.
»Ich hab auch ein bisschen recherchiert.«

Mein Herz flattert. »Wirklich?«

»Tja, deine Strategie hat funktioniert.
Fühlt sich zwar so an, als würdest du von mir verlangen,

dass ich zum Mond fliege.
Aber ein paar Leute sind wohl schon dort gewesen.
Manche schaffen es.«

»Es ist nicht unmöglich.« Ich lächle.

Nur ziemlich unwahrscheinlich.
»Es gibt ein Stipendium, von dem dein Kumpel Wesley
ständig geredet hat.
Vielleicht kann ich mir das nach dem Abschluss
mal anschauen.«
Bis jetzt hab ich alles ganz okay hingekriegt.
Vielleicht kriege ich das hier ja auch hin …

»Also, ich glaube, dass du dort absolut am richtigen Platz wärst.«

Sie nickt,
als sie das sagt,
als würde sie sich selbst zustimmen.
Ihr Pony fällt ihr in die Augen
(meerblau).
Ihre Lippen. Öffnen sich.
»Alice?
Wo bist du?«

Ich höre einen Moment auf zu sein. Als wäre ich so schnell gerannt, dass ich über den Rand der Welt gestolpert bin.

Ich kann den Wind unter mir spüren, als könnte ich auf seinen Rücken springen und fliegen. Aber darunter ist der freie Fall, und darunter sind Felsen und noch weiter darunter ist absolut nichts, und das macht mir am meisten Angst.

Aber vielleicht ist das LEBEN. Vielleicht bedeutet LEBEN, nicht am Klippenrand stehen zu bleiben und sich zu fragen, ob man fliegen oder fallen wird. Vielleicht bedeutet LEBEN – manchmal – zu springen.

»Rowan. Ich muss dir etwas sagen.«

Sie sieht aus, als hätte sie Angst.
Aber diesmal will ich sie nicht umdrehen.
»Okay, sag's mir.«

Ich schließe die Augen. Hole Luft. Und eigentlich ist die Wahrheit genau wie die Schwerkraft, oder?

So einfach wie fallen.

»Mir geht es nicht ... gut.«

»Oh ...«
Mam hat das auch oft gesagt.
Auf der Arbeit. Zu ihren Typen. Zu mir.
Mal waren es
Kopfschmerzen oder
eine Erkältung oder
Bauchweh.
Ich warte, dass Alice auch mit
irgendeiner Entschuldigung ankommt,
warum sie gehen muss.

»Es ist … ähm … es ist schwer zu erklären.«

Ich denke an die ganzen Probeläufe, die ich für diese Unterhaltung im Kopf durchgespielt habe, und kann keinen einzigen davon abrufen.

»Die KRANKHEIT kostet Spoons, verstehst du, und das bedeutet, dass ich Dinge wie Joggen oder Musik hören – Musik hören ist manchmal schwer – nicht machen kann. Und ich muss viel Zeit damit verbringen, mich auszuruhen, und manchmal bedeutet das auch, dass ich verschwinde, also nicht komplett – ich liege schließlich im Bett. Also …«

Es kommt nicht richtig rüber. Er wendet den Blick ab, schaut in die Ferne.

»Hör zu, Alice,
wenn du keine Lust hast, mich zu treffen,
dann sag es einfach.«

Ich kann auf meinem Bildschirm sehen, wie das Weiß in meinen Augen größer wird.

»Nein! Nein, Rowan, das ist es nicht. Ich hab es nicht gut erklärt. Ich will dich treffen. Ich will mit dir den Strand entlanglaufen und Fahrrad fahren und eine Million unterschiedliche Dinge –«

»Dann komm her und tu's!«
Ich schreie.
Ich sollte nicht schreien, aber
es tut echt weh.
Noch ein Mensch, der mir etwas bedeutet

und der nach Ausreden sucht,
um sich aus dem Staub zu machen.

»Ich kann nicht.« Meine Stimme bricht. »Ich will es, aber diese Krankheit –«

»Ich muss los, Jonah abholen.«
Ich stehe auf und
TRETE
so fest gegen die Kieselsteine,
dass sie auseinandersprengen.

»Rowan –«

Ein greller Ton schrillt durch meinen Lautsprecher und ich presse mir die Hände auf die Ohren.

Mein Handy klingelt.
Ich schaue aufs Display,
bereit, den Anruf von Dad diesmal
ins Meer zu schleudern,
bis ich sehe, wer es ist.

Der Ton verstummt und ich kann auf dem Bildschirm nur noch sein Ohr sehen.

»Hallo?«

Ich presse mir eine Hand auf die Brust und versuche, meinen Herzschlag zu beruhigen. Und aus meinem Lautsprecher höre ich die Stimme einer Frau am anderen Ende der Leitung.

»Rowan? Ich habe schon mehrmals versucht, deine Mutter zu kontaktieren –«

»Sie ist nicht –
sie ist im Moment schlecht zu erreichen.
Aber ich hab Ihnen ja gesagt,
wenn es was zu besprechen gibt,
können Sie auch mit mir –«

»Es wäre mir wirklich lieber, mit deiner –«

»Ich weiß,
aber das ist gerade nicht möglich.
Worum geht's denn?«
Mein Herz hämmert.

Ich höre ein Seufzen von weit her.

»Es gibt ein Problem. Du solltest sofort hierherkommen. Und bitte versuch, deine Mutter zu erreichen, weil es wirklich –«

Jonah Jonah Jonah.
Ich renne los.
Schlittere über Steine.
»Was ist los?
Was ist passiert?«

Es rauscht in der Leitung und ich kann die Frau am anderen Ende über die Geräusche von Steinen, Möwen und Rowans Atem kaum verstehen.

Aber eines höre ich klar und deutlich. Und Rowan scheint es auch zu hören, denn er bleibt

mitten im Schritt

stehen.

»Jonah ist auf den Glockenturm geklettert und wir schaffen es nicht, ihn wieder runterzuholen.«

Es ist passiert.
Es ist passiert.
Es ist passiert.

Für einen Moment sehe ich einen Streifen blauen Himmel. Augen, die nach etwas greifen wollen, das nicht da ist.

Und obwohl ich es bin, die sinkt, als er das Handy vom Ohr nimmt, kommt es mir so vor, als wäre es er, der fällt.

Und ich strecke die Hand aus, um ihn festzuhalten.

Aber ich bin nicht dort.

Anruf beendet.

65
Alice

Ich knalle meinen Laptop zu und hieve mich aus dem Bett.

Dann stehe ich mitten im Raum und meine Beine fangen an zu zittern und in meinem Kopf dreht sich alles, bis mir ein Monster ins Ohr brüllt, und ich weiß – ich weiß – es ist die KRANKHEIT. Und ich habe in den unzähligen Gesprächen, die ich während der letzten fünf Jahre mit Ärzten geführt habe, so oft den Ausdruck »ans Bett gebunden« benutzt, mich aber nie zuvor so an dieses Bett gebunden gefühlt wie jetzt – als würden unsichtbare Fesseln in meine Handgelenke schneiden und mich gefangen halten.

Ich lehne mich an die Wand und atme. Atme. Atme. Und dann geht die Tür auf und sie kommen alle hereingepurzelt.

Cecelia lächelt, und ich merke, wie die ganzen Witze über mein Date verpuffen, als sie mich sieht. Dad stürzt an ihr vorbei, um mich zu stützen.

»Hey, hey, hey«, sagt er und bringt mich zum Bett zurück.

»Rowan. Es … ist etwas passiert.«

Mum eilt zu Dad und hilft ihm, mich wieder ins Bett zu legen.

»Was um alles in der Welt –?«

Ich hole tief Luft. »Rowans kleiner Bruder. Der Glockenturm.«

Cecelia läuft fluchend zum Fenster, durch das womöglich in der Ferne ein kleiner Junge auf dem Glockenturm zu sehen ist. »Ich kann nichts sehen, aber da stehen ziemlich viele Leute rum … Meinst du, er ist den Turm hochgeklettert?«

Ich nicke. »Er ist dort oben. Sie schaffen es nicht, ihn wieder runterzuholen.«

Mum schüttelt den Kopf. »Wie ist er überhaupt da hochgekommen? Die Tür ist schon seit Jahren verriegelt.«

Aber jetzt ist sie das nicht mehr, oder? Ich habe zusammen mit Rowan zugesehen, wie Charlie die Tür aufgebrochen und aus Versehen die Klinke abgerissen hat. Falls sie sie ein kleines Stück offen gelassen haben, wäre es für einen kleinen Jungen kein Problem, hindurchzuschlüpfen. Und falls sie danach hinter ihm zugeknallt ist, wie sollte sie irgendjemand ohne Klinke oder entsprechendes Werkzeug wieder aufkriegen können?

»An der Außenmauer gibt es bis nach oben einige lose Backsteine. Die würden ziemlich gute Griffe abgeben, wenn man daran hochklettern wollte«, sagt Cecelia.

»Wie alt ist der Junge?«, fragt Dad. »Ich sehe ihn da nirgends rumklettern.«

Das ist alles Zeitverschwendung. Ich presse die Handflächen in die Matratze und versuche mich wieder aufzurichten, aber ich bin viel zu sehr außer Atem. Und ich würde am liebsten auf mein Kissen einschlagen, denn in jedem anderen Körper würde ich jetzt aus der Tür rennen und mit bloßen Händen diesen Turm hochklettern.

Cecelia beobachtet mich. Sie beugt sich vor und schließt ihre starken Finger um mein Knie.

»Ich kann es machen«, flüstert sie, während Mum und Dad sich unterhalten.

Ich schüttle den Kopf. »Nein. Nein, das ist zu gefährlich –«

»Nicht für mich. Ich klettere jeden Tag, Al. Ich brauche keine Tür, um da hochzukommen. Ich bin ruckzuck da oben, schaue, ob er okay ist, und warte dann mit ihm, bis –«

»NEIN«, sage ich.

»Sie hätten das baufällige Ding schon vor Jahren abreißen sollen«, sagt Mum zu Dad. Die beiden stehen immer noch am Fenster, ohne mitzubekommen, worüber Cecelia spricht. »Als ich das letzte Mal dort war, sind die Stufen abgebröckelt und weiter oben ist ein großes Loch in der Mauer gewesen, durch das man leicht stolpern könnte, wenn man nicht aufpasst …«

Wir schauen alle aus dem Fenster und suchen in der Ferne nach etwas, das herabstürzt.

Mein Herzschlag dröhnt in meinen Ohren. Und alles, woran ich denken kann, ist Rowan. Rowan, als er diesen Anruf bekommen hat. Der Ausdruck auf seinem Gesicht. Wie sein Blick leer wurde. Hier geht es nicht nur um einen Jungen, der auf einem Turm festsitzt. Es geht um seinen Bruder, der erneut kurz davor ist, in den Tod zu stürzen.

Cecelia schaut mich immer noch an, und sie spürt, dass mein Widerstand nachgibt. Sie dreht sich zu Dad um.

»Jayce – hast du noch einen von diesen Kameragurten übrig?«

»Nur für meine GoPro-Kamera, aber du kannst sie gern benutzen, wenn du willst. Du überlegst, irgendwas zu streamen, oder?«

Sie wuseln herum und niemand sieht, wie ich den Kopf schüttle. Wie ich nur hilflos im Bett sitzen und zuschauen kann, wie noch eine Person über eine rote Ampel fährt und auf etwas zurast, was unweigerlich ins Verderben führt.

Aber hier geht es nicht nur darum, einen Pendler-Rekord zu brechen, oder? Hier geht es um Jonah. Um Rowan.

Dad hilft Cecelia, den Gurt anzulegen und die Kamera zu befestigen. Sie sieht unglaublich stark aus – die Füße hüftweit in den Boden gestemmt, die Hände zu Fäusten geballt, die Augen verengt, wie eine Superheldin, kurz bevor sie zu ihrer Mission losfliegt.

»Okay, fertig«, sagt Dad.

Cecelia schaut mich an. »Ich schaffe das«, formt sie mit den Lippen.

Und als ich sie so vor mir sehe, glaube ich fast, dass sie es wirklich schaffen kann. Sie wirbelt herum und läuft aus dem Zimmer. Ich höre, wie sie die Treppe hinunterpoltert, in ihre Schuhe schlüpft und aus der Tür jagt.

»Was hat sie vor?«, fragt Dad.

Ich klappe langsam meinen Laptop auf. »Sie will den Turm hochklettern.«

Dad rennt fluchend zum Fenster. Mum presst die Lippen zusammen und sagt nicht, was ihr auf der Zunge liegt.

Aber ich weiß, was es ist. Ich weiß es, weil es das ist, was mir selbst durch den Kopf geht.

Ich öffne Stream Cast. Und ich sehe, dass Dads Kamera online ist.

Und als ich auf seinen Namen klicke, denke ich: *Was habe ich getan?*

66
daddycool-007

Und jetzt renne ich. So schnell, wie ich noch nie in meinem Leben gerannt bin.

Die Kamera springt auf und ab, und ich sehe das Blitzen von Glitzernägeln, jedes Mal, wenn Cecelia im Takt ihrer Schritte die Arme nach vorn schwingt und die Luft teilt, als würde sie durch Wasser pflügen. Die Sohlen ihrer Schuhe klatschen auf den Asphalt und ihre Lungen stoßen den Atem aus, und das erinnert mich an den Tag, als sie sich spontan einer Laufgruppe durch den Park angeschlossen und mich währenddessen angerufen hat – nur dass ich diesmal nicht mit ihr sprechen kann. Ich kann ihr nicht sagen, *Sei vorsichtig. Bitte. Bitte.*

Sie biegt um die Ecke und der Schulhof mit seinem gefängnisartigen Zaun kommt in Sicht. Er ist voller Leute – Eltern, Kinder, Lehrer, die alle zum Turm hochstarren. Ich suche das Meer verschwommener Gesichter nach Rowan ab, kann ihn aber nirgends entdecken. Nicht bei der Gruppe von Lehrern, die die Köpfe zusammenstecken. Oder auf der Straße nach Polizei und Feuerwehr Ausschau halten. Noch nicht einmal in der Gruppe von Männern, die dicht an dicht gedrängt versuchen, die klinkenlose Tür zum Glockenturm aufzurammen.

»Vollidioten«, keucht Cecelia. »›Oh, schaut her, ich bin

ein großer starker Mann und kann mit meinen FÄUSTEN dieses Monster von Metalltür niederreißen.‹«

Sie schiebt sich durch die Menschenmenge, und dazwischen erspähe ich Charlie und Fran, die mit schuldbewussten Mienen zum Turm schauen, weit und breit keine Brechstange in Sicht, aber auch kein Rowan. Wo ist er?

Cecelia läuft um das Gebäude herum und das laute Stimmengewirr ebbt ab.

»Wo will sie hin?«, sagt Dad.

Genau in dem Moment bleibt sie stehen, verschnauft einen Moment und reibt sich die Hände an ihrer Hose ab. Dann steuert sie auf eine große rote Mülltonne zu und schwingt sich auf sie drauf.

»Sind das etwa meine Turnschuhe?«, ruft Mum.

Aber da stehen wir schon auf der Mülltonne, klettern von dort ein Regenrohr hoch und ziehen uns oben angekommen auf das Dach der Schule, als wäre es die einfachste Sache der Welt.

»Irgendetwas sagt mir, dass sie das nicht zum ersten Mal macht«, murmelt Dad.

Sie joggt – Pfützen und verschossenen Bällen ausweichend – über das schwarze Dach auf den Turm zu, der neben dem Gebäude Richtung Wolken ragt. Und als sie sich ihm nähert, sehe ich, was Mum mit »baufällig« gemeint hat.

Er verfällt. Bröckelt. Überall sitzen aus dem Mörtel gebrochene Backsteine lose im rissigen Mauerwerk oder fehlen ganz. Cecelia reibt noch einmal ihre Hände trocken, und wir schauen mit ihr in den Himmel, wo sich die Spitze des Turms den Wolken entgegenreckt.

»Das wollte ich schon immer mal machen.«

Sie tastet über den Stein, prüft Einkerbungen und Vertiefungen, krallt die Finger hinein und zieht sich hoch.

Mir schlägt das Herz bis zum Hals und ich greife instinktiv nach Mums Hand.

Cecelia schaut nach unten und steckt die Fußspitze in eine unfassbar schmale Spalte. Die Kamera schrappt über die Mauer, als sie sich ein Stück höher zieht. Und dann noch mal. Und ihr Atem kommt in Schüben – fast so, als würde sie lachen.

»Bitte sag, dass du das hier aufnimmst«, keucht sie.

Ich höre, wie Dad sich sein stoppeliges Kinn reibt. »Dieses Mädchen ist komplett verrückt.«

Sie klettert und klettert. Bewegt Arme und Beine an Orte, wo ich noch nicht einmal irgendwelche Ritzen erkennen kann. Und weil die Kamera auf die Backsteine zeigt und nur ab und zu ein Streifen Himmel aufblitzt, der kontinuierlich näher kommt, ist es schwer, abzuschätzen, wie weit sie es schon nach oben geschafft hat.

Plötzlich hören wir aus der Ferne einen Schrei. »Da ist ein Mädchen, das außen am Turm hochklettert!«

Durch die Menge geht ein Ruck. Und ich glaube zu hören, wie Leute ihr zurufen, dass sie aufhören soll. Dass sie runterkommen soll. Betend, fluchend, schreiend.

Cecelia lacht. »Entspannt euch. Ich hab alles im *Griff.*«

Sie streckt einen Arm aus und greift nach einem vorstehenden Backstein. Und einen schlingernden Herzschlag lang denke ich, dass sie es raushat. Dass sie es schaffen kann. Dass sie unfassbar stark ist. Aber dann sehen wir, wie der Backstein sich aus dem Mauerwerk löst und ihre Hand abrutscht. Und auf dem Bildschirm wirkt es fast wie eine Szene aus einem Road-Runner-Zeichentrickfilm – in der der Kojote einen Amboss auffängt und für einen Augenblick verwirrt in der Luft hängt und keine Ahnung hat, was gerade passiert ist.

Aber dann höre ich ein scharfes Einatmen. Sehe ihren sich windenden Körper. Spüre, wie mein Herz einen Moment

stehen bleibt.

Der Bildschirm splittert, als Backsteine über die Kameralinse kratzen. Mum hat sich abgewandt und Dad ist zum Fenster gerannt und ich sitze nur da und schreie stumm, als meine Freundin fällt

fällt

fällt.

Mein Inneres taumelt und bröckelt und birst wie alter Backstein. Und ich habe nur einen Gedanken: Wie kann es sein, dass ich schon wieder hilflos zusehen muss, wie jemand, wie meine beste Freundin, stirbt.

Doch plötzlich hört das Scharren und Kratzen auf und wir schwingen mit ihrem Körper zur Seite und die Welt darunter dreht sich.

»Sie hat es geschafft. Sie hat es tatsächlich geschafft!«, schreit Dad in mein Ohr, während Mums Hände gegen meine zittern.

»Heilige …«, keucht Cecelia.

Wir heben mit ihr den Blick – zu ihren Fingern, die ihr komplettes Gewicht halten. Sie atmet aus.

»Sorry, sorry«, sagt sie. »Keine Panik, Al. Ich bin okay – hab bloß eine Spalte verfehlt. Alles unter Kontrolle, alles unter Kontrolle …«

Ihre Stimme klingt wie Musik und von meinen Schultern regnet es dicke Tropfen Adrenalin.

Sie ist jetzt langsamer, klettert aber unerschütterlich weiter. Und bald schwingt das kaputte Dach des Turms in Sicht und sie zieht sich hoch und hievt sich über die bröckelnde Brüstung und erreicht die Aussichtsplattform.

Ich stoße den Atem aus, den ich sehr bewusst angehalten hatte.

»Sagenhaft!«, ruft Dad und klatscht.

»Blödmann«, sagt Mum und presst sich die Hand auf die Brust.

Cecelia bleibt einen Moment keuchend auf dem Boden liegen. Und hinter ihr ertönt eine leise Stimme.

»Warum bist du von außen hochgekommen?«

Sie dreht sich um und setzt sich auf, sodass sie der Welt unten den Rücken zudreht und in Richtung der dunklen Stufen schaut, die ins Innere des Turms hinabführen. Und ein Junge sieht sie an, der mit dem Daumen am Mauerwerk herumkratzt und hellblonde Haare hat.

»Du bist Jonah, oder?«, sagt Cecelia.

Er nickt.

Meine Augen suchen ihn nach Beulen und Kratzern ab, und meine Rippen scheinen zu knacken, als ich sehe, dass es ihm gut geht. Es geht ihm gut. Es geht ihm gut.

Ich greife nach meinem Handy.

Jonah ist okay! Cecelia ist den Turm hochgeklettert.
Sie ist jetzt bei ihm. Es geht ihm gut. Ich schwöre, es geht ihm gut x

Ich schicke die Nachricht mit zitternden Fingern ab und beobachte, wie Cecelia die Hand ausstreckt, um die von Jonah zu schütteln.

»Ich bin Cecelia. Aber du kannst einfach Spiderwoman zu mir sagen.«

Jonahs Augen weiten sich. »Kann ich den Turm auch von außen hochklettern?«

Cecelia steht auf. »Das vergessen wir besser ganz schnell wieder, kleiner Mann. An einem Gebäude hochklettern ist so ziemlich die dümmste Idee, die man haben kann. Echte Helden nehmen die Treppe – komm.«

Der Bildschirm wird dunkler, als sie seine Hand nimmt und ihn die Stufen hinunterführt, und wir hören, wie er Fragen stellt und sie zu ihm sagt, dass er auf seine Schritte achten soll.

Und dann ertönt noch eine andere Stimme. Der Strahl einer Taschenlampe leuchtet in die Kamera und dahinter ist ein Mann in reflektierender Feuerwehruniform, der ruft: »Sind noch andere da oben?«

»Nein«, sagt Cecelia. »Nur wir. Und bei uns beiden ist alles okay, hab ich recht, Kumpel«

»Bist du ein Feuermann?«, fragt Jonah.

Sie laufen die restlichen Stufen hinunter und von draußen fällt Licht auf eine demolierte Tür und eine Gestalt, die sich aus dem Griff eines Polizisten befreit und durch die Tür stürzt.

»Jonah? Jonah!«

Ich kann sein Gesicht nicht sehen. Aber ich würde diese Stimme überall erkennen.

Mein Herz macht einen Satz, als Rowan seinen Bruder an sich zieht, nach draußen führt und dabei fieberhaft nach Verletzungen absucht, noch immer sein Handy umklammernd.

»Alles in Ordnung? Bist du okay? Was hast du – warum bist du – tu das nie wieder, hörst du! Nie wieder –« Er drückt ihn an sich. Fest.

Lehrer und Feuerwehrleute und Jugendliche, deren Gesichter mir vage bekannt vorkommen, drängen sich um Cecelia und versperren mir die Sicht.

»Das war absolut unglaublich von dir.«

»Wie heißt du noch mal?«

Ich beuge mich vor, um zwischen den Leuten hindurchzuschauen, die ihr auf den Rücken klopfen und ihre Hände und Arme begutachten. Etwas abseits entdecke ich die elegant gekleidete Frau, die ich gesehen habe, als Rowan und ich das erste Mal miteinander gesprochen haben. Die Polizei steht bei ihr.

Einer der Beamten tritt zu Rowan und redet auf ihn ein, bis er Jonah loslässt. Die Frau nimmt Jonahs Hand, sagt etwas zu Rowan, und es sieht so aus, als würde sie ihn sanft wegschieben.

Er dreht sich einen Moment in unsere Richtung, sodass ich den Ausdruck auf seinem Gesicht sehen kann. Und es ist, als hätte die Welt um ihn herum sich entleert. Er schaut zu Jonah. Reibt sich übers Gesicht. Und rennt los.

Du hast den Stream verlassen.

67
Alice

Mum und Dad unterhalten sich aufgeregt und bemerken anfangs nicht, wie ich alle Spoons zusammennehme, die ich habe, und mich aus dem Bett schiebe.

Mein Blut sprudelt zischend über und ich kann die Tröpfchen beinahe als dunkle Schatten in meinen Augen sehen. Ich taumle auf die Wand zu.

»Alice!« Mum stürzt zu mir und hält mich fest. »Was hast du –«

»Rowan«, sage ich. »Rowan braucht mich. Ich muss ihn suchen –«

»Sei nicht albern«, sagt sie und schiebt mich zum Bett zurück.

Ich versuche mich von ihr loszumachen, aber ich schaffe es nicht. Hinsetzen fühlt sich an wie aufzutauchen, um Luft zu holen, aber meine Gedanken sind immer noch am Ertrinken.

»Er ist weggerannt. Der Ausdruck in seinen Augen – sie müssen Bescheid wissen. Die Polizei muss über seine Mutter Bescheid wissen. Er braucht mich und –«

»Warum rufst du ihn nicht an, Kleines?« Dad reicht mir mein Handy. »Vielleicht dreht er bloß eine kleine Runde, um den Kopf freizukriegen.«

Aber Dad hat den Ausdruck in seinen Augen nicht gesehen. Er hat nicht gesehen, wie der Polizeibeamte ihn leicht gegen die Brust gestoßen hat. Er weiß nicht, was für Rowan und seinen Bruder auf dem Spiel steht, wenn die Polizei herausgefunden hat, dass ihre Eltern weg sind.

Trotzdem nehme ich mein Handy. Und ich scrolle zu seiner Nummer, so wie beim letzten Mal, als er sich von mir abgewandt hat und dachte, dass es mir nicht wichtig genug ist, ihn zu treffen.

Ich schließe die Augen und tippe auf Anrufen.

68
Rowan

Mein Handy keift mich an.
Alice.
Mein Daumen
SCHWEBT
über dem grünen Telefonhörer.
Aber was würde ich sagen?
Welche Worte gibt es dafür?
Ich hab alles verkackt
und
ich dachte, ich könnte ihn beschützen, aber ich bin
unfähig
unfähig
unfähig.
Wie soll ich jemandem,
der mich ebenfalls verlassen will,
in die Augen schauen und ihm sagen,
dass er recht damit hat.
Alice. Mam.
Sogar Jonah.
Sie sind ohne mich besser dran.

Anruf abgelehnt.

69
Alice

Die Leitung ist tot und ich werde lebendig. Ich stehe vom Bett auf.

Mum hält weiter meine Handgelenke fest.

»Alice – sei vernünftig. Das schaffst du nicht. Dein Dad kann rausgehen und nach ihm suchen, aber du –«

»Nein!«, schreie ich und das Wort lässt sogar Manta innehalten. »Ich gehe. Ich. Ich in diesem Körper. Und danke, dass du mich daran erinnerst, dass er kaputt ist, aber das weiß ich selbst. Rowan ist mein Freund und mein Freund ist in Schwierigkeiten und diesmal kann ich nicht bloß danebenstehen und zuschauen, Mum – ich kann nicht! Nicht wie bei Cecelia. Nicht wie bei – Wesley.«

Sein Name spukt durch den Raum. Und ich sehe die Gedanken wie Schatten über ihre Gesichter huschen – dass ich in meinem Bett gesessen habe und zuschauen musste, wie er stirbt. Dass ich ihn nicht warnen und verhindern konnte, dass es passiert.

Aber diesmal nicht. Nicht bei Rowan. Er muss wissen, dass ich für ihn da bin. Dass ich, auch wenn alle anderen – sein Vater, seine Mutter – ihn verlassen haben, bleibe. Dass ich hier bin.

Ich befreie mich aus Mums Griff und sie tritt einen Schritt zurück. Erschrocken sieht sie mich an. »Ich kann dich nicht gehen lassen«, sagt sie. »Ich verbiete es dir. Das ist zu gefährlich.«

Ich weiß, dass sie an mein Morgen denkt, wenn alle meine Spoons verschüttgegangen sein werden. Aber jetzt gerade ist mein Morgen nicht so wichtig.

»Ich werde gehen«, sage ich. »Du kannst mich nicht davon abhalten.«

Mum wirft die Hände in die Luft und dreht sich weg. Aber Dad lächelt traurig und räuspert sich, sodass seine Stimme fast normal klingt, obwohl der Ausdruck in seinen Augen etwas anderes sagt.

»Wir sind nicht deine Gefängniswärter, Alice. Wenn du gehen willst – dann geh.«

Mum wirft ihm einen giftigen Blick zu, aber ich nicke.

Ich sammle alle Spoons, die ich habe, und mache einen Schritt. Noch einen. Noch einen. Und ich kann förmlich hören, wie die Spoons klirrend zu Boden fallen. Die KRANKHEIT röhrt in meinen Ohren und ich klammere mich am Türrahmen fest und schaue zur Treppe und ihren endlosen Stufen.

Und ich will etwas zertrümmern. Ich will Löcher in die Wände schlagen. Ich will ein- und auseinanderreißen, zerquetschen und die Gewichte abwerfen, die meinen Körper niederdrücken, und davonschweben in eine Welt, in der das, was ich tun will, und das, was ich tun kann, dasselbe ist.

Stattdessen zittere ich von oben bis unten und drehe mich um zu Dad, der mich mit Augen ansieht, die den ganzen Schmerz fühlen, den ich fühle.

»Ich brauche – Hilfe. Bitte«, sage ich.

Mum schüttelt den Kopf und schaut aus dem Fenster

Richtung Glockenturm. Dad reibt sich den Nacken, seine Hände zittern. Ich habe ihn noch nie so gesehen, und es bricht mir das Herz, aber ich muss es tun.

Ich muss.

Er tritt auf mich zu. »Natürlich. Natürlich helfen wir dir. Wir werden dir immer helfen. Oder, Sophia?«

Mum gibt einen Laut von sich, als würde sie ersticken.

Mein Herz singt, als Dad seinen Arm um meine Schultern legt. »Danke«, keuche ich. »Danke.«

Mum wirbelt mit funkelnden Augen herum. Und es tut mir *so so so* leid, ihr das anzutun. Ihr noch mehr Sorgen aufzubürden. Aber gleichzeitig fühle ich mich vielleicht SO LEBENDIG wie noch nie.

Dad stützt mich und führt mich in den Flur. Und mit seiner Hilfe gehe ich. Die Treppe hinunter.

Dad zuckt zusammen, als er sich den Zeh an der Fußleiste stößt, lässt mich aber nicht los. Und ich konzentriere mich darauf, meine Beine nach unten zu bewegen, und es fühlt sich ein bisschen wie fallen und fliegen gleichzeitig an.

Und da ist das Flurtischchen mit dem Zeitschriftenstapel. Und die Küche, wo sich Töpfe in der Spüle stapeln. Und drei Paar Schuhe neben der Haustür, von denen kein einziges mir gehört.

Mum schiebt sich an mir vorbei, die Lippen fest zusammengepresst. Sie holt ein Paar alte Turnschuhe aus dem Flurschrank, die kaum getragen sind, und ich weiß, dass sie mir gehören, aber sie scheinen nicht mehr zu passen.

»Zieh einfach die hier an«, sagt Dad und kickt Cecelias Sandalen zu mir rüber.

Ich schlüpfe hinein. Und ich kann fühlen, wo das Leder bei ihrer Laufrunde durch den Park abgenutzt wurde. Ich kann die Meilen fühlen, die sie zurückgelegt haben, und die Höhen, die sie erklommen haben. Und es ist, als würde ich das alles ERLEBEN, indem ich einfach aufrecht in unserem Hausflur stehe.

Mum setzt mir meine Sonnenbrille auf, macht mir meine Ohrstöpsel rein und zieht mir meinen Mantel an. Und dann öffnet sie die Tür und ich schaue nach draußen.

Vögel. Autos. Leute, die vor ihren Häusern Blumenkästen bepflanzen. Eine Frau unterbricht ihre Arbeit, um zu mir rüberzuschauen, und vielleicht fragt sie sich, wer das Mädchen mit der dunklen Sonnenbrille ist, das in die Welt hinaustritt.

Und das bin ICH.

Alice.

LEBENDIG.

Und jetzt bin ich draußen, in der Welt. Diesmal in echt. Ich spüre den Wind an meinen nackten Beinen und den betonierten Weg unter meinen Schuhsohlen und das Sonnenlicht, das mir sogar mit der dunklen Brille in den Augen brennt. Und es ist herrlich und schrecklich und ich will weitergehen und ich will wieder ins Haus zurück und ich will lachen und weinen und schreien und tanzen, aber ich kann gerade mal weiteratmen.

Hände stützen mich. Öffnen Autotüren. Schieben mich auf einen Beifahrersitz, der so weit nach hinten verstellt wurde, dass es wahrscheinlich gegen irgendein Gesetz verstößt.

Und jetzt bin ich in einem Auto. Einem Auto, in dem es nach Hitze riecht und die Nähte des Sitzbezugs an meinen

Schenkeln kratzen. Und es fühlt sich an wie eine Reise in die Vergangenheit, zu einem Ort, an dem die Geschwindigkeit regierte und der Wind mein Gesicht kannte.

Dad hat die Hand an der Tür und hält einen winzigen Moment inne. Und ich weiß, er erinnert sich an das letzte Mal, als ich in einem Auto war, und daran, wie sehr ich gelitten habe. Und ich weiß, es fühlt sich für ihn so an, als wäre er derjenige, der mir das antut, aber das stimmt nicht. Ich bin diejenige. Ich treffe diese Entscheidung und sie ist falsch und absolut richtig.

»Ist okay«, sage ich. »Beeil dich einfach.«

Er nickt, und es ist seltsam, ihn mal keine Witze reißen zu sehen. Er wirft die Tür zu, steigt auf der Fahrerseite ein und startet den Motor. »Wohin fahren wir?«

Zuerst habe ich keine Ahnung. Wo ist Rowan? Wie soll ich für ihn da sein, wenn ich keine Ahnung habe, wo »da« ist? Aber dann weiß ich, dass es nur einen Ort gibt, an dem er sich verstecken würde.

»Der Spielplatz hinter der Schule«, sage ich.

Ich schließe die Augen, schiebe mir die Ohrstöpsel so tief es geht in die Ohren und setze außerdem noch ein paar Kopfhörer auf, die Mum mir von der Rückbank reicht.

Dad setzt aus der Einfahrt und ich klammere mich am Türgriff fest. Er gibt keinen seiner üblichen Promi-Scherze wegen meiner Sonnenbrille von sich, und ich glaube, er hat genauso viel Angst wie ich.

Ich konzentriere mich auf meine Atmung und denke daran, wie es war, mit Wesley Fahrrad zu fahren. Dass ich damals nichts anderes tun konnte, als zuzuschauen, wie er stirbt, aber dass ich diesmal handle. Ich bringe diesen Wagen dazu, stehen zu bleiben. Ich schreibe die Geschichte neu.

Ich presse die Augen zu und versuche nicht zu spüren, wie der Spoons-vernichtende Lärm sich durch meine Kopfhörer bohrt, versuche die blinkenden Lichter und das Rumpeln unter meinen Fingern nicht zu spüren, versuche die Risse zusammenzuhalten, als meine ganze Welt zu beben scheint.

Eine kurze Autofahrt = 3 Spoons

Ich öffne ein Auge und erkenne das hohe grüne Tor der Schule von dem Nachmittag wieder, als ich mit Rowan auf der Bank gesessen habe. Und Dad fährt im Kreis und versucht einen Parkplatz zu finden, bis er mir einen Blick zuwirft und beschließt, einfach links ranzufahren und sich ins absolute Halteverbot in der Nähe der Feuerwehrfahrzeuge zu stellen, die immer noch außerhalb der Schule parken.

Er macht den Motor aus und Mum nimmt mir die Kopfhörer ab.

»Bist du okay?« Sie klingt schrecklich angespannt und ich beruhige mich für sie.

»Ich bin okay. Lass uns einfach aussteigen.«

Sie laufen um den Wagen herum und für den Bruchteil einer Sekunde bin ich allein. Und ich nutze sie, um einmal tief durchzuatmen.

Ich spüre, wie die Krankheit Spoons niederwalzt, aber sie hat mir noch nicht alle weggenommen. Und – völlig unglaublich – ich bin draußen und sitze vor der Schule in einem Auto. Ich bin nicht am Oberkörper von jemand anderem festgeklipst. Ich tue nicht so, als wäre sein Leben mein eigenes.

Ich LEBE. Was das Zeug hält. Und ich entscheide mich für Rowan.

Die Beifahrertür geht auf und ich werde vorsichtig nach draußen gehoben. Mein Arm verfängt sich im Sicherheitsgurt und jetzt kämpfe ich meinen eigenen Kampf und richte mich auf – dunkle Flecken wegblinzelnd und Luft einatmend, von der ich weiß, dass sie da ist, aber nicht. Genug Luft. Bekomme.

Ich fühle einen kalten Hauch an den Zehen und wie die Sandalen an fremden Stellen gegen meine Fußsohlen drücken. Ich höre das Kreischen der Möwen, die von derselben Brise getragen werden wie ich, und ich frage mich, ob ich vielleicht – genau wie sie – auf dem Rücken des Windes reiten könnte.

Dad schaut sich um und schüttelt hilflos den Kopf. »Es gibt keine Möglichkeit, mit dem Wagen dort reinzufahren. Wir werden zu Fuß gehen müssen.«

Mum fängt an zu lachen, aber es klingt nicht so, als würde sie auch nur irgendwas daran witzig finden. »Das soll wohl ein Scherz sein.«

Ich bin ihm so dankbar, dass mein Herz überquillt, und umklammere seinen Arm fester. »Hinter der Schule gibt es einen Weg. Er führt durch eine Unterführung zum Spielplatz. Dort steht ein Klettergerüst …«

Das weiß ich, weil ich den Weg mit Rowan entlanggelaufen bin.

Ich sehe aus dem Augenwinkel, wie Mum den Kopf

schüttelt. Ich hätte nämlich genauso gut sagen können, dass er bis nach China führt, so viele Spoons, wie es mich kosten wird, dorthin zu gehen, wo ich doch jetzt schon spüre, wie sie weniger und weniger werden, obwohl ich bloß hier stehe und draußen bin und mich streiten muss.

Aber ich bin immer noch hier. Ich weiß nicht, wie lange noch, aber ich bin hier.

»Wir müssen uns beeilen«, stoße ich keuchend hervor.

Dad schaut Mum an und sie tauschen sich stumm über etwas aus, worüber genau, kann ich nicht sagen. Aber es sorgt dafür, dass sie mich schwer seufzend loslässt und Dad mich in seine Arme hebt, als würde er mich aus einem brennenden Gebäude retten und ich könnte die Flammen schon an meinen Knöcheln spüren.

»Ich kann das nicht mit anschauen.« Sie legt die Hand vors Gesicht und dreht sich um, und es ist, als würde man jemanden dabei beobachten, wie er gegen etwas prallt, das vollkommen real und unverrückbar ist, obwohl er sich überhaupt nicht von der Stelle gerührt hat.

Sie sinkt in sich zusammen. Und ich kann nichts tun, weil Dad jetzt einen Fuß vor den anderen setzt und mich von ihr wegträgt. Aber ich sehe ihr Gesicht im Seitenspiegel und ihr Blick folgt mir und sie schaut es doch mit an.

Wir umrunden das grüne Schultor und ich spähe durch die vorbeizuckenden Gitterstäbe des Zauns. Und wie in einem alten Film sehe ich Leute, die sich um Cecelia drängen, und ihr Lächeln, das wie ein Signalfeuer leuchtet.

»Sie wird ein Star sein nach dieser ganzen Sache hier«, sagt Dad zwischen schweren, rasselnden Atemzügen.

Mein Herz macht einen kleinen Satz, und ich kann

nicht sagen, ob es das tut, weil ich mich für sie freue, oder weil ich Angst habe, dass sie dann vielleicht keine Zeit mehr für mich hat.

Dad fängt an zu keuchen und seine Schritte werden schleppender.

»Brauchst du eine Pause?«, frage ich.

»Noch … nicht.«

Wir erreichen die Rückseite der Schule und die Leute und der Turm hinter uns verschwinden in einem Dunstschleier und wir stehen vor einer viel befahrenen Straße, auf der Autos wie Gewehrkugeln vorbeischießen. Aber es gibt einen kleinen Fußweg, der sich zwischen ausgedörrten Bäumen und gelbem Unkraut hinunterschlängelt und schließlich in die Unterführung mündet.

Wir laufen den Hügel hinunter und Dads Schritte werden schneller und verzweifelter.

Und dann sind wir in der Unterführung, und es ist so dunkel, dass ich durch die Sonnenbrille kaum etwas sehen kann. Ich bin nicht sicher, ob wir vorwärts- oder rückwärtslaufen oder ob wir einfach in einem erstarrten schwarzen Meer gefangen sind.

Dad schwankt. »Nur – eine –«

Seine Arme geben zitternd nach, als er mich auf eine Bank in der Mitte der Unterführung sinken lässt. Die Rückenlehne fehlt, also lege ich mich einfach auf die Sitzfläche und nehme die Sonnenbrille ab.

»Geht es?« Ich lasse meine Hand auf seinem Arm liegen und spüre, wie meine Muskeln Spoons verbrauchen.

Sein Gesicht ist gerötet und sein Atem kommt stoßweise, aber er lächelt und kniet sich neben mich auf den

Boden. »Ich muss dringend wieder mit Trainieren anfangen. So werde ich es jedenfalls nie schaffen, meinen schwarzen Gürtel zu machen, was?«

Er kneift sich in den Bauch, und ich versuche meine Hand dazu zu bringen, ihm auf die Schulter zu klopfen, aber sie will sich einfach nicht bewegen.

Ich hole tief Luft. Nur noch ein bisschen. Nur noch ein bisschen länger. Nur ein kleines bisschen.

Dad beugt sich nach unten, sodass ich die Wand hinter ihm sehen kann, und da ist er plötzlich – bricht aus einer Betonwand hervor und reckt mir seine Glieder entgegen. Der Riesenkalmar.

Mein Atem stockt. Er ist wunderschön. Genauso wunderschön wie damals, als ich ihn zum ersten Mal durch die Augen des Künstlers gesehen habe, der ihn zum Leben erweckt hat. Und genauso stark – selbst als ich ihn jetzt mit eigenen Augen betrachte. Genauso pulsierend und kraftvoll und kunstvoll, wie er es davor war.

Ich kann die unzähligen Pinselstriche und die Geduld und die Detailgenauigkeit sehen, die es brauchte, um ihn zu erschaffen. Ich kann sehen, wie das Violett langsam mit dem Blau und dem Grün und dem Gelb verschmilzt, sodass es wirkt, als würde das Licht, das vom anderen Ende der Unterführung hereinsickert, in Wellen über seinen Körper fließen, während er aus seinem Käfig ausbricht. Und hier – im echten, wunderschönen LEBEN – ist der Kalmar nicht an den Beton gebunden. Er ist nicht innerhalb der Mauern gefangen. Er ist frei.

Dad richtet sich auf. »Bist du so weit?«

»Ja«, sage ich. Und das meine ich ernst.

70
Alice

Und jetzt habe ich wieder meine Sonnenbrille auf und wir treten aus der Unterführung und laufen den Fußweg zum Spielplatz hoch. Und die Sonne drängt sich zwischen Wolken hindurch, um auf dem Laufenden zu bleiben, und schickt flirrende Schatten über Blumenbeete und Bäume.

Es ist wunderschön.

Dad trägt mich Schritt für Schritt weiter, und ich bin nicht sicher, ob die Pause ihm überhaupt etwas gebracht hat. Ich würde gern von seinem Arm runter und eine Weile neben ihm hergehen – aber mein Körper ist zu nichts anderem in der Lage, als sich weiter an ihm festzuhalten, und selbst das wird allmählich schwieriger.

Draußen zu sein. Mich an mein Bewusstsein zu klammern. Das ist meine ganz persönliche Klettertour.

Wir erreichen das Ende des Fußwegs, und ich kann die Rutsche und die Kletterstange der Burg sehen, die in der Mitte des Spielplatzes in die Höhe ragt. Und ich weiß, dass Rowan dort drin ist und dass ich es nur bis dahin schaffen muss, damit –

Dad muss husten und gerät ins Straucheln und vom einen Moment zum nächsten – rutsche ich ab.

Und ich kann nichts dagegen tun. Ich rutsche ihm

aus den Armen, und er hält verzweifelt dagegen, aber seine Kraft reicht nicht mehr aus, genauso wenig wie meine.

Wir sind so kurz vor dem Ziel. So nah dran. Aber wir fallen. Gemeinsam. Und es ist vorbei und ich werde es nicht schaffen und diese Last wiegt noch viel schwerer.

Aber dann sind plötzlich Hände unter mir.

»Okay, okay, ich hab dich.«

Dad und ich drehen uns zur Seite und da steht sie neben uns. Hilft mit, die Last zu tragen.

»Hab mich schon gefragt, wo du bleibst«, keucht Dad und verlagert mein Gewicht.

Mum lächelt schmallippig.

»Du bist gekommen«, sage ich.

»Bringen wir es einfach so schnell wie möglich hinter uns, okay?«

Sie nehmen mich zwischen sich und tragen mich zusammen. Und der Pfad wirkt nicht mehr so holprig und meine Gedanken können sich ordnen und ich kann zu der Kletterburg schauen und überlegen, was ich zu ihm sage.

Ich weiß es nämlich nicht, wenn ich ehrlich bin. Ich weiß nur, dass ich etwas sagen muss. Etwas tun muss.

Wir betreten den schwarzen Schwammboden des Spielplatzes.

Wir kommen an dem verlassenen Sitzkarussell und den leeren Schaukeln vorbei.

Wir stolpern über das Hüpfspiel.

Und dann stehen wir vor den Stufen, die zur Kletterburg hinaufführen. Wo ich einmal gesehen habe, wie lange, starke Finger nach den rostigen Streben gegriffen und uns hochgezogen haben. Diesmal greife ich selbst danach und sehe meine eigenen Finger.

Und ich habe vielleicht nicht die Spoons, um sie zu packen und mich allein hochzuziehen, aber ich habe geniale, wunderbare Eltern, die mich nach oben hieven.

Sie schieben mich in den Turm der Burg. Ich presse den Rücken gegen die Holzlatten. Sie haben die Textur von Schleifpapier und sind so kalt, dass es sich anfühlt, als würde das eisige Wasser einer Pfütze durch mein Kleid dringen. Ich klammere so fest, wie meine Hände es erlauben, die Finger in die Bodenbretter und erinnere mich daran, dass ich atmen muss.

Aber es ist schwer. Denn dort – direkt vor mir – den Kopf in den Händen vergraben.

Ist Rowan.

71
Alice und Rowan

Und jetzt bin ich hier. Sehe den ganzen Rowan – von den in die Haare gekrallten Fäusten und dem nach vorn gebeugten Oberkörper bis zu den zerschlissenen, gegen die Meerjungfrau gestemmten Turnschuhen.

Ich sehe ihn. Ich sehe ihn und mein Körper scheint wie ein zündender Motor anzuspringen und gleichzeitig stotternd auszugehen.

Ich vergrabe weiter den Kopf in den Händen.
Wenn ich andere Leute ignoriere,
verziehen sie sich normalerweise irgendwann.
Diese fremde Person soll
abhauen,
bevor ich die Beherrschung verliere.

Ich atme. Atme.

»Danke, Dad.«

Er späht kurz zu Rowan und sieht dann wieder mich an. »Bist du okay?«

»Ja«, flüstere ich. »Kannst du uns einen Moment allein lassen?«

Mein Herz hämmert.
Verschwinde. Verschwinde. Verschwinde.
Es kommt mir vor, als würde ich
brennen.
Als würde ich wie ein sterbender Stern implodieren.
Und jetzt schauen auch noch
AUGEN
dabei zu, wie ich verglühe.

»Ich bin mit deiner Mum gleich dort vorne«, sagt Dad.

Er wirft Rowan einen letzten argwöhnischen Blick zu, bevor er geht und sich mit Mum auf eine Bank in der Nähe setzt.

Und dann sind nur noch er und ich da. Alice und Rowan. Zusammen.

Er sieht mich nicht an, sodass ich mir einen Moment Zeit nehme, um zu atmen und nach den richtigen Worten zu suchen.

»Rowan? Ich bin hier.«

Ich reiße den Kopf hoch, rechne mit
der Schulleiterin
dem Sozialdienst
der Polizei
und der Frage, die mir
Jonah für immer wegnehmen wird.
Aber stattdessen sehe ich ein fleischgewordenes
Phantommädchen,
das sich gegen die Holzwand presst, als würde sie den Turm
stützen.

»Alice?«
Mein Magen fährt Achterbahn,
meine Gefühle schwanken zwischen
der nagenden Schuld in mir und
der Hoffnung in ihrem Lächeln,
und ich weiß nicht,
für welches ich mich entscheiden soll.
Ich schüttle den Kopf. »Was machst du hier?«

Er weiß, dass ich es bin. Er weiß, das bin ich in diesem Körper, obwohl dieser Körper durch die Bodenbretter zu rutschen droht.

Und obwohl ich den Schmerz spüren kann, der wie Fieber von ihm ausstrahlt, ist mir die Welt noch nie so schön vorgekommen.

»Du hast mir mal erzählt, dass das hier einer deiner Lieblingsplätze ist.«

Ich fahre mir mit beiden Händen durch die Haare.
»Ich will im Moment lieber allein sein, Alice.
Ich will, dass du –«

»Dass ich gehe?«

Er wirft mir einen Blick zu. Wir schauen uns einen Moment in die Augen, und ich spüre, wie mein Herzschlag aus dem Takt kommt.

Ich lächle. »Ich gehe aber nicht, Rowan.«

Mein Magen zieht sich zusammen, weil
genau das ist das Problem, oder?

Ich habe mich
für sie
entschieden.
Sie über Jonah gestellt.
Und ich spüre, dass ich mich
trotz allem
wieder für sie entscheiden will.

Seine Hände sind immer noch in seinen Haaren vergraben.

»Warum bist du weggerannt?«

Ich drehe den Kopf weg.
»Du hast es ja selbst mitbekommen.
Du hast mir diese Nachricht geschickt.
Ich hab gesagt, dass ich Jonah beschützen würde,
und ich hab es nicht geschafft.
Ich bin zu spät zur Schule gekommen, um ihn abzuholen,
und er ist auf diesen Turm geklettert
und jetzt stellen die Behörden Fragen
und sie werden dafür sorgen, dass –«
Die Worte bleiben mir im Hals stecken.
Die Welt zerbröckelt unter mir.
Und ich kapiere nicht,
warum sich der Boden, auf dem ich sitze,
noch keinen Millimeter bewegt hat.

Ich würde gern näher rutschen und die Arme um ihn legen, aber meine Glieder wollen sich nicht rühren.

»Es war nicht deine Schuld.«

Doch. Doch. DOCH.
Die Schuld rollt wie eine Tsunamiwelle
durch mich hindurch,
ballt meine Hände zu Fäusten
und lässt sie so hart auf den Boden
des Turmhäuschens
EINSCHLAGEN,
dass das ganze Ding
zu beben anfängt.

Ich zucke zusammen und schaue zu Dad runter, der zu uns hochstarrt und versucht, so zu tun, als würde er nicht zu uns hochstarren.

»Rowan – du kannst nichts dafür. Du warst gar nicht da. Du hättest ihn nicht davon abhalten können, dort hochzuklettern –«

»Genau!
Ich war nicht da, oder?«
Ich schreie und kann nicht aufhören.
»Bitte – geh einfach, Alice.
Ich muss nachdenken.«
Ich vergrabe wieder den Kopf in den Händen.

Seine Stimme spaltet Spoons, aber ich halte sie zusammen.

»Man kann auch für jemanden da sein, ohne dass man physisch anwesend ist«, sage ich leise. Aber wenn das stimmt – was um alles in der Welt mache ich hier mitten auf einem Spielplatz, während meine Eltern da unten sitzen und darauf warten, das, was von mir übrig geblieben ist, vom Boden abzukratzen?

Ich schaue ihn wieder an. Er stemmt jetzt Hände und Füße in den Boden, als würde er jeden Moment aufspringen. Seine Haare haben sich vollständig aus dem Zopf gelöst und fallen ihm wirr ins Gesicht. Und er hat Löcher in den Schuhen und dreckige Hände und einen wilden Ausdruck in den Augen – aber ich kenne ihn. Ich kenne ihn, als wären er und ich gleich.

»Du musst das nicht allein durchstehen.«

Sie checkt es einfach nicht.
»Alice«, seufze ich.
»Du – verstehst das nicht, okay?
Du hast –«
Ich wedle mit der Hand in Richtung der
Leute, die auf der Bank unten sitzen.
Die Beratungstante. Der Typ, den sie Dad genannt hat.
»Mein Dad hat uns sitzen lassen.
Die Scheiße mit Mam ist zu krass geworden und er
hat sich für sich entschieden.
Gegen sie. Gegen mich. Gegen Jonah.
Und Mam –«
Ich spucke den Gedanken aus meinem Kopf
wie ein Eitergeschwür.
»– sie hat ihr eigenes Kind
über die Brüstung von einem
Glockenturm baumeln lassen.«

Mein Atem stottert, und ich versuche mich darauf zu konzentrieren, wie stabil und verlässlich sich der Boden unter meiner Hand anfühlt.

»Hast du deinem Dad gesagt, dass es schlimmer geworden ist?«

Ich schüttle den Kopf.
»Wir sind ihm egal.
Den Leuten ist es scheißegal,
was mit Kids wie uns passiert, Alice.«

Ich schaue nach oben. In den Himmel.

»Mir ist es nicht egal.«

»Ich hab es verkackt«, flüstere ich.
»Ich dachte, dass ich ihn beschützen kann, aber
ich bin keine Spur besser als Dad.«

Er hört mir nicht zu. Und ich weiß nicht, wie viele Worte ich noch übrig habe.

»Wenn du ihm – deinem Dad – wenn du ihm die Wahrheit sagen würdest, könnte er dir helfen. Und Fran. Charlie. Meine Mum. Wenn du mit ihnen reden würdest, könnten sie dir helfen.«

Ich hab versagt.
Ich hab versagt.
Ich hab versagt.

Er kneift die Augen zu, und in seinen Zügen sehe ich denselben Kummer, den ich im Spiegel in meinen sehe. Immer verbergen wir, wer wir sind. Was wir tatsächlich fühlen. Immer tun wir so, als wären wir stark, obwohl wir das manchmal – manchmal – vielleicht gar nicht sind.

Und das ist okay, oder? Es ist okay, einem anderen zu zeigen, dass man dabei ist, zu verschwinden. Besonders, wenn es ihm hilft, seinen eigenen Kummer zu sehen.

»Rowan. Rowan – mir … mir geht es nicht gut.«

Ich reibe mir übers Gesicht.
»Sag deinen Eltern, sie sollen dir helfen, Alice.«

Und schließlich holt der Nebel mich ein. Er leckt wie Flammen an meinen Zehen.

»Das tue ich tatsächlich«, sage ich keuchend. »Nicht mit Worten, aber ich bitte sie jeden Tag darum. Ich bitte sie, mich – mich morgens aus dem Bett zu holen. Ich bitte sie, mich zu füttern. Sich um mich zu sorgen. Mich davor zu bewahren, mitten in meinem Zimmer umzukippen, und mir aufzuhelfen, wenn es doch passiert.«

Ich drehe mich wieder zu ihr.
»Wovon redest –?«
Aber dann sehe ich sie.
Ich sehe sie so, als würde ich aufwachen.
Alice.
Ihre zweigdünnen Arme.
Ihr gespenstisch blasses Gesicht.
Ihre Augen, denen das Licht entrinnt.

Und trotzdem schafft sie es noch irgendwie, zu lächeln.

»Was – Alice?«

Der Nebel wabert höher und dimmt das Licht und Rowan streckt den Arm aus und greift nach mir.

Und wir berühren uns. Meine Hand in seiner Hand. Haut an Haut. Er und ich. Es ist eines von vielen unmöglichen Dingen, die ein Mädchen wie ich erleben kann, dem die Krankheit so enge Grenzen setzt, das aber innerlich keine Grenzen kennt.

Ich schaue in seine Augen. Dunkle Murmeln.

Ich kann den Druck seiner Hand nicht erwidern, aber ich konzentriere mich darauf, wie es sich anfühlt, dass er

durch die Welt zwischen uns greift

und mich festhält.

»Ich bin krank, Rowan«, flüstere ich.

Alice. Alice. Alice.

Ich rutsche näher an sie heran.

»Alice –«

Warum sieht sie aus, als würde sie

immer weniger werden?

Seine Haut fühlt sich unglaublich kalt an.

»Kein Verstecken mehr. Keine Lügen mehr.«

Ich neige den Kopf. In Richtung Himmel. Spüre dem letzten bisschen Sonne nach.

Dann schaue ich ihn an. Die steile Falte zwischen seinen Augen. Hätte ich Spoons, würde ich die Falte mit dem Daumen glatt streichen.

»Es ist Zeit, den Leuten die Wahrheit zu sagen, Rowan.«

Oh Shit.
Shit.
Sie versinkt
in Tiefen, die ich
nicht erreichen kann.
Ich versuche nach ihr zu greifen,
sie zurückzuziehen.
»Alice?
Alice!«

Hallo.
Das ist mein Name.
Oder war mein Name.
Spielt keine Rolle.
Ich bin zu ihm gekommen.
Ich bin hochgeklettert.
Und ich habe es ihm gesagt.

Ich hoffe nur.
Ich hoffe nur.
Dass er diesmal.
zugehört hat.

»H-Hilfe!«

72

Und jetzt

bin ich

nicht mehr da.

73
Alice

Biep.

Hände.

Biep.

Flüstern.

Biep.

Worte.

Biep.

»Alice?«

Biep.

Ich.

Biep.

ICH.

Biep.

Ich bin hier.

Biep.

Zwischen diesen Herzschlägen.

Biep.

Ich will es ihnen sagen.

Biep.

Ich will es ihnen zeigen.

Biep.

Ich bin HIER.

Biep.

Aber fürs Erste.

Biep.

Müssen das die Bieps.

Biep.

Für mich übernehmen.

74
Alice

Tag für Tag für Tag endloser, brennender Nebel.

Und dann. Klart er. Stellenweise auf.

Kabel.

Kreuz und quer. Ein Schlauch. Zwischen einem Beutel mit klarer Flüssigkeit und einer Nadel in meinem Arm.

Augen.

Keine, die ich kenne, aber in den Winkeln freundlich gekräuselt, während sie mich über einem grünen Mundschutz ansehen. Und dann bekomme ich eine eigene Maske über Mund und Nase gestülpt. Sie riecht nach Plastik und zischt mir Seeluft zu. Sie wird dafür sorgen, dass es mir besser geht. Sie wird den Schmerz etwas lindern.

Hände.

Mums Hände. Die meine halten. Und Dads auf und ab wandernde Schritte.

»So schlecht ging es ihr noch nie, Sophia.«

Mums Augen sehen meine durch den Nebel.

»Sie ist schon auf den Weg zurück zu uns.«

Bin ich wirklich.

75
Alice

Zuerst will ich fragen, wie lange.

Wie lange bin ich schon im Krankenhaus? Mit seinem Spoons-zerstörenden Neonlicht und dem permanenten Biep-Biep und den Fragen, Fragen, Fragen.

Und dann will ich nach Rowan fragen.

Hat er mir zugehört?

Hat er es geschafft, sich Hilfe zu holen?

Und dann will ich fragen, was passiert ist.

Was ist passiert, als er gesehen hat, wer ich bin?

Hat er wenigstens noch einmal zurückgeschaut, bevor er gegangen ist?

Aber für Worte habe ich keine Spoons übrig. Sie reichen kaum, um überhaupt irgendeinen Gedanken zu formen.

Aber ich habe genug, um Muster auf die Innenseite meiner Augenlider zu projizieren, während ich versuche, vollkommen still dazuliegen und meinen Körper gegen die KRANKHEIT kämpfen zu lassen, die ihn auf so spektakuläre Weise ausgeknockt hat.

Ich schaue dem Licht zu, wie es sich in gigantische Bilder von Kalmaren bricht. Von Meerjungfrauen. Von einer Buckelwalfamilie, die wieder vereint ist.

In meiner Vorstellung schnalle ich mich an Pinselstiele und erschaffe ganze Lichtwelten. Und ich zwinge die Farbe, zwischen meinen Knochen hindurchzusickern, in meine Adern und bis tief in meine Zellen. Um etwas Neues drüberzumalen. Das funktioniert. Das schön ist.

Und ich bereite mich vor. Auf die vollkommen neue Welt, die ich betreten werde, wenn mein Körper zurück ist. Und dafür werde ich etwas Besonderes brauchen.

Nicht meine Streamer. Nicht Rowan. Noch nicht einmal Mum und Dad.

Ich werde Alice brauchen. Weil sie alles ist, was ich habe, wenn es darum geht, zu LEBEN, was das Zeug hält.

76
Alice

Es ist eigentlich unmöglich, aber ich habe eine neue Freundin gefunden.

Ein paar Tage lang kannte ich nicht mal ihren Namen. Nur das freundliche Kräuseln ihrer Augenwinkel. Das Zwinkern, das sie mir zuwarf, wenn sie etwas sagte, was ich nicht wirklich verstand, mir aber das Gefühl gab, dass es etwas Nettes war. Doch dann erhaschte ich einen Blick auf ihr Namensschild – drei Buchstaben, deren Entzifferung einen Spoon nach dem anderen verschlungen hat, bis sie sich in meinem Kopf schließlich entwirrten und ein Wort bildeten.

May.

May trägt einen blauen Krankenhauskittel und eine goldene Kette mit einem Münzanhänger um den Hals. Sie trägt glitzernden Lidschatten, und wenn sie sich vorbeugt, um das Gepiepe neben meinem Bett zu prüfen, duftet sie wie der Garderobenraum auf einem Hollywood-Filmset.

Ich kann May nicht sagen, wie ich heiße, weil ich meine Lippen nicht dazu bringen kann, sich zu bewegen. Aber sie scheint meinen Namen trotzdem zu kennen und raunt mir Geheimnisse ins Ohr, als wären wir alte Freundinnen.

Manchmal erzählt sie Witze. Und Stunden später, wenn sie weg ist und das Licht heruntergedimmt ist und ich genügend Spoons sammeln kann, um aufzuwachen, setzen die Witze sich zu Bildern zusammen und bringen mich zum Lachen.

Und dann sind ich weiß nicht wie viele Tage vergangen, und plötzlich ist May da und flüstert mir etwas zu, das mit Mum und Dad zu tun hat, und die Worte sinken ein wie Fließsand.

»Sag's deinem Dad nicht, Alice, aber deine Mum hat sich einen kleinen Spaß mit ihm erlaubt, während er geschlafen hat.«

Worte. Worte, die ich verstehe. Und ich kann rechtzeitig den Blick nach links gleiten lassen, um zu sehen, wie Dad sich gähnend streckt – die Augen mit glitzerndem Lidschatten betont. Und irgendwo in mir drin lache ich.

May sieht es. Und auf ihrem Gesicht breitet sich ein Lächeln aus, das eine wunderhübsche Lücke zwischen ihren Vorderzähnen enthüllt.

»Da bist du ja«, sagt sie. »Ich sehe dich.«

77
Alice

Ich werde entlassen.

Zurück bleiben das grelle Neonlicht, das Biepen und die Menschen, die meine Freunde geworden sind. Zurück bleiben die Fragen, auf die weder wir noch sie eine Antwort haben.

Aber diesmal weint Mum nicht. Und der Tropf, an dem ich hing und mit dem ich künstlich ernährt wurde, hat mir Spoons zugeführt und MICH und meinen Körper wieder zusammengeklebt.

Als ich mit Sonnenbrille und Ohrstöpseln nach draußen gerollt werde, suche ich in den Gesichtern, die mir alles Gute wünschen, nach May und finde ihre Hand.

»Diesmal hältst du dich von hier fern, verstanden?«, sagt sie.

»Ich versuche es«, verspreche ich.

Ich drücke ihre Hand, so fest ich kann, bevor ich sie davontreiben lasse, und wünsch mir dann etwas, als wäre sie eine Sternschnuppe. Ich will nie mehr zurückkommen.

Ich werde durch lange Gänge geschoben, in denen Kunstwerke an den Wänden hängen, die so bunt sind, dass ich sie nicht anschauen kann. Aber die Farben begleiten mich nach draußen und in den Wagen, wo wieder die Noice-Cancelling-Kopfhörer auf meine Ohren kommen.

Und ich werfe einen letzten Blick auf die Welt – auf Mum und Dad in wirbelnden Farben –, weil ich weiß, dass die Fahrt die ganzen Spoons verbrauchen wird, die ich nach und nach gesammelt habe, bis es genügend waren, um nach Hause zu können. Aber ich werde sie mir wiederholen. Nach und nach – werden sie zurückkommen.

Der Wagen dröhnt.

Farben dehnen sich.

Dann der Geruch nach zu Hause.

Ein quirliger Fisch, der durch sein Aquarium kreist.

Das Seufzen einer Bettdecke in einer Kreidewolke.

Die Lichter gehen aus. Die Welt verblasst. Aber die Farben sind bei mir geblieben.

Ich schließe die Augen und schwimme.

78
Alice

Ich träume und ich schwimme.

Das Wasser ist klar und so warm wie ein Bad. Aus dem zerklüfteten Meeresboden winden sich Korallen, die ihre Fühler nach mir ausstrecken. Aber ich bin zu weit weg, als dass sie mich berühren könnten.

Und ich rolle mich auf den Rücken und schaue nach oben, wo die Sonne einen Strahlenfächer ins Wasser wirft und Beine paddeln.

Cecelia. Mum. Dad.

Rowan.

Ich bin zu tief unten, um sie zu erreichen. Aber diesmal fange ich nicht an, mich zu winden und zu strampeln, um zu ihnen zu gelangen, weil ich mich an jeden einzelnen Spoon klammere, den ich habe. Und ich lasse die letzte Luft aus meinen Lungen weichen und sie schreien mich an, ich solle *strampeln strampeln strampeln*. Stattdessen bleibe ich ruhig. Und nehme einen tiefen Atemzug Wasser.

Und das Wasser schmeckt nicht nach Ertrinken. Meine Lungen hören auf zu schreien und mein Körper seufzt auf, und ich spüre, wie der Sauerstoff durch mich hindurchfließt, als würden selbst meine Knochen atmen.

Ich fasse mir an den Hals und ertaste Kiemen. Kiemen, mit denen ich im Dazwischen atmen kann.

Und jetzt – hier – ist es friedlich. Es ist warm. Über mir kann ich die Oberflächengeräusche hören und unter mir das Klopfen verborgener Dinge. Und ich gehöre weder an den einen Ort noch an den anderen.

Aber ich habe das Gefühl, dass ich hier – im Dazwischen – nicht allein bin.

»Alice?«

Ich öffne die Augen. Es ist Dad. Er ist nach unten geschwommen, um nach mir zu schauen.

»Hi«, sage ich, dann ziehe ich den Kopf ein und tauche wieder ab, weil ich ein Wort gesagt habe. Obwohl die Autofahrt mir alle wieder weggenommen hatte, habe ich ein Wort laut ausgesprochen.

Dads Lächeln glitzert. »Willkommen zurück, Kleines.«

Er schwimmt wieder nach oben und hinterlässt einen seltsamen Anblick. Es wirkt beinahe so, als wären Schnipsel aus meinem Traum in die Realität hinausgeschleudert und mein Zimmer in einen leuchtend blauen Ozean geschwemmt worden.

Ich blinzle. Aber nichts verändert sich. Und als ich versuche, es zu verstehen, fühlt es sich an, als würde ich versuchen, einen Elefanten in meinem Kopf herumzuwälzen.

Ergründen, was in der realen Welt vor sich geht = 1 Spoon

Ich lasse es langsam in mein Bewusstsein sickern.

Die Farbstrudel, mit denen meine Wände überzogen sind.

Der tiefgrüne Korallenwald, der Mantas Aquarium umgibt, und leuchtende Seesterne, gelbflossige Fischschwärme und eine starräugig glotzende Muräne, die auf der Lauer liegt.

Und über mir ein Wassertunnel, in dem eine Lampe hängt, an der gerade ein gigantischer Teufelsrochen vorübersegelt.

Meine Wände. Meine Zimmerwände. Sie sind weggespült worden. Von einer Welle. Die einen Ozean voller Leben hinterlassen hat.

Ich hebe einen Arm.

Nach Dads Hand greifen = 1 Spoon

»Also das muss man ihm wirklich lassen. Er ist vielleicht ein Halbstarker, aber malen kann er, so viel steht fest.«

Rowan.

Sein Name sinkt herab und zieht am Faden von etwas, das an meinen Rippen, meinen Ohren, meinen Zehenspitzen befestigt ist. Und ich will es packen und zugleich wegstoßen. Und es ist schmerzhaft und zugleich wunderschön. Und es ist real und zugleich ganz wie ein Traum.

Er hat die Wände meines Zimmers bemalt. Jeden einzelnen Quadratzentimeter.

Er hat sie in unseren Tunnel unter dem Meer verwandelt und ich will mit ihm auf dem Boden liegen und zur Welt hochschauen und seine Hand nehmen und –

SEIN.

Ich schaue mich nach ihm um.

»Wenn es dir besser geht, Kleines. Er möchte dich auch sehen.«

Er möchte mich sehen. Obwohl er mich als die gesehen hat, die ich bin, möchte er mich trotzdem sehen.

Und ich frage mich, ob sich noch irgendetwas je so sehr nach LEBEN anfühlen könnte. LEBEN, was das Zeug hält.

79
Alice

Meine Spoons sind wieder da.

Vielleicht noch nicht alle, aber genügend, um aufrecht zwischen Mum, Dad und Cecelia zu sitzen, während wir uns die Aufnahme des Beitrags anschauen, den die Lokalnachrichten neulich über sie gebracht haben.

Ein Reporter in einem Anzug steht vor dem Schultor – genau an der Stelle, an der ich vor Kurzem noch selbst gestanden habe –, und ich frage mich, ob er noch einen Hauch meiner Fußspuren sehen kann.

Cecelia stöhnt, als sie eingeblendet wird. Sie starrt auf den Bildschirm, als wäre die Kamera ein auf sie zurasender Hochgeschwindigkeitszug.

»Oh Gott, ist das peinlich.«

»Schschscht! Gleich kommt die beste Stelle.« Dad schaltet den Ton lauter.

»Und hier neben mir steht jetzt die junge Retterin Cecelia Adebayo. Cecelia – was ist dir durch den Kopf gegangen, als du an diesem Glockenturm hochgeklettert bist?«

Die Augen der Cecelia auf dem Bildschirm scheinen aus den Höhlen zu treten, als die Kamera sie heranzoomt, und es entsteht eine quälend lange Pause, in der die reale Cecelia aufheult und versucht, Dad die Fernbedienung aus der Hand zu zerren.

»Mach – das – aus!«

»Ähm … keine Ahnung. Bloß, dass er ganz schön hoch ist.«

»›Bloß, dass er ganz schön hoch ist‹«, wiederholen Mum und Dad prustend, bevor sie sich vor Lachen biegen.

Ich schüttle den Kopf. »Ich glaube, das ist das erste Mal, dass dir die Worte fehlen.«

»Das liegt an der Kamera, okay? Die … die hat mich total aus dem Konzept gebracht.«

Mum und Dad lachen immer noch, und ich versuche, trotzdem etwas zu verstehen. Jetzt ist nämlich Jonah ins Bild gekommen. Strohblond und in die Kamera winkend, als würde er mich wieder dahinter sehen. Und es geht ihm gut. Es geht ihm gut.

»Scht!«, zische ich und die anderen verstummen.

Der Reporter beugt sich zu ihm hinunter. *»Jonah, was hast du eigentlich auf dem Turm da oben gewollt?«*

Er grinst und enthüllt seine Zahnlücke. *»Ich wollte die Blumen sehen.«*

»Da oben gibt es Blumen?«, fragt der Reporter.

Jonah zuckt mit den Achseln. *»Mein Bruder kann überall Blumen machen, und große Tintenfische auch. Er kann alles machen.«*

Das Bild wechselt zu Rowan, der gerade telefoniert und verlegen die Hand in die Kamera hebt, und mein Herz macht einen Sprung. Ich würde am liebsten auf Pause drücken. In Ruhe seine langen Finger und sein schiefes Lächeln betrachten. Mir die Sachen, die er anhat, genauer anschauen – es sind dieselben, die er getragen hat, als ich ihn live und in Farbe im echten Leben gesehen habe – als würde ich in ein Paralleluniversum schauen, in dem das Leben weiterging, während meins eine Zeit lang aufhörte – in dem meine beste Freundin im Fernsehen interviewt wurde und Rowan mir zugehört hat und sich nicht länger versteckt.

Aber ich spüre Cecelias Blick und weiß, sie wartet nur darauf, dass ich irgendwas sage, damit sie mich aufziehen kann, also lasse ich den Moment verstreichen.

Die Kamera ist jetzt wieder auf Jonah und den Reporter gerichtet. *»Und bist du froh, dass du gerettet wurdest?«*

Jonah seufzt, als würde er angestrengt über die Frage nachdenken. *»Ich hätte es wahrscheinlich auch allein runtergeschafft, weil ich ja auch allein hochgekommen bin. Aber es war auch schön, dass Cecelia da war – sie ist lustig und bringt mich zum Lachen.«*

Auf dem Bildschirm hält Jonah Cecelia an der Hand, und Cecelia lächelt und sieht dabei aus, als würde sie panisch die Zähne blecken.

Diesmal gewinnt sie den Kampf gegen Dad um die Fernbedienung.

»*Uuuuuund* löschen. Ernsthaft. Da riskiere ich Kopf und Kragen für diesen Knirps, und das Einzige, was ihm dazu einfällt, ist, dass ich da oben Witze gerissen hab.«

»Ich wette, er konnte es kaum erwarten, von da oben wegzukommen«, sagt Mum und bringt sich in Deckung, als Cecelia nach ihr schlägt.

Aber der Reporter weiß, dass sie mehr als das getan hat, und wir wissen es auch. Deshalb verbrauche ich einen Spoon, um sie zu umarmen, als Mum und Dad uns allein lassen.

»Danke, dass du ihn gerettet hast«, sage ich.

Sie tätschelt meinen Arm. »Du hättest dasselbe gemacht, wenn du könntest.«

»Ist es besser geworden? Mit den anderen in der Schule?«

»Glaub schon«, sagt sie achselzuckend. »Ein paar Leute wollen in den Kletterklub eintreten, dann besteht er wenigstens nicht mehr bloß aus mir und dem gruseligen Sportlehrer. Und Fran und Charlie – die Freunde von Rowan – fragen regelmäßig, ob ich mit ihnen abhängen will, was besser ist, als ständig allein zu essen. Sie sind eigentlich ganz in Ordnung. Ein bisschen ätzend als Paar, aber in Ordnung.« Sie wirft mir einen kurzen Blick zu und umarmt mich fester. »Aber kein Vergleich zu dir. Und nach allem, was man so hört, bist du an dem Tag selbst eine wahre Heldin gewesen.«

Ich kaue auf meiner Unterlippe. Ich habe darüber nachgedacht und mich gefragt, ob das stimmt. Es war gut, da zu sein, als Rowan mich brauchte, aber der Preis war hoch. Ich habe Dad viel zugemutet. Ich habe Mum viel zugemutet. Und hätte es selbst fast nicht geschafft. Ich weiß nicht, ob mich das wirklich zu einer Heldin macht.

Ich drehe den Kopf, um sie anzuschauen. Zwischen ihren Braids schimmert es mittlerweile grün und sie passt perfekt zu meinen Wänden. »Weißt du, ob es etwas genützt hat? Ist er okay?«

Cecelia greift nach ihrem Handy und gibt es mir. »Warum fragst du ihn nicht einfach selbst?«

Und auf ihrem Handy sind Nachrichten über Nachrichten über Nachrichten von Rowan.

Ist sie okay?

Mann – was ist bei euch los?

HALLO, GEH BITTE AN DEIN HANDY.

Kann ich sie sehen?

Bitte?

Meine Finger schweben über dem Display. Und dann tippe ich.

Du kannst kommen. Morgen.

Morgen.

80
Alice

Ich fühle mich anders in diesen Wänden, seit sie bemalt sind.

Es ist nicht so, als wären sie nicht mehr da, weil das sind sie. Und ich bin immer noch in diesem Bett und ich kämpfe immer noch gegen die KRANKHEIT, und ich weiß nicht genau, wer gewinnen wird. Es ist eher so, dass ich sie jetzt sehe. Und ich sehe, dass mein Leben in diesen Wänden mit dem Meer vergleichbar ist. Es kann dunkel sein. Es kann wild sein. Es kann launenhaft und kalt sein und mir Dinge wegreißen, bevor ich es verhindern kann.

Aber es kann auch wunderschön sein.

Seit ich wieder zu mir gefunden habe, denke ich viel über das Leben draußen nach. Ich war dort, und es hat sich so angefühlt, als würde ich LEBEN – als würde ich einen Fuß in die Welt setzen und als wäre ein einziger Moment in der Normalität, wo ich physisch für jemanden da sein konnte, der mich brauchte, all die negativen Konsequenzen wert.

Aber das kann man nicht mehr LEBEN nennen, oder? In meinem Leben als Alice geht es nicht darum, bis ganz nach oben zu klettern oder mir für einen Atemzug geborgte Luft alles abzuverlangen und über meine Grenzen zu gehen. Für mich bedeutet LEBEN, das Dazwischen zu atmen – mit meinen Eltern herrliche Welten zu erschaffen; mit Cecelia zu lachen; mich von meinem Bett aus in einen Jungen zu verlieben. Leben wird in Spoons gemessen, damit ich weder in die Tiefe sinke noch an die Oberfläche schwimme.

Damit ich innehalte. Mich umschaue. Dinge sehe, die wunderschön sind.

Mum fährt das Kopfteil meines Betts hoch und fragt mich, wie es mir geht, und diesmal erzähle ich ihr das Gute und das Schlechte. Ich sage ihr, dass meine Beine wieder brennen. Ich erzähle ihr, dass ich mir Gedanken darüber mache, ob ich jemals Meeresbiologin werde oder nicht. Ich sage ihr, dass ich Angst habe, Rowan zu sehen.

Aber ich sage ihr auch, dass ich sie lieb habe. Dass ich mich auf den Therapietafel-Abend nächste Woche freue, egal, was Dad sich diesmal wieder ausgedacht hat. Und dass ich, zumindest jetzt gerade, wirklich glücklich bin.

Sie beugt sich vor und küsst mich auf die Stirn, und ich beschließe, ihr noch etwas anderes zu sagen.

»Mum – es tut mir leid, dass ich KRANK bin und dass du das Singen aufgeben musstest, damit du dich um mich kümmern kannst.«

Sie scheint einen Moment in mich hineinzufallen, aber als sie den Kopf wieder hebt, sind ihre Züge weich und entspannt. Sie nimmt mein Gesicht in beide Hände.

»Das darf dir nie leidtun, Alice. Nie.« Ihre Augen sind sturmgrau. »Du schenkst mir mehr Freude, als einhundert Auftritte das je getan haben.«

Sie zeichnet mit dem Finger die Umrisse meines Lächelns nach.

»Aber vermisst du es nicht? Ein bisschen?«

Sie seufzt und setzt sich auf die Bettkante. »Manchmal – ja. Vor allem wegen den anderen in der Band – wir hatten so viel Spaß zusammen.«

Ich nehme ihre Hand. »Vielleicht könntest du dich für einen Kurs oder so was anmelden? Dir deinen eigenen Therapietafel-Tag gönnen.«

Sie lacht. »Die verrückten Sperenzchen von deinem Vater reichen mir.«

Aber ich schaue sie weiter an. »Jetzt mal im Ernst, Mum. Dein Leben muss sich nicht nur um mich drehen.«

Sie öffnet den Mund und ich sehe die Andeutung eines falschen Lächelns. Dann schluckt sie es hinunter, beugt sich vor und presst einen Moment die Lippen auf unsere Finger.

»Ich denke darüber nach. Auch wenn ich es liebe, dich als meine Welt zu haben, Alice – vergiss das ja nicht. Du bist nicht bloß Arbeit für mich – du bist auch der stärkste und wunderbarste Mensch, den ich kenne.«

Ich lächle, bis wir beide ein bisschen verlegen werden und sie aufsteht und meine Decke glatt streicht.

»Ich wünschte nur, dass ich mehr für dich sein könnte. Wenn ich könnte, würde ich für dich jede Menge Leute in diese vier Wände holen.«

Ich verziehe das Gesicht. »Das klingt nach jeder Menge Lärm.«

»Du weißt, was ich meine«, sagt sie. »Leute in deinem Alter. Leute wie du.«

Sie dreht sich um und macht sich weiter für die Arbeit fertig. Aber ihre Worte – sie bringen mich zum Nachdenken.

Ich habe mich nie wirklich mit der Tatsache beschäftigt, dass es da draußen noch andere Leute wie mich gibt. Leute, die innerhalb ihrer vier Wände gefangen sind, ganz unabhängig davon, wie alt sie sind. Leute, die hier, in diesem Dazwischen sind, oder vom Meeresgrund an die Oberfläche spähen und sich fragen, wie man es schafft, zu schweben. Oder die vielleicht gar nicht schweben, sondern einfach weiter Richtung Oberfläche schwimmen wollen, egal wie.

Mum macht sich auf den Weg zur Arbeit und ich klappe meinen Laptop auf und verbinde mich mit Stream Cast.

Willkommen zurück bei Stream Cast, Alice

User online:

Zurzeit ist niemand online – schon mal darüber nachgedacht, dein Profil öffentlich zu machen, *UM DICH MIT MEHR LEUTEN ZU VERBINDEN?*

User offline:

tokyo--drifter Zuletzt online vor 5 Tagen	**daddycool-007** Zuletzt online vor 26 Tagen	**Rowan** Zuletzt online vor 26 Tagen
destroy_roy Zuletzt online vor 28 Tagen	**_1mp0ssibledream_** Zuletzt online vor 30 Tagen	**WesleyCycles67** Zuletzt online vor 96 Tagen

Verbinde dich mit einem Kanal, um den Livestream zu starten.

Niemand ist online. Und diesmal löst es kein beklommenes Gefühl in mir aus, weil es mir heute nicht darum geht, mich in irgendetwas anderes zu flüchten.

Der Pfeil meiner Maus schwebt über dem Link »Zu öffentlichem Profil wechseln«. Früher habe ich diesen Ort für das große Unbekannte gehalten, in dessen Tiefen ein steiniger Meeresgrund wartet.

Aber ich schätze, ich bin selbst eine Unbekannte. Ich verstecke mich in meiner Höhle wie eine auf der Lauer liegende Muräne. Und ich frage mich, ob es Zeit ist, dass die Leute herausfinden, dass es mich gibt.

Ich hole tief Luft. Ich klicke.

Auf dem Bildschirm erscheinen sich im Kreis drehende, pulsierende Punkte, die wie ein Portal wirken, durch das ich hindurchgeschleudert werde, und ich frage mich – ich frage mich – ob ich genügend Spoons dafür habe.

Spoon Counting = so um die 7

Ich glaube, das reicht.

Auf dem Bildschirm baut sich ein Wandteppich aus Fenstern auf, von denen jedes ein Auge in eine andere Welt ist. Und es sieht fast genauso aus wie auf meinem privaten Zugang, nur viel größer – mit unzähligen Augen, die offen und online sind. Manche der Welten sind draußen – dort wird gerannt, gebrüllt, gesucht, geklettert – und sie sind das Gegenteil von meiner. Sie sind Oberflächen-Welten. Und ich glaube, ich würde gern danach greifen und mir eine von ihnen zu eigen machen, aber noch nicht. Nicht jetzt.

Ich schaue mir die anderen Welten an. Sie sind dunkle Tunnel, die ins Nichts stürzen – und ich glaube, die möchte ich auch nicht.

Aber dazwischen. In einem schwarzen Feld, das zuckt und flimmert und sich verändert, während ich es betrachte. Sind Leute. Die tippen.

Willkommen bei Stream Cast Public

Benutze Hashtags, um Gleichgesinnte zu finden.
Du befindest dich jetzt im Main Chatroom.

otterish767: willkommen auf der Party, Alice.
teemo: Alice!
x-julie_x: hallo hallo!
CaB1n-: Immer hereinspaziert in die Kanalisation - Lmfao ☺
Squisheroo: hat jemand Dave gesehen?

Sie feuern Nachrichten ab und chatten in Lichtgeschwindigkeit. Manche von ihnen begrüßen mich in ihrer Welt. Aber ich weiß nicht, was ich sagen soll oder wie ich hier existieren soll oder ob ich überhaupt dazugehöre.

Oben auf der Seite steht, dass ich Hashtags benutzen soll, um Gleichgesinnte zu finden. Aber wer sind meine Gleichgesinnten?

Zuerst probiere ich es mit #meer und #ozean, bekomme aber nur alte Links und Abbildungen angezeigt. Ich probiere es mit #malen, #goldfisch, #familienleben – aber nichts davon scheint irgendetwas mit mir zu tun zu haben, und ich spüre, wie mich die Kraft Spoon für Spoon verlässt.

Und dann gebe ich das ein.
#spoon.

spoonie-girl: 2 stunden und 300 #spoons später habe ich es tatsächlich geschafft, mich zu schminken.
>**barefacebear:** @spoonie-girl #spoonielife
>**0_0:** @spoonie-girl so fühle ich mich heute
>**8jackson8:** @spoonie-girl yo, hoffentlich sind noch ein paar #spoons übrig, um das Haus zu verlassen!

Spoons. *Spoons.*

Und diese Leute reden nicht so darüber, als würden sie in eine Besteckschublade gehören. Sie zählen sie. Benutzen sie. Teilen sie sich ein.

Ich klicke auf den Hashtag #spoonielife, und die anderen Chatter verschwinden.

#spoonielife

Benutze Hashtags, um Gleichgesinnte zu finden.
Du befindest dich jetzt im Chatroom #spoonielife.

barefacebear: hab heute bad pain day >_< #spoonielife
>**0_0:** @barefacebear fühle mit dir
>**spoonie-girl:** @barefacebear so ging's mir letzte woche, aber jetzt backe ich kekse. TORTE KOMMT ALS NÄCHSTES.
>**barefacebear:** @spoonie-girl das hilft mir durchzuhalten.

Meine Finger zittern.

Ich habe bei meinen Online-Recherchen schon von anderen Leuten gelesen, die Spoons zählen, aber die Posts haben sich immer unglaublich weit weg von mir angefühlt. Andere Leute mit Krankheiten wie meine waren wie das Ungeheuer von Loch Ness – man hat schon mal etwas darüber gelesen, es aber nie gesehen. Und wie soll das auch gehen, wenn ich die meiste Zeit in meinem Bett liegen muss und sie in ihrem?

Ich klicke auf die Namen der Leute, die ich chatten sehe, und lese ihre Profile. In jedem ihrer Accounts gibt es Hashtags über Spoons oder Diagnosen, die ich auch irgendwann mal bekommen habe, oder Gedanken, die ich hatte und die nie wirklich hochgekommen sind.

Gibt es irgendwelche Livestreams über uns? #spoonielife

Ich muss nicht lange warten.

>barefacebear: @Alice Freiwillige vor.
>8jackson8: @Alice nope!
>0_0: @Alice kannst du das bitte ändern?

Ich atme zu schnell, also knalle ich meinen Laptop zu und starre meine Wände an.

Diese Leute. Diese Leute sind mit mir im Dazwischen. Sie zählen Spoons. Sie schweben.

Und es gibt sie – genau wie mich.

81
Alice und Rowan

Ich bin gerade eingedöst, als ich höre, wie es unten an der Tür klingelt. Ich reibe mir den Schlaf aus den Augen und lausche.

Mum, die zur Tür läuft. Ihre Hand auf der Klinke. Das Quietschen in den Angeln.

»Rowan! Hast du es endlich zu unserem Beratungstermin geschafft?«

»Ähm, ja, tut mir leid, dass ich … Ist es okay, wenn …?«

»War nur Spaß. Komm rein, komm rein. Sie freut sich schon, dich zu sehen.«

Ich sterbe ein bisschen, als ich höre, wie er seine Schuhe auszieht, und versuche, ohne Spiegel meinen Pony glatt zu streichen und mir übers Gesicht zu wischen.

»Soll ich einfach hochgehen?«

»Du kennst ja den Weg«, sagt Mum.

Und dann Schritte. Seine Schritte. Die die Treppe zu meinem Zimmer hochsteigen. Und auch wenn ich weiß, dass er schon einmal hier gewesen sein muss, um die Wände zu bemalen, fühlt es sich groß an, dass er jeden Moment in meinem Zimmer sein wird.

Die Schritte verstummen. Kurz Stille. Lautes Ausatmen.

Sie ist dort drin.
Hinter dieser Tür.
Und ich weiß nicht, was ich zu sehen bekomme.
Wie sehr sie sich selbst
GESCHADET
hat,
nur um mir zu helfen.
Ich klopfe leise.

»Komm rein!«

Meine Stimme überschlägt sich und dann kommt er in den Raum und ist hier. Direkt vor mir. Und jetzt habe ich genügend Spoons, um zu sehen, wie groß er ist. Wie seine Haare auf den Schultern aufliegen, mit den Fingern durchgekämmt und mahagonibraun. Wie locker die Sachen an ihm sitzen, die er anhat, wie er leicht unbeholfen zur Seite geneigt dasteht und mit den Schnüren seines Hoodies spielt, als er meinen Blick erwidert und mich in diesem Bett sieht.

MICH. Alice.

Es ist Alice.
Ihre Augen sind geöffnet und
RIESIG.
Sie verschlingen mich.
Und irgendwie würde ich mich am liebsten
verstecken.
Aber gleichzeitig will ich
sie genauso verschlingen.
»Ähm ... hi.«

Ich lächle und er lächelt zurück und ich spüre ein Kribbeln im Bauch.

Dann schweigen wir und in mir steigt ruckartig Panik hoch, die meine Hand dazu bringt, sich ihm entgegenzustrecken.

»Hallo«, sage ich mit vorgetäuscht ernster Stimme. »Ich bin Alice. Sehr erfreut, Sie kennenzulernen, Sir.«

Sie beißt sich auf die Unterlippe.
»Alice«, sage ich lächelnd.
Ich gehe auf sie zu
und greife nach ihrer Hand.
Schüttle sie.
»Rowan.«

Er schaut mich an. Achtet nicht auf das seltsame elektronische Bett oder die Tatsache, dass ich liege, während er steht, sondern schaut mich an. In meine Augen. Bis tief in mein Innerstes.

»Setz dich«, sage ich und schiebe die Beine etwas zur Seite.

Panik durchflutet mich, weil
ich auf ihrem BETT sitze.
Und ich bin so damit beschäftigt,
darüber nachzudenken, was das bedeutet,
dass ich vergesse, ihre Hand loszulassen,
und jetzt sitzen wir da, als wären wir
mitten im Händeschütteln zu Eis erstarrt.

Wir schauen uns an und lachen – zwischen uns unsere sich haltenden Hände, als hätten wir Angst, loszulassen.

Ich drehe meine Hand – und meine Haut gleitet über seine Haut, bis unsere Handflächen sich aneinanderschmiegen.

Sie schaut mich an
und ich ziehe leise die Luft ein.
»Schon ein bisschen
crazy,
das hier, oder?
Als würde ich dich schon kennen.«

Ich beiße mir auf die Unterlippe. »Du kennst mich ja auch schon.«

Seine Hände liegen auf meinen Händen und ich kann seine Haut spüren, und das bringt mein Herz dazu, so wild und schnell zu schlagen, dass es durch meinen ganzen Körper pocht.

»Bei dir alles in Ordnung?«, krächze ich.

Ich weiß, worauf die Frage anspielt.
Sie möchte wissen,
was alles bei mir passiert ist,
seit sie mich das letzte Mal gesehen hat.
Ich schlucke.
»Ich hab gemacht, was du gesagt hast.
Ich hab Dad angerufen.
Ihm erzählt, was los ist.«

»Oh«, sage ich und hake meine Finger in seine. »Und?«

Ihre Augen sind wie Ozeane.
Und ihr das zu sagen ist viel schwerer,
als ich gedacht hätte.
Dafür, dass ich sie
eigentlich erst einmal getroffen habe.

»Wie hat er reagiert?«

Ich umschließe seine Hand. Ziehe mich etwas näher zu ihm, sodass ich seinen nach Minze duftenden Atem riechen kann.

Ich sehe sie an.
Hole einmal tief Luft.
»Er war erst mal ziemlich fertig.
Ich dachte, dass er sauer auf mich wäre,
weil ich ihm nicht gesagt hab,
dass Mam weg ist,
aber er ist vor allem wütend auf sich selbst gewesen.
Dann ist er mit so einer Idee angekommen,
damit Jonah und ich zusammenbleiben können.
Damit ich
Hilfe
kriege und nicht mehr allein für ihn sorgen muss …«
Ihre Augen.
Ihre Augen.

Er sieht aus, als hätte er Angst, aber ich weiß nicht, warum. Ich schüttle ihn.

»Das sind doch großartige Neuigkeiten! Absolut großartig, Rowan. Du kannst auf die Kunstakademie gehen. Du kannst –«

Ich räuspere mich.
»Er meinte, dass er genügend Platz für Jonah und mich hat.
Bei ihm.«

»Aber …« Ich verstehe immer noch nicht, warum er aussieht, als würde er daran zerbrechen.

Er legt seine andere Hand auf meine, sodass sie zwischen seinen eingeschlossen ist.

»Bei ihm. In …
In Australien, Alice.«

Und – oh. Das hatte ich vergessen.

Mein Magen zieht sich zusammen, als würde ich fallen.

Ich will ihn wegstoßen. Ich will mich an ihn klammern. Ich will rennen und schreien und tanzen und in den Himmel hinausrufen, dass ich nicht will, dass er geht. Nicht dorthin. Nicht so weit weg. Nicht, wenn ich ihn endlich hier bei mir habe, wenn ich innerhalb meiner eigenen Möglichkeiten mit ihm LEBE.

Er sieht mich an, und ich spüre, wie in seinem Inneren dieselben Gedanken tosen wie Wellen in der Brandung und –

Und ich denke nicht nach.

Ausnahmsweise – ausnahmsweise – höre ich einmal nur auf meinen Körper.

Ich greife nach dem Kragen seines Hoodies –
Beuge mich vor –
Und –

Lippen.
Ihre Lippen.
Ihre Lippen sind auf meinen und
sie küsst mich.
Und das kommt unerwartet.
Und plötzlich.
Aber …

Er erwidert den Kuss.

Und es fühlt sich an, als würden wir auf etwas ungeheuer Großes zurasen. Als würden wir ertrinken. Als würden wir fallen *tiefer und tiefer und tiefer.*

Als wäre alles – alles – möglich.

Ich ziehe sie an mich
und da ist etwas
Schnelles.
Hungriges.
Und sie hat die Hände in meinen Haaren.
Und ich habe die Arme um sie geschlungen.
Und wir versinken in etwas, das
etwas
sein könnte.
Wirklich etwas sein könnte.
Aber …

Ich löse mich von ihm, aber wir halten uns weiter an den Händen.

»Du gehst nach Australien.«

Ich könnte für sie hierbleiben.
Ich könnte meinen blöden Job in der Minigolfanlage behalten.
Ich könnte es versuchen.
»Na ja. Ich muss da nicht hin,
weißt du.«

Ich ringe mir ein eigentlich unmögliches Lächeln ab und unsere Köpfe treffen sich in der Mitte und wir legen die Stirn aneinander.

»Doch, du musst.« Mein Herz. Tut weh.

»Aber – was ist mit dir?«
Ich drücke ihre Hände.

Ich lache kurz. Lehne mich zurück. Schaue ihn an, sehe seine Sorge um mich. Und ich verbrauche einen Spoon, um mit dem Daumen die Falte zwischen seinen Brauen glatt zu streichen.

»Das weißt du nicht? Man kann von einem Bett aus alle möglichen Abenteuer erleben, Rowan.«

Ich nicke.
»Ich werde von Australien aus für dich streamen.
Ich werde tauchen lernen.
Ich werde –«

Ich zeichne mit dem Finger die Konturen seines Kinns nach. Mein Körper schreit mich an, ich soll aufhören zu reden und seine Konturen stattdessen mit den Lippen nachzeichnen.

Aber.

Aber.

»Du wirst alles tun, was du willst«, flüstere ich. »Du brauchst niemanden, der dir sagt, was du tun sollst.«

Die Falte zwischen seinen Brauen kehrt zurück, also lasse ich seine Hände los und breite die Arme aus, als würde ich fliegen.

»Ich bin dir begegnet. Ich habe dich *geküsst*. Und alles, ohne mein Bett zu verlassen. Und wenn ich *das* kann …«

Sie beugt sich dicht zu mir,
und ich frage mich,
ob sie mich wieder küssen wird.

»… dann stell dir vor, was ich noch alles kann.«

Ich schlucke.
Zwischen ihrem Mund und meinem liegen nur Zentimeter.
»Ich habe noch morgen.
Noch einen Tag, bevor ich gehe.
Können wir – können wir einfach einen Tag lang vergessen,
dass ich weggehe
und du KRANK *bist?*
Können wir nur einen Tag lang
einfach LEBEN*?«*

Ich halte ihn an den Ärmeln fest.

Vergessen klingt herrlich. Aber ich kenne mich gut genug mit Brainfog aus, um zu wissen, was übrig bleibt, wenn er sich verzogen hat.

»Du gehst weg«, flüstere ich. »Ich bin KRANK.«

Er will sich abwenden und ich halte ihn fest und streiche ihm durch die Haare.

»Aber das bedeutet nicht, dass wir nicht LEBEN können.«

Und als ich sie so sehe,
sehe, wie sie mich anschaut.
Fühle ich mich so lebendig wie noch nie.

82
Alice

»Nur einen Tag?!« Cecelia presst das Gesicht in ein Kissen. »Ich weiß nicht, ob das romantisch ist oder einfach nur schrecklich.«

Ich seufze und vergrabe das Gesicht in den Händen. Ich habe letzte Nacht versucht, so viel Ruhe wie möglich zu finden, aber Rowans Besuch wühlt alles in mir auf, flutet mich mit Euphorie, Schmerz und einem Gefühl, das irgendwo dazwischen liegt. »Ich weiß, ich weiß.« Ich stupse sie mit dem Finger in die Wange. »Aber du hast es mitgebracht, ja?«

Sie dreht den Kopf zur Seite und nickt. »Klar. Aber ernsthaft, Alice. Falls du damit irgendeinen seltsamen Schweinkram vorhast, meine Mum wird ausflippen, wenn –«

Ich gebe ihr einen Klaps. »Hör sofort auf. Das. Klingt. Weird.«

Sie rutscht lachend vom Bett herunter. »Okay, okay. Also, wie lauten die Befehle?«

Es ist nicht einfach, sie, Mum und Dad von meinem Bett aus anzuleiten. Am liebsten würde ich aufstehen und kontrollieren, ob sie alles richtig machen, oder die hitzigen Diskussionen unterbrechen, die vom Flur in mein Zimmer dringen – aber das kann ich nicht. Ich brauche heute jeden einzelnen Spoon, den ich kriegen kann.

Trotzdem höre ich Hämmern und Geschrei und Dad steckt ständig den Kopf durch die Tür und ruft Dinge wie »Hast du die Gummiglocke irgendwo gesehen?« und »Keine Sorge, das hat geklungen, als könnte es viel Geld kosten, aber in diesem Haus hat nichts wirklich viel Geld gekostet.«

Als es Mittag ist, klopft mein Herz bis zum Hals. Und Dad kommt rein, trocknet sich die Hände an einem Geschirrtuch ab und kniet sich neben mein Bett.

»Bist du so weit, Kleines?« Ich schaue finster und er lächelt. »Heute eher junge Frau statt Kleines, was?«

»Sei still«, sage ich, schlinge einen Arm um seinen Nacken und atme tief ein. »Aber ich bin so weit. Glaube ich.«

»Tja, jetzt gibt's kein Zurück mehr.«

Er hebt mich aus dem Bett und trägt mich übertrieben ächzend aus der Tür und ins Gästezimmer, wo Cecelia und Mum aufgeregt auf den Zehenballen wippen.

Nur dass das Gästezimmer kein Gästezimmer mehr ist. Es ist noch nicht mal ein Greenscreen-Raum. Es ist der *Strand.*

Der Boden ist mit einer leuchtend blauen Plane ausgelegt, die voller Kieselsteine und Sand ist, darauf liegen Plastikeimer und Schaufeln und um zwei Sonnenliegen ist sogar ein Windschutz aufgestellt. Von der Decke hängen Gummimöwen und aus unsichtbaren Lautsprechern hört man über sanftes Wellenrauschen ihr Kreischen.

Und es gibt auch ein Meer. Nicht auf dem Teppich – weil das keine gute Idee wäre, selbst mit der besten Plane der Welt. Es ist –

»Mums Gebärwanne, wie von dir gewünscht«, sagt Cecelia. »Aber du darfst ihr *auf keinen Fall* erzählen, dass wir sie geklaut haben, egal, was passiert. Sie hat gerade eine Schwangere, die das Ding für ihre Hausgeburt bestellt hat und bei der es jeden Tag so weit sein kann, bete also lieber zu Gott, dass sie nicht ausgerechnet heute Abend Wehen bekommt. Hebamme oder nicht – Mum wird ungelogen meine Geburt rückgängig machen, wenn sie es rausfindet.«

Mum schüttelt den Kopf. »Deine Geburt rückgängig machen?«

»Mich umbringen, abmurksen, köpfen – ich versuche bloß, ein bisschen Strandstimmung zu verbreiten«, brummt sie.

Dad trägt mich zu dem Becken und ich starre auf das Wasser – klar und warm wie ein exotisches Meer.

»Das wird nach jeder Geburt gereinigt, oder?«, frage ich und tauche einen Finger ins Wasser.

Cecelia verdreht die Augen. »Was glaubst du, wie sauber das Meer ist, Al?«

Und in dem Punkt hat sie nicht ganz unrecht.

Dad lässt mich auf eine der Sonnenliegen in der Mitte des Raums sinken, und ich schaue zu einer Glühbirne hoch, die sehr wohl eine Sonne sein könnte.

»Warte«, sagt Mum und setzt mir meine Sonnenbrille auf.

»Warte«, sagt Dad und reicht mir eine Sprühflasche Sonnencreme mit Lichtschutzfaktor 30.

Ich lache. »Um mich vor den Strahlen einer Glühbirne zu schützen?«

»Alice!«, sagt Cecelia. »Das ist die *Sonne*. Und das hier

ist der Strand. Das da ist das überraschend unsalzige Meer und das sind Vögel und du brauchst Sonnencreme.«

Ich lächele sie an. Und Dad. Und Mum. »Danke«, sage ich. »Wirklich. Glaubt ihr, es wird ihm gefallen?«

Genau in dem Moment klingelt es an der Tür und Cecelia zuckt zusammen.

Mum reibt die Hände aneinander. »Tja, ich würde sagen – gleich wissen wir es.«

Mum und Dad laufen hektisch nach draußen, aber Cecelia beugt sich zur mir herunter und legt mir eine Hand auf den Mund, damit ich zu hyperventilieren aufhöre.

»Halt die Klappe«, sagt sie, als ich unter ihre Hand zu sprechen versuche. »Nein – schscht! Du siehst umwerfend aus. Dieser Raum ist der Hammer. Und diese Tür –«, sie deutet hinter sich, »– diese Tür bleibt ZU.«

Ich lecke die Innenseite ihrer Hand ab und sie zieht sie Grimassen schneidend weg.

»Aber Mum und Dad –«

Sie hebt den Finger. »Die überlässt du schön mir.«

In ihren Augen ist ein Ausdruck, der mir nicht unbedingt gefällt, aber es ist keine Zeit mehr, etwas zu sagen, weil –

Rowan steht in der Tür und betrachtet mit einem breiten Lächeln die falschen Vögel und die Sonnenliegen. Und er ist hier, um mich zu sehen.

Ich nehme meine Sonnenbrille ab.

Cecelia richtet sich auf und klopft ihm auf die Schulter.

»Viel Spaß, Kinder«, sagt sie und schließt zwinkernd die Tür hinter sich.

83
Alice und Rowan

Und jetzt bin ich mit Rowan in meiner eigenen kleinen Welt eingeschlossen.

Ich lächle und lasse den Blick
über die Kieselsteine am Boden und die
riesige Wanne in der Ecke wandern.
»Hast du das alles gemacht?«

Ich deute kopfschüttelnd auf mich selbst auf der Sonnenliege.

»Einen Strand hier hochzuschleppen ist vielleicht eine Nummer zu groß für mich.«

Shit.
Ich gehe zu ihr rüber, bleibe abrupt stehen
und weiß dann nicht mehr richtig weiter.
»Sorry, ich wollte nicht …
Das war eine total dämliche Frage.«

»Nein, gar nicht – ich weiß schon, wie du es gemeint hast. Das Ganze war meine Idee, ja. Ich weiß, das ist kein echter Strand, aber er ist …«

»Besser«, sage ich
und schaue zur geschlossenen Tür.

Ich lächle. »Finde ich auch.«

Er tritt von einem Fuß auf den anderen und ich zupfe am unteren Hosenbein seiner Jeans. »Setz dich doch. Die andere Liege ist für dich.«

»Ähm – klar, okay.«
Ich ziehe meine Schuhe und meinen Hoodie aus,
lege mich neben sie
und bin mir überdeutlich der Tatsache bewusst,
dass unsere Finger sich fast berühren.

Einen Moment lang liegen wir einfach da, schauen zur Decke hoch, wo die Möwen an ihren Fäden tanzen, lauschen dem Wellenrauschen aus den Lautsprechern, in das sich Rowans flache Atemzüge mischen.

Wahrscheinlich sollte ich irgendwas sagen.
Oder vielleicht sollte ich sie einfach im Arm halten.
Sie küssen, solange ich noch kann.
Ich spähe zu ihr rüber und sehe, dass
sie lächelnd
an die Decke schaut, als
wäre es tatsächlich der Himmel.
Und sie ist so ganz und gar –
Alice.
Ich schiebe die Hand über
den Seitenrand meiner Sonnenliege.

Ich senke den Blick und sehe, wie seine Hand sich langsam über den Spalt zwischen uns bewegt, aber immer wieder zögert, als würde sie sich nicht wirklich trauen.

Meine Brust fühlt sich schwer und gleichzeitig leicht an, als hätte ich eine Eisenwolke geschluckt.

Ich spähe zu ihm rüber und er schaut mich an. Die Lippen leicht geöffnet, einen fast ängstlichen Ausdruck in den Augen.

Rowan.

Ich hebe meine eigene Hand und strecke sie aus.

Unsere Fingerspitzen berühren sich.
So zart, dass es sogar sein könnte,
dass sie sich gar nicht berühren.
Sie nimmt mit jedem ihrer Finger
zu meinen Kontakt auf.
Ich streiche über die Innenseite ihrer Handfläche,
hinterlasse dort meine Fingerabdrücke.

Die Wellen sind ruhig, aber ich bin es nicht.

Ich sehe ihn an und er lächelt. Es ist ein ungläubiges Lächeln – als wäre er auf einen unter den Holzdielen seines Wohnzimmers vergrabenen, kostbaren Schatz gestoßen.

Ich drehe mich so, dass ich ihn anschauen kann, und er macht dasselbe, sodass die Welt sich gerade stellt und ich ihn direkt vor mir liegen sehe.

Ihr Pony fällt ihr in die Augen
und ich streiche ihn mit meiner anderen Hand zur Seite.

Sein Blick zuckt zu meinem Mund und mein Magen macht einen Überschlag.

»Hast du schon alles für euren Flug morgen gepackt?«

Ich lasse die Hand fallen,
als wäre das Flugzeug gerade durch das Fenster gekracht.
»Mehr oder weniger. Gibt nicht wirklich viel zu packen.«

»Wie ist das Haus von deinem Dad? Ist Jonah aufgeregt?«

Sie lässt ihre Hand in meiner.
»Ich hab es noch nicht gesehen,
aber Dad sagt, es ist nicht weit vom Strand entfernt.
Und es hat einen Garten.
Jonah ist ein bisschen traurig,
dass er sich von seinen Freunden trennen muss, aber
das wird schon wieder, wenn er erst mal dort ist.«

Ich räuspere mich. »Was ist mit deinen Freunden? Charlie und Fran?«

Ich nicke.
»Sie sind echt cool gewesen.
Seit sie das von Mum erfahren haben,
sind sie total oft vorbeigekommen
und haben geholfen, auf Jonah aufzupassen,
damit ich packen kann.
Ich wünschte, ich hätte es
ihnen schon vor einer Ewigkeit gesagt.
Sie werden mir fehlen.

Aber nach allem, was ich so höre, werden sie klarkommen.
Sie haben einen ziemlichen Narren
an deiner Freundin Cecelia gefressen.«

Ich streiche weiter mit den Fingerspitzen über seine Handinnenfläche.

»Hast du was von deiner Mum gehört?«

Ich schlucke.
Konzentriere mich auf ihre Hand
in meiner Hand.
»Die Behörden haben sie ausfindig gemacht.
Sie ist wohl die ganze Zeit bloß
zehn Meilen weiter weg gewesen.
Hat sich bei irgendeinem Typen verkrochen.«

Ihr Griff wird fester.

»Aber wir haben Unterstützung
von einem Sozialarbeiter bekommen –
Alan.
Er hat mir geholfen,
ein paar Dinge aufzuarbeiten.
So Sachen wie –
ich hab immer das Gefühl gehabt, dass
ich schuld bin
an dem, was passiert ist.
Und das Gefühl hab ich irgendwie immer noch.
Aber mir ist jetzt vieles klarer. Dass
meine Mum – auch krank ist.

Ganz anders krank, als du KRANK *bist, aber –*
sie braucht Hilfe.«

Er runzelt die Stirn, als versuchte er seine nächsten Worte zu Backsteinen zu pressen, um sie nach draußen zu werfen.

»Hilfe, die ich ihr nicht hätte geben können.«
Ich reibe mir übers Gesicht.

Ich erwidere den Druck seiner Hand.

»Jonah hat Glück, dass er dich hat. Ich wünschte, ich hätte einen Bruder wie dich, der auf mich aufpasst.«

Ich denke an unseren Kuss und
ziehe eine Braue hoch.
Sie löst die Spannung
mit ihrem Lachen.

»Du weißt, was ich meine.«

Sie sieht mich mit einem breiten Lächeln an.
Ich hebe unsere Hände an meine Lippen.

Er küsst jeden meiner Finger, und mein Körper fleht mich an, mich aufzurichten und zu ihm zu legen.

Ich schlucke. »Was ist mit –«

»Willst du ins Meer?«,
sage ich zwischen ihren Fingern hindurch.

Mein Herz schlägt schnell, und ich schaue zu der Wanne, die Cecelia mitgebracht hat und die wie ein gestrandeter Wal auf dem Boden liegt.

»Hast du deine Badehose mitgebracht?«

Ich lache.
»Als ob mich das schon mal davon abgehalten hätte,
mich ins Meer zu werfen.«
Ich denke an die Kälte bis auf die Knochen
vom letzten Mal und
frage mich, ob das wirklich so eine gute Idee ist.
Aber das Wellenrauschen ist wie das Ticken einer Uhr,
die die Minuten runterzählt, die mir mit ihr bleiben.
Und ich will keine einzige Sekunde mehr
mit Fragen verschwenden.

Er lässt meine Hand los und setzt sich auf.

Einen Moment sitzt er bloß da und starrt mich panisch atmend an, dann lächelt er.

Er lässt den Blick seiner steindunklen Augen auf mir ruhen, als er die Hände hebt –

den hinteren Kragen seines T-Shirts greift und –

es sich über den Kopf zieht.

Und darunter ist ein Oberkörper, der wie ein geriffelter Meeresboden aussieht.

Haut so glatt wie Stein.

Hüften, die in einer Kurve in seiner Jeans verschwinden.

Er steht auf.

Sie betrachtet jeden Zentimeter von mir.
Ich beuge mich so weit zu ihr hinunter, dass ich die Arme unter ihre Achseln und ihre Kniekehlen schieben kann und unsere Gesichter sich beinahe berühren.
»Ist das okay?«, frage ich.

Ich schlinge die Arme um seinen Nacken und halte mich fest.

»Das ist okay«, sage ich.

Er hebt mich hoch, schmiegt mich an seinen Körper, und ich kann seine nackte Haut an meiner Haut spüren, als würde durch unsere Adern Strom fließen.

Er trägt mich zum Meer, wo das Wellenrauschen lauter wird, und bleibt dann einen Augenblick so stehen und hält mich einfach über dem Wasser fest.

»Ähm – du hast immer noch deine Klamotten an.
Willst du vielleicht …?«

Nein. Ich will nicht eine Minute länger zögern, stocken, denken.

Ich schaue auf das Wasser hinunter, schaue wieder ihn an und lächle.

»Wirf mich. Wirf mich rein.«

Ich lache.
»Was?«
Ich schaue zur Tür.

Ich beuge mich so weit zu ihm, dass unsere Nasen sich fast berühren.

»Wirf mich rein.«

Sie sieht mich herausfordernd an.
Flattert in meiner Hand
und ich lasse sie fliegen.

Und plötzlich – Wasser.

Viel mehr als in einer gewöhnlichen Badewanne. Die Seitenwände sind einen ganzen Schwimmzug entfernt und mein Kopf taucht einen Moment unter und ich verliere jedes Gefühl dafür, wer ich war und wer ich bin.

Und um mich herum steigen Bläschen auf und das Wasser zieht an meinen paddelnden Fußknöcheln und Handgelenken und meine Füße kommen auf dem Boden auf, also ziehe ich die Beine an und

schwebe.

Ich bin hier. Zu Hause. Unter Wasser.

Und ich öffne die Augen und sehe nach allen Richtungen wogendes Blau. Und ich spüre den Widerstand des Wassers, als ich die Finger hindurchgleiten lasse. Und ich halte die Luft an und lasse sie in dicken Blasen herausströmen und rolle mich herum.

Wirble im Kreis.

Drehe Pirouetten.

Hier drin bin ich eine Tänzerin. Ich bin ein Fisch.

Ich bin zu Hause.

Ich tauche nach Luft schnappend auf, stoße einen Freudenschrei aus und der besorgte Ausdruck auf Rowans Gesicht verschwindet.

Ich hab sie nicht umgebracht.
Sie
LEBT.
Ich ziehe meine Hose aus
und hechte hinein.

Das Wasser spritzt hoch und regnet wieder herunter, als er zu mir springt, und ich paddle an den Rand, wo ich mich auf eine Stufe setzen und meine Spoons auffangen kann.

Er verschwindet kurz und taucht direkt vor mir wieder auf – die langen Haare glatt am Kopf anliegend und winzige Tröpfchen in den Wimpern.

Er lächelt breit und schüttelt sich wie ein Hund.

Es ist ganz anders als das Meer.
Weder kalt noch warm – einfach klar.
Ich mache die Augen auf und sehe Alice.

Er ist hier und ich bin hier und morgen ist er weg.

Der Gedanke reißt mich von den Füßen wie eine gigantische Welle, und ich strecke keuchend die Hände aus und halte mich an seinen Schultern fest, um nicht unterzugehen.

»Hey, hey«, sage ich
und lege unter Wasser die Arme um ihre Taille.

Das Wasser zwischen uns scheint zu brodeln.
Ich hebe die Beine an. Schlinge sie um seine.

Mein Atem stockt.
Ihre Haut auf meiner Haut.
Ich ziehe sie an mich.
Streiche ihr den nassen Pony aus dem Gesicht.

Wir sind uns schmerzlich nah.
Ich lächle. Er lacht.
Und dann küsse ich ihn.

Das. Das.
DAS.
Das könnte alles sein.

Wir küssen uns und die Welt dreht sich und schwimmt und schwindet dahin, sodass wir zwischen Raum und Zeit festhängen – wo ein Mädchen, das ihr Bett kaum verlassen kann, und ein Junge, der ans andere der Welt aufbricht, sich finden können.

Sie küsst mich, als wollte sie
in jede Berührung unserer Lippen
ein ganzes Menschenleben packen.
»Ich muss nicht gehen«,
flüstere ich an ihrem Mund.
»Wir können uns irgendwas überlegen.«

Worte, unmöglich und wunderschön.

Ich küsse seine Wangen und seine Nase. Die Vertiefung zwischen seinem Hals und seiner Schulter.

»Wir wären eklige Aliens. Wie Fran und Charlie.«

Ich lache und wirble sie einmal herum,
sodass das Wasser um unsere Körper strudelt.
»Wir wären schlimmer.«

Ich will sagen, *Bleib.*

Bleib hier und verschrumple mit mir.

Hol tief Luft und tauche bis zum Grund hinunter. Lass uns zusammen im Dazwischen schweben.

Aber. Dann. Tauche ich auf, um Luft zu holen. Und paddle zu der Stufe am Rand zurück.

Sie schließt die Augen und ich sehe, dass sie zählt.
»Möchtest du raus?«

Nein, nein, ich möchte nie mehr raus.

Ich nicke.

Sie ist still, als ich
mich aufrichte und aus dem Wasser steige.
Mich kurz mit einem Handtuch abtrockne, bevor
ich zurückkomme und sie in meine Arme hebe.
Sie beißt sich auf die Unterlippe, also
lächle ich. Reiße Witze. Drehe mich mit ihr im Kreis,
sodass sie wieder nur den Himmel sehen kann.

Er setzt mich auf der Sonnenliege ab und macht sich danach an seiner zu schaffen.

Ich lache. »Was hast du vor?«

»Die stehen viel zu weit auseinander, Alice!«
Ich zeige auf den winzigen Spalt zwischen den beiden Liegen.
»Viel zu weit.«

Ich ziehe ihn lachend zu mir herunter.

»Dann komm einfach mit auf meine.«

Ich rutschte etwas zur Seite und er schiebt sich neben mich, und es ist, als wäre ich ein fehlendes Puzzlestück, das perfekt in seine Armbeuge passt.

Wir lassen uns abtropfen
und ihr Körper fühlt sich warm an.

Und während wir so zusammenliegen, reden wir.

Über Mum und Dad. Cecelias neuen Kletterklub.

Wir erinnern uns an Wesley zurück – an sein Fahrrad und an seinen Unterricht.

Und ich frage ihn, wie es jetzt mit seiner Kunst weitergeht, und er erzählt mir, dass er in der Stadt, in der sein Dad lebt, eine Kunstschule entdeckt hat – die einen ganzen Kurs nur über Street Art anbietet. Und ich beobachte seine Finger, zwischen denen er einen unsichtbaren Pinsel zu halten scheint, während er spricht.

Sie erzählt mir von den
Leuten, die sie im Netz gefunden hat.

Leute, die AM OBERKÖRPER VON STREAMERN
festgeschnallt sind
und ihnen bei ihrem Leben zuschauen.
Genau wie sie.
»Hast du mit ihnen gesprochen?«, frage ich.

Ich höre, wie die Worte in seiner Brust brummen.

»Nicht wirklich. Noch nicht. Ich habe sie bloß gefragt, ob es auch Livestreams über uns gibt. Aber sie meinten, nein, und dass ich vielleicht damit anfangen sollte.«

»Ich würde mich sofort
bei dir einloggen«, sage ich.

Wir reden und reden. Und dann redet er, langsam, und ich höre zu, wie sein Herz schlägt. Schlägt.

»Alice?«, sage ich.
Sie antwortet nicht, und als ich mich aufsetze
und sie anschaue, sehe ich, dass sie lächelt,
aber fast genauso aussieht, wie in dem Moment
auf dem Spielplatz,
als sie mir entglitten ist.
»Shit«, sage ich. »Soll ich deine Mum rufen?«

Ich schüttle den Kopf, weil das bedeutet, dass es vorbei ist.

Das hier.

Und ich will nicht, dass es vorbei ist. Ich will nicht.

Ich fahre mir mit der Zunge über die Lippen. »Ich habe

was vergessen«, flüstere ich. »Ein kleines Geschenk. Für Jonah …«

Ich schaue in die Richtung, in die ihr Finger zeigt,
und sehe einen Dinosaurier zum Aufziehen
aus einem Happy Meal.
Ich lächle.
»Er wird ihn lieben«, sage ich.
Obwohl ich jetzt schon weiß,
dass ich ihn selbst behalten werde.

Ich lächle und greife nach seiner Hand.

»Das war. Großartig.«

Alles in mir drin verflüssigt sich.
Ich beuge mich vor.
Küsse sie auf die Stirn.
»Du bist. Großartig.«

Das sind wir. Beide.

Aber meine Worte sind aufgebraucht, und ich weiß, er sieht, dass ich keine mehr habe.

Er zieht sich sein T-Shirt über. Nimmt sich noch einen Moment nur für sich allein, um mich anzuschauen.

Und ich würde gern etwas sagen, das ihn dazu bringt, mich weiter so anzuschauen.

Aber das war nur ein einziger
vollkommener Tag
in einem wunderbar unvollkommenen Leben.

Ich sage ihr, dass
ich etwas aus mir machen werde,
das dem Menschen,
den sie in mir zu sehen glaubt,
gerecht wird.
Dass ich eines Tages
zurückkommen werde.
Oder dass sie nachkommt.
Oder dass wir uns in der Mitte treffen und
eine komplett neue Welt erschaffen.
Ich sage ihr absolut alles, als ich sie hochhebe.
Die Tür öffne, vor der ihre Familie wartet.

Die Tür zum Strand geht auf.

Die reale Welt drängt in den Raum zurück. Und ich schaue noch einmal auf. In seine Augen.

Und dann
lasse
ich
los.

84
Alice

Gleich ist es so weit.

Cecelia hat mir mit dem Glätteisen Locken in die Haare gemacht und mir dabei so das Ohr verbrannt, dass es sich womöglich nie wieder davon erholen wird. Fran und Charlie sind zum dritten Mal diese Woche vorbeigekommen und haben diesmal einen ihrer violetten Arbeitsoveralls mitgebracht. Seit ich ihn anhabe, fühle ich mich fast so, als würde ich zu ihrer Gang gehören.

»Du hast echt den perfekten Busen für diesen Overall. Findest du nicht auch, Charlie?«, sagt Fran, während sie an meinem Kragen herumzupft, aber Charlie hält den Blick starr auf den Rochen an der Decke geheftet.

Cecelia lacht und gibt ihm mit ihrer Haarbürste einen Klaps. »Charlie – jetzt hör schon auf deine Freundin und sag was Nettes über Alice' Busen!«

Charlie trottet vor sich hin murmelnd zur Tür. »In dieser Gruppe sind eindeutig zu viele Mädchen.« Aber bevor er geht, dreht er sich noch einmal um und sieht mich an. »Viel Glück, Alice – du wirst das super machen.«

Ich lächle ihn an und er stößt auf dem Weg nach draußen mit Dad zusammen.

»Auf dieser Plattform sind ungefähr eine Million Leute«, sagt er. »Hast du das gewusst? Eine Million.«

»Dad«, seufze ich und versuche, die wild durch meinen Bauch flatternden Schmetterlinge zu beruhigen. »Du bist keine Hilfe.«

Cecelia tritt einen Schritt zurück und betrachtet mich stirnrunzelnd. »Irgendwie mach ich mir Sorgen, dass du jetzt *zu* heiß aussiehst. Ich meine – du wirst darüber reden, wie es ist, praktisch null Kraftreserven zu haben, und siehst dabei aus wie die verdammte Emma Stone? Das nimmt dir doch keiner ab.«

Ich schlage Frans Hand weg, als sie mir zum x-ten Mal die Haare in Form zupfen will.

»Okay – danke! Das reicht. Raus mit euch, und zwar alle.«

Sie reden alle drei gleichzeitig drauflos, und ich schaue sie mit hochgezogenen Brauen an, bis sie sich umdrehen und Charlie nach unten folgen. Dad steckt noch einmal den Kopf durch die Tür, bevor er sie zumacht. »Bist du sicher, dass du das tun willst, Kleines?«

Ich hole einmal tief Luft. Und nicke.

»Dann zeig's ihnen!«

Er schließt die Tür und ich bin wieder allein. Nur ich, in meinem Bett, mit meinem Laptop.

Ich schaue auf die Uhr. Noch zwei Minuten, bis ich gesagt habe, dass ich online sein werde.

Ich habe die ganze Woche mit den anderen Leuten gechattet, die sich selbst »Spoonies« nennen, und versucht, mich darauf vorzubereiten. Und es kommen immer mehr Leute dazu. Wünschen mir Glück. Warten.

Und ich weiß, sie würden es verstehen, wenn ich jetzt posten würde, dass ich es nicht schaffe. Dass ich heute keine Kraft dafür habe.

Aber das wäre gelogen. Ich habe sie. Ich habe, so gut ich konnte, dafür gesorgt – so gut das in einem so wilden Meer wie dieser KRANKHEIT machbar ist.

Ich klappe den Laptop auf.

Willkommen zurück bei Stream Cast, Alice

User online:

Rowan

Online seit 1 Stunde

Rowan ist online. Das heißt, er hat es geschafft, sich eine australische SIM-Card zu besorgen. Der Pfeil meiner Maus schwebt über seinem Namen, und ich stelle mir vor, wie er vielleicht gerade seine Sachen in einen neuen Kleiderschrank räumt. Zwischendurch nach Jonah schaut, der durch den neuen Garten tobt.

Bereit, wieder nach draußen in etwas Neues zu treten.

Alles in mir drin sehnt sich danach, zu klicken und in seine Welt hinüberzusteigen und einen Moment lang so zu tun, als wäre ich dort, bei ihm. Aber ich bin nicht dort. Ich bin hier – Alice. In diesem Zimmer und in diesem Bett.

Es wird Zeit, dass die Welt erfährt: Ich bin genauso LEBENDIG wie alle anderen.

Und es wird Zeit, dass ich mir das ebenfalls klarmache.

Ich klicke rechts oben auf das Kamera-Symbol. Mein eigenes Gesicht erscheint, inmitten eines wogenden Meers. Und ich sehe, dass der Chat schon wartet.

Du schaffst das, Alice.
Kann es kaum erwaaaaarten.
OMG, ich kann jetzt schon nicht mehr ohne leben.

Die Uhr zählt die Sekunden runter. Ich schaue mir selbst beim Panisch-Werden zu.

Aber es ist Zeit. Es ist Zeit, von diesem Fenster zurückzutreten. Und mein eigenes zu öffnen.

Ich atme tief durch.

Ich klicke auf den grünen Button.

Und ich lächle in die Welt, die mich live sehen kann.

»Hallo«, sage ich. »Ich bin hier.«

Und jetzt bin ich Alice.

Und ich LEBE.

Anmerkung der Autorin

Alice gehört zu den geschätzten fünfzehn Millionen Menschen in Großbritannien*, die mit einer chronischen Krankheit leben.

Manche dieser Krankheiten können diagnostiziert und behandelt werden. Andere Krankheiten – wie die, die Alice hat – sind komplizierter. Das Wissen darüber ist sehr begrenzt – wie werden sie ausgelöst? Welches ist die beste Behandlung? Warum sind die Symptome von Mensch zu Mensch so unterschiedlich? Manche müssen sogar darum kämpfen, dass man ihnen überhaupt glaubt, eine Krankheit zu haben.

Nicht allen, die eine solche Krankheit haben, geht es so wie Alice. Manche hätten es auf Cecelias Party geschafft, wären aber am nächsten Tag nicht in der Lage gewesen, das Bett zu verlassen. Ein Spoon ist für Alice vielleicht eine Unterhaltung, aber jemand anderer könnte damit zu Fuß zur Schule gehen.

Diese Krankheiten sind unsichtbar und können unterschiedliche Auswirkungen auf die Betroffenen haben – und sogar bei ein und derselben Person von Tag zu Tag unterschiedlich sein. Manche Menschen werden wieder

* Department of Health (2012). »Long-term conditions compendium of Information« (3. Auflage).

vollständig gesund, aber andere müssen neue Wege finden, um mit ihrer Krankheit zu leben.

Für einen gesunden Menschen kann es schwierig sein, wirklich zu verstehen, welche Auswirkungen so eine Krankheit auf sämtliche Lebensbereiche einer betroffenen Person hat. Aber wir können zuhören. Wir können sie weiter besuchen, auch wenn sie es vielleicht manchmal nicht mitbekommen. Und wenn wir sehen, dass jemand in einer vollen U-Bahn auf einem Schwerbehindertenplatz sitzt oder eine Behindertentoilette benutzt, obwohl er so aussieht, als hätte er unbegrenzt Spoons zur Verfügung, können wir uns in Erinnerung rufen, dass er – vielleicht – darauf angewiesen ist.

Diese Geschichte wurde vom Leben echter Menschen inspiriert – insbesondere von dem Menschen, um den ich mich selbst zu Hause kümmere. Wer mehr darüber wissen möchte, dem empfehle ich, sich den Dokumentarfilm *Unrest* von Jennifer Brea auf Netflix anzuschauen, die eindringliche Biografie *A Girl Behind Dark Glasses* von Jessica Taylor-Bearman zu lesen oder mit Freunden zu sprechen, die eine unsichtbare Krankheit haben.

Ich danke euch, dass ihr das lest.

Danksagung

Ich danke Carmen McCullough, meiner genialen Lektorin, die sich von der ersten Minute an für diese Idee eingesetzt hat. Danke für deine unermüdliche Unterstützung, deine Anregungen und dafür, dass du meinen verrückten Formatierungswünschen zugestimmt hast.

Millie Lean für ihren scharfen Blick, Shreeta Shah, Jane Tait, Jan Bielecki, Naomi Green, Wendy Shakespeare, Michael Bedo, Simon Armstrong und dem gesamten Penguin-Team.

Sallyanne Sweeney, Samar Hammam und Marc Simonsson, die dieses Buch mit so viel Hingabe in die Welt hinaus getragen haben. Sallyanne, ich weiß nicht, was ich ohne dich tun würde.

Diese Geschichte wurde von realen Lebenswelten inspiriert. Julie Farrell, ich kann dir gar nicht genug für den Einblick danken, den du mir gewährt hast. Das Gleiche gilt für die inspirierende Arbeit von Jennifer Brea, Christine Miserandino und Jessica Taylor-Bearman. Ein riesiges Dankeschön auch an Jessi Parrott und die Inclusive Minds – was ihr über den Entwurf dieses Texts gesagt habt, hat mich Rotz und Wasser heulen lassen.

Wie immer danke ich von Herzen meinen wundervollen Freundinnen Harriet Venn, Kathryn Davies und Anna Raby als auch meinen Brighton-Frauen, den Bumble Girls und dem Team bei Jericho Writers (dem früheren und dem heutigen). Ich danke Pippa Lewis, die geduldig zugehört hat, wenn ich mal wieder darüber gestöhnt habe, wie schwierig redaktionelle Arbeit ist, und Ellie Brough, die mir während des Lockdowns jeden Samstag geschrieben hat.

Dieses Buch wäre womöglich nie zustande gekommen ohne die tägliche Unterstützung und den Sarkasmus meines dunklen Zwillings Yasmin Rahman. Aisha Bushby – die coolste und schönste Person, die ich kenne. Holly Jackson, danke, dass du mit mir an der Victoria Station gewartet hast. Joseph Elliot, danke, dass du der bist, der du bist – hör nie auf damit. Struan Murray für die Mittagessen in Oxford. Lucy Powrie für die niedlichen Tierfotos, und Sam Copeland für den Drink (Margarita, danke!).

Meine Familie, die mich nicht nur bei diesem Buch, sondern schon während meiner gesamten Laufbahn als Autorin bedingungslos unterstützt, hat sämtliche Auszeichnungen dieser Welt verdient. Mum, Dad – danke, dass ihr immer da seid, wenn ich euch brauche. Grandma und Grandad, die meine Bücher jedem zeigen, den sie kennen. Louise, Jay und Amelia für die Jurte im Garten. Und der Familie Annis danke ich für alles, was sie getan hat.

Schließlich möchte ich mich bei Dr. Ryan Annis bedanken, dass ich mir kleine Stückchen von seinem Leben für dieses Buch borgen durfte. Du bist im wahrsten Sinne des Wortes eine Inspiration.

Hilfe bei ME/CFS finden Betroffene und Angehörige bei folgenden Organisationen und Kliniken:

Elterninitiative ME/CFS-kranke Kinder und Jugendliche München e. V., Alzenauer Straße 31, 81249 München
www.mecfs-kinder-muc.de · info@mecfs-kinder-muc.de

Fatigatio e. V., Bundesverband ME/CFS,
Albrechtstraße 15, 10117 Berlin
www.fatigatio.de · info@fatigatio.de
Fatigatio mit seinen Regionalgruppen bietet Unterstützung durch das Sozialteam und Telefonbetreuung, außerdem Informationen zum Krankheitsbild (siehe weiter unten).

Deutsche Gesellschaft für ME/CFS e. V.,
Bornstraße 10, 20146 Hamburg
www.mecfs.de · info@dg.mecfs.de

Österreichische Gesellschaft für ME/CFS, Obere Augartenstraße 26-28, 1020 Wien
www.cfs-hilfe.at · contact@cfs-hilfe.at

Schweizerische Gesellschaft für ME & CFS
Rebenweg 100, 8041 Zürich
www.sgme.ch · info@sgme.ch

Lost Voices Stiftung
www.lost-voice.org · info@lost-voices-stiftung.org

#MillionsMissing Deutschland
www.millionsmissing.de · kontakt@millionsmissing.de

Long Covid Deutschland (LCD)
www.longcoviddeutschland.org · info@longcoviddeutschland.org

MRI Chronisches Fatigue Centrum (MCFC)
für junge Menschen,
Kinderpoliklinik (KIP) des Klinikums rechts der Isar der Technischen Universität München (TUM) im Klinikum München Schwabing, Kölner Platz 1, 80804 München
www.mri.tum.de/mcfc · mcfc.kinderklinik@mri.tum.de
Das MRI Chronische Fatigue Centrum (MCFC) für junge Menschen ist das einzige seiner Art in Deutschland, spezialisiert auf die Diagnose und Behandlung von Kindern, Jugendlichen und jungen Erwachsenen mit (ME/CFS).

Informationen zum Krankheitsbild

Besonders geeignet für Kinder und Jugendliche sind die im Webshop von fatigatio.de gegen eine geringe Schutzgebühr erhältlichen Nummern der Schriftenreihe Heft 28, »Kinderbroschüre – ME/CFS in Kindheit und Jugend«, und Heft 30, »Myalgische Enzephalomyelitis/Chronisches Fatigue-Syndrom. Diagnose und Management bei jungen Menschen«. Dort werden umfangreiche Erstinformationen und Hilfestellungen für den (Schul-)Alltag vermittelt.

Allgemeine Informationen zum Krankheitsbild sind unter anderem auch unter https://cfc.charite.de zu finden.

Wir danken Frau Birgit Gustke und Fatigatio e. V. für die Unterstützung und Beratung für die deutsche Ausgabe.

© privat

Autorin

Sarah Ann Juckes schreibt Bücher für junge Leute. Ihr Debüt »Outside« war für die renommierte Carnegie Medal 2020 nominiert, stand außerdem auf der Shortlist des Mslexia Children's Award und der Longlist des Bath Novel Award. Sie engagiert sich in der internationalen Autorenvereinigung Jericho Writers und ist im Vorstand von Creative Future, einer Vereinigung für unterrepräsentierte Künstler. Im Winter trifft man sie oft in East Sussex in ihrer Schreibhütte, zusammen mit ihrer Katze.

© privat

Übersetzerin

Anja Galić lebt und arbeitet in der Kölner Südstadt, wohin es sie des Studiums wegen verschlug, und hat badische Wurzeln. Dass man beim Übersetzen Dinge recherchiert und erfährt, denen man sonst nie begegnet wäre, findet sie bei jedem Buch aufs Neue spannend.

Mehr über cbt auf Instagram unter @hey_reader